外観上、人間と全く区別のできない機械、
つまりはＴＯＷＡがヒトか機械かと問われれば、
彼女達はやはり、機械に違いありません。

しかしながら、もしそのことをもって、
彼女達に対する非道な行為が正当化されるのだとしたら、
それは我々人類にとって大きな脅威になると、私は考えます。

なぜなら私達の人間性は普段、外観上、人間として識別される
他者を大切に想い、そしてまた大切にすることによって、
保持されているからです。

——佐藤菖蒲　元ブラックアイリス社代表取締役社長ＣＥＯ
（二〇二九年一月二七日　ニューヨーク）

二〇二一年、冬、某日。

目の前の作業台の上に、「アン」は横たわっていた。

僕が「アン」と名付けた八十一番の身体に、人間の少女の遺体との違いを見出すことは不可能だった。

身体にはいくつもの青あざができていて、目元は大きく腫れあがり、その口元には乾ききった赤い液体がこびり付いていた。彼女達の象徴でもある長い銀色の髪は、土埃で薄汚れ、本来の輝きを失っていた。

それなのに……。

肩を揺さぶれば、何事もなかったかのように、パチリと目を開いてくれるような気がしていた。しかし穏やかなその顔は、もはや彼女が痛みや恐怖や、苦しみや悲しみのない世界に旅立ったことを告げていた。

彼女が受けたのであろう暴力を想像した。

彼女がどれほど苦しかったのかを想像した。

かつて彼女を作っていた時の僕には、彼女が将来このような姿になるなんて、露ほども想像することができなかった。

アンは僕が担当した最初の子で……

他の子よりもずっと大人しい性格で、そしてその分、他の子よりも、優しい性格をしていた。

読書が好きで、小さく……でも、可愛らしく笑う子だった。

僕の目に涙が溢れて、熱いものがとめどなく頬を伝った。

この世界には、こんなにも残酷なことが存在していて、そしてその原因の一端として僕という存在が確実にあったことに、

僕の心は押し潰され、

僕は、壊れた。

会社で暴れて病院送りとなった僕に仕事を続けていくことは不可能だったとは思うけれど、僕が辞職を申し出ることも、はたまた解雇を言い渡されることもなかった。

恐いくらいに真っ白な病室の中で、僕は、勤めていた会社の倒産を知った。

由比ガ浜機械修理相談所

TOWA-the 92 letters of defiance to god.

斉藤すず

イラスト＝ryuga.

目次

第一章　愚か者の僕とニセモノの君

二〇二三年の七月十四日のことだった。

昨日の夕飯が何だったのかさえ曖昧な僕が、何故《なぜ》そこまで正確な日にちを覚えているのかというと、二〇二三年の七月十四日は、実はその年の梅雨明けの日だったのだ。

自己紹介が遅れてしまって恐縮だが、僕の名前は若宮《わかみや》氷雨《ひさめ》という。

名前の由来は、僕が生まれた六月十八日のその日に、空から氷の粒が降って来たということにある。その日まで僕の名前は「雄大《ゆうだい》」になるはずだったのに、その日にたまたま氷の塊が空から落ちて来て、そしてそれがあんまりにも珍しかったせいで、僕の名前は急きょ変更されることになった。「氷雨」というのが夏の季語であったことも、両親の琴線に触れたらしい。

そう。

僕は梅雨真《ま》っ只中《ただなか》に生まれた人間で、そして名前には「雨」の文字が入っている。

これは小学生時代の梅雨の時期、僕にとって看過できない問題をもたらした。

皆が、僕を冷たい目で見るのである。

まるで、校庭で遊べなくなった原因の全てが、僕にあるとでも言うかのように……。

この憂鬱な期間はかつて、天気予報が梅雨入りを告げた朝から始まり、梅雨明けを告げる朝まで続いた。

こういった理由で、僕は昔から梅雨明けという日にやたらと敏感になってしまった。それは大人になった今でも、まるで習慣になってしまったかのように変わらない。


そう、二〇二三年の七月十四日だった。


僕はこの日も相変わらず、茨城《いばらき》の片田舎にある実家の自室でごろごろしていた。

つい先日二十四歳になった僕が真っ昼間から家でごろごろしていられる理由。それはつまり、単純に僕がニートだからである。アルバイトさえもしていない。何か夢があって勉強をしている訳でもない。

テレビに流れている刑事ドラマをぼんやり眺めながら、僕はおせんべいをかじっていた。

梅雨明けとはそれ即《すなわ》ち夏の始まり。湿度が高く、蒸し暑い日だった。

「ちょっと氷雨～。下りてきて～」

一階から、母のちょっとのんびりした声が聞こえて来た。

面倒くさいので、カバの欠伸《あくび》のような返事でやり過ごそうとしたのだけれど、暫《しばら》くするとまた同じように呼ばれる。どうも買い物を手伝え、といったような些事《さじ》ではないらしい。

重い腰を上げて一階まで下り、テーブルについていた母の前に座る。

母は僕の顔を見ると、僕とは違ってそこそこ整っている顔に左の手のひらをあて、ふう、と小さくため息を吐いた。

「氷雨、良《い》いお仕事見つかった？」

「いや、まだ……」

これがここ最近の二人の挨拶になっている。

母は「そう……」といつも通りため息混じりにその話を終わらせたが、何故かその先を続けない。

何の用だろうと思っていると、母は眉尻を少し下げてから僕のことを見た。

「氷雨、ちょっと相談があるんだけど」

「うん？」

「春香《はるか》ちゃんがね。急に相続した鎌倉市《かまくらし》のお家《うち》、氷雨に住んでもらえないかって言ってるの」

「は？」

話が良く分からずポカンと口が開く。

「春香ちゃん」というのは母の妹であり、つまりは僕の叔母だ。

「急に相続した」という話には、心当たりがあった。

実は、春香叔母さんは三か月ほど前、急に旦那さんを病気で亡くされていた。そして、その約三か月前、その旦那さんのお母さんも、お亡くなりになっていたのだ。

つまり、旦那さんが相続した鎌倉にある家を、今度は春香叔母さんが相続したということなのだろう。問題は、何故そこに僕が住むという話になるのか、というところだ。

「それがその家、どうも凄《すご》く荒れているみたいなのよ」

「……はあ」

母がちょっと誤魔化すように微笑《ほほえ》んだ。

「だからつまり、ちょっと住んでもらいながら、ちょっと綺麗《きれい》にしてもらいたいな、ってことみたいなの」

「ええ～？」

凄く面倒くさい。

その気持ちを顔全体で表現すると、母が困った顔をして口を開く。

「お父さんも、いいんじゃないかって」

心臓の温度がほんの少し下がった。

……父さん。

ここしばらく、まともに会話すらしていない。

その「しばらく」の前まではやはり、「仕事は？」という声を良く掛けられていた。最近は、そう言われることもない。

父さんは、これまで多分、僕に結構期待してくれていたのだと思う。

そこそこ有名な大学に進学した時も、一番喜んでくれたのは父だったし、そこそこ有名な企業から内定をもらった時も、一番喜んでくれたのは父だった。

でも僕は、その内定を蹴って、ベンチャーに入社した。

どうしても関わりたい仕事があったのだ。

会社の名前を、「ブラックアイリス（ＢＩ）」という。

次世代型ヒューマノイドを製作する業界の最高峰。ＢＩの作るそれは、外見上、普通の人間と全く区別がつかないレベルにあり、他社の三十年先を行っているとまで言われていた。

大学でロボット工学を専攻していた僕にとって、正に夢のような企業だった。

優秀な就活生が数多く集まる中、記念受験のつもりだった僕は、何故だか内定を勝ち取った。

行かない理由はなかった。

大企業大好きな古い考えの父には、全く理解できない選択だったらしく、その話をした時の父はとても動揺していた。

結局、父の反対を半ば無視する形で入社したＢＩは、僕の入社一年目に倒産した。そして僕は、とある事情から働くこと自体も困難になり、茨城にすごすご帰って来た。

もの凄《すご》く、苦痛だった。

父は僕に何も言わなかった。労《いたわ》りの言葉もない代わりに、非難の言葉もなかった。

それがむしろ、自分に対する強烈な批判のように思えた。

父の勧める未来を蹴って、自分の夢を追いかけると言い、一年も経《た》たずして東京から茨城の実家に逃げ帰ってきたバカ息子。評価できる要素がまるでない。

そして父は今、自分に家から出ていくことを勧めている。……こっそりと。

「ちょっと、考えさせてくれない……？」

そう母に答えた時の僕の気持ちは、もうほとんど固まっていた。

鎌倉市は神奈川県《かながわけん》の南縁にあり、三浦半島の付け根の部分に位置している。言わずもがな鎌倉幕府があったことで歴史上も有名な地であり、幕府が置かれた理由、山に囲まれており、かつ海に面しているということから、独特の風光明媚《ふうこうめいび》な景観をなしている。横浜《よこはま》に隣接しているためアクセスが良く、寺社仏閣も多いことから、国内外問わず観光客にも人気がある。

こう考えると、大学の一、二年時に横浜市に住んでいた僕が鎌倉市に来たことがないというのは、自分でも結構な驚きであったが、近くていつでも行けると思っていると、人間案外腰が重くなるのかもしれない。

生まれて初めて長谷《はせ》駅に降り立つと、潮の香がほんのりと風に乗って届いた。うだるような暑さの中、それだけで少し気分が明るくなる。

せっかくだから、この近くにあるという鎌倉の大仏でも見に行こうか。

ふとそう思った時、リュックサックのショルダーストラップが僅かにぐっと肩に食い込み、その案について再考を促した。

確かに、そう急ぐこともない。近くていつでも行ける……はずなのだから。

そう思った僕は、何か引っかかりを覚えつつも、長谷駅から一度海の方に向かう。

もちろん海に向かう訳ではなく、海の手前の道を右折した。

さすが鎌倉。もう目の前に山があり、緑がある。

僕の着ている紺色のTシャツは、既に汗を吸ってほんのり色が変わっていた。うす曇りではあるけれど、この空の下は夏の真っ盛り。額から流れる汗が止まらない。

幸いなことに、春香叔母さんの家は、坂の登りが本格化する手前にあった。

勝手な想像通り、小さな家だった。しかし想像とは違い、とても小綺麗《こぎれい》な家だった。

一言で言うと、個人経営のカフェのような印象だ。

腰くらいの高さの白いブロック塀、その上には、同じく白いお洒落《しゃれ》なフェンスが立っていた。花は咲いてはいないものの、恐らくバラらしき植物がそのフェンスを飾っている。

ブロック塀の一角が空いていて、そこから敷地《しきち》に入る。

中には小さいながら庭があり、家庭菜園なら十分に楽しめそうなくらいの広さがあった。と思ったら、実際に花壇があり、そこに植わっているものの中にトマトがあった。夏の光を受けて、赤々と色づいている。多分、春香叔母さんが植えたのだろう。

家は二階建ての白い建物で、一階には大きな窓が、南側に並んでいた。

ドア枠に手をかけ、ゆっくり引いてみた。

カランコロン、と美しい鐘の音が鳴り、心に一瞬、涼やかな風が吹く。

「あら。思ったより早かったわね」

中にいた女性、母の妹である春香叔母さんが雑誌から顔を上げた。

僕はペコリと頭を下げる。

驚いたことに、中は本当にカフェのような造りになっていた。

とは言えとても小さい。

四人掛けのテーブルが二つあり、春香叔母さんはそのうちの一つに座っていた。

奥、と言ってもすぐ目の前なのだけれど、そこにはカウンターテーブルがあって、その向こう側がキッチンになっている。

僕の視線に気づいた叔母さんが、眉を八の字にして小さく笑った。

「お義母《かあ》さん、ここで小さな喫茶店をしていたのよ。思ったより綺麗な家でびっくりした？」

「はい、もっとこう、荒れ果てた家かと……」

叔母さんが明るい声で笑う。

僕の母と叔母さんは顔立ちが結構似ている一方、性格はかなり異なっている。母は陸ガメのようにおっとりとした性格だが、叔母さんはカモシカのようにテキパキとした性格だ。

「私も最初相続するって聞いた時は同じこと思った。でも意外といいところでしょ？　ちょっと実家を離れて、ゆっくりするのにはいいかなって」

なるほどそういうことか、と思う。正直……かなり有難《ありがた》い。

そろそろ父や母と顔を合わせるのが、結構な苦痛になっていた。就職活動をするにしても、企業の数の多い東京圏にいた方が、チャンスも増えるとは思う。

僕は叔母さんに、少し深めに頭を下げた。

彼女はそれを見てニッコリと笑い、僕に鍵の束を渡してきた。

「もう完全に私のモノらしいから、好きに使ってくれて良いよ。別にここで商売してくれても良いし。なんなら彼女さん連れ込んで一緒に住んでも良いし」

「いや、そんな人いないし……」

「あらそうなんだ？　氷雨、結構聞き上手だし、年上の女性とかに可愛がられそうだけどねえ」

「何それ？　年齢とか関係なく、女性に好かれた経験なんて一度も無いんだけど。……あ」

うっかり余計なことまで口にしてしまった。

叔母さんの目が丸く広がり、急に口元がニヤニヤし始めた。

「え？　何々？　氷雨まさか、Cボーイなの？」

「……何？　シーボーイって」

「チェリーボ」

「やめて」

頬が凄く熱い。

こちらを見てぷぷぷ、と笑っている叔母さんのことを軽く睨んだ。と同時に僕は内心、少し安心していた。

三か月前、叔父さんのお葬式の場で、僕は春香叔母さんが泣いているところを生まれて初めて見た。泣いているというより、あれは絶叫に近かった。

自分の身体の一部をもぎ取られたって、あんなに悲痛な声は上がらないと思う。

優しくて、ハンサムで、頭も良かった叔父さんのことを、叔母さんは深く深く愛していた。

「氷雨。恋は、良いよ。それだけで、生きる理由になる」

突然叔母から穏やかな声が上がり、僕はまじまじと彼女のことを見た。

叔母は優しい、そして悲しい目をして、窓の外を眺めていた。

大切な人を失って、人間がそんなに簡単に立ち直れる訳がない。

叔母さんが僕に振り向いた。瞳が少しだけ濡《ぬ》れていて、照れたような笑顔になる。

「何だろう。変な台詞《せりふ》言っちゃった。ま。とりあえず、就活頑張ってね。いや、せっかくの夏の海だ。『脱・独り身!』。それが、今年の夏における君の最優先課題だ」

びしっと人差し指をさされた僕は、ため息を吐いて片眉を上げる。

そんな僕をカラカラ笑って、叔母は扉に向かって歩いていく。

「それじゃ、またね。何かあったら、気兼ねしないでいつでも連絡して」

言うなり手を振って扉から出ていく。

もうちょっとゆっくりしていくのかと思っていたので、驚いてその姿を見送った。

もしかしたらだけれど……叔父さんのことを思い出してしまって、早く一人になりたかったのかもしれない。

……突然一人になる。

つい先刻まで、その洒落《しやれ》た雰囲気で温かく迎えてくれていたカフェスペースも、一人になった途端、他人の部屋として急によそよそしく、どこか作り物めいた雰囲気さえする。

カフェスペースの奥には白い扉があり、その先が玄関、そして生活スペースになっていた。一階に和室が二つ、そしてバスとトイレ。二階には洋室が二つ。二つの洋室とも、ベッドが設置されていた。なるほど、一人で住むには十分すぎるほど広い。

家を一度出て、ぐるりと周囲を回ってみる。

家に隣接して、小さなガレージがあった。

シャッターを上げてみると、中に一台の軽自動車があり、その隣にやはり車一台分くらいの作業スペース。そして、ガレージの壁や作業台に、様々な工具が置かれていた。

理系畑を歩き続けて来た自分であっても、これほどの工具が一堂に集結している姿はあまりお目にかかったことがない。最近まで住んでいたらしいお婆《ばあ》さんのことさえ良く知らないくせに、それより大分前に亡くなったというお爺《じい》さんについては、何となくその人柄が偲《しの》ばれる。

きっと、モノを大切にする優しい人だったに違いない。

会ったこともないお爺さんに対して、僕は少し好感を抱いた。

それから二日後。

僕は実家にいた三日前までと変わらず、一階の和室の一つでゴロゴロと寝転んでいた。

「それではいけない」という気持ちはあるものの、どうにも行動という結果に結びつかない。

いつの間にか点けていたテレビの中で、刑事が犯人を崖に追い詰めた時だった。

ふと何かの気配を感じて僕は起き上がり、窓の外に視線を向けた。家の前に、一人の年配の女性が立っているのが見えた。

まさか覗《のぞ》きでもあるまいし、と思いつつ、窓に近づいてみると、どうやらそもそも家の方ではなく、道路の方を向いているらしく、携帯電話を耳に当てていた。反対車線に止めてある車を時々指さして、困ったように首をひねっている。

何だろうと思って僕は家の外に出てみた。ブロック塀から道路に出た時、ふいにその女性と視線があった。ちょうど電話を終えたところらしく、気まずそうにこちらに会釈する。つられて頭を下げる。

「ごめんなさいね。五月蠅《うるさ》かったかしら。ちょっと、車が故障しちゃって」

少し身体が丸みを帯びている、五十代後半くらいの女性だった。お洒落な花柄のシャツに白いパンツ。仕草から見ても、なんとなく品の良さそうな女性である。

「いえ、全然そんなことは……。大丈夫ですか？」

女性は困ったように眉根を寄せて、反対車線に止まっているフォルクスワーゲンのゴルフを見た。紺色のボディの一か所が、夏の日射しを強く反射して光っている。

「それが、急に動かなくなっちゃったの。そこのお家の後藤《ごとう》さんにね、パッチワークの教本を借りに伺ったんだけど……。この後のお教室、今日はキャンセルになっちゃうわね……」

言って残念そうに肩を落とす。

何だか気の毒だ。

「あの、僕で良ければ、ちょっと見てみましょうか？」

その申し出に、女性は目を丸くした。

「え？　でも、いいの？」

「はい、お気になさらないでください。……暇ですので」

……本当に。

突然平日の昼間に現れた謎の若者の申し出に、しかし女性はまるで砂漠の真ん中で水を分けてもらったかのような感謝の顔を見せた。

正直そこまで期待してもらっても困るのだけれど、と思いつつ、運転席に乗り込む。

セルモーターを回す。反応アリ。ただし、音がかなり弱い。

もう一度回す。やはり同じ反応。

「分かりました」

車から降りて来た僕に、女性は先ほどより更に目を丸くした。

「えっ？　もう？」

「はい。多分バッテリー切れですね。もしかしたら、エアコンつけっぱなしでしたか？」

女性は一度顎に手を当ててから、そういえば、という感じで頷《うなず》いた。

「あ〜。やっちゃったわ〜。またロードサービス。一万円が飛んでいく〜」

がっくりと肩を落とす。

「ジャンピングスタートできるか試してみましょうか？」

女性は聞きなれない単語だったのか顔に「？」を浮かべたが、どうも僕が何かしら修理的なものを申し出ているというのは理解したらしく、「いいかしら？」と控えめに聞いてきた。

ガレージにあった車の状態を確かめてはいないのだけれど、運が良ければ簡単に直せるはずだ。

僕はガレージの車にキーを挿し、エンジンがかかった瞬間、ほぼ勝利を確信した。

僕の車（本当は叔母の車なのだけれど）のバッテリーと、女性の車のバッテリーとをブースターケーブルでつなぎ、僕の車のエンジンをスタート。暫く充電してから女性の車のエンジンをかけると、ドイツ車の低く太いエンジン音が鳴り響いた。

「凄い凄い！　何、あなた車に詳しいの？」

「いえ、その、大学の時、機械系の学部にいまして……」

突然褒められてしまい、後頭部をポリポリかきながらボソボソと返す。

「本当に助かったわあ。パッチの教室にも間に合うし。これ、お礼だから取っておいて」

女性は突然、大きな財布をパカリと開け、一万円をこちらに渡してきた。

「い、いえっ。こんなにもらえません。そんな大したことしてないのに」

「でもロードサービス呼んでいたら、同じ金額とられた上に、パッチのお教室に間に合わなかったんだもの。いいからいいから、ね？　気持ち」

ぐいぐいお札を押し付けられて、断るのも逆に申し訳ない気持ちになってくる。

「ではすみません……。遠慮なく。ありがとうございました」

「何言ってるのよ。お礼を言うのはこっちの方、それじゃ、私行くわね。本当にありがとう」

女性はそう言って車に乗り込むと、一度窓越しに手を振って、坂を上がっていった。

手の中の一万円をしげしげと見て思う。……これは、いけるのではないだろうか？

どうもこの辺には、ご高齢の方が多く住んでいるらしいということは、この二日のうちに理解していた。車だけではなく、エアコンやテレビ、そういった修理の仕事を始めてみたら、そこそこ依頼が来るのではないだろうか？

もちろん就職が決まるまでの間の繋《つな》ぎのつもりだが、得意なことで人の役に立てるならば、それはとても嬉《うれ》しいことだ。幸いなことに、道具だけはガレージに山のようにある。

僕は家に入ると、早速地元紙への掲載の方法を調べ、ウェブサイトの製作にとりかかった。


思い立ったが吉日で、車の修理をしたその日に、「由比ガ浜《ゆいがはま》機械修理相談所」は立ち上がった。

もちろん登記さえしていない、名ばかりの組織。

何でも屋と変わらない。できそうな仕事は引き受け、できなさそうなら断る。

競争優位は店長が暇なところ。

すぐに駆け付ける迅速性、そして、手厚いアフターサービスが自慢、になる予定だ。


そして三日。

やって来たお客は一人だけ。それも最初の日に一人。

この唯一の客は、僕にこの商売について大きな期待を抱かせた。

何せ開店初日で客が来るとは思っていなかったのだ。

三日前の僕は、我ながら自分の先見性の鋭さに感嘆を禁じえなかったものである。

依頼された犬型ロボットの修理を無事に終え、最初のお客さんの嬉しそうな笑顔を見た時、僕は自分の選択が間違っていなかったと確信した。

そして今。

……僕は何をするでもなく、カフェスペースの机にべったり寝そべっている。今日も朝からうだるように暑く、机に張り付いた左頬はべっとりと汗ばんでいた。

お客さんが、来ない。

「先見性」などよくもそんなアホなことを考えていたものだと思う。先天性のアホの間違いではないだろうか。

僕は家、というよりカフェの入り口をぼうっと見る。

ドアベルが涼しい顔をしてこちらを見ている。

音が聞きたいならお前が鳴らしに来い、と言っているかのようだ。悔しいので、今日は終日勝手口を使おう。

『カランカラン』

綺麗な音が唐突に響き、僕は驚いて顔を上げた。

ドアから、一人の男性が入って来た。

年齢は五十歳くらいだろうか。このクソ暑い中、紺色のネクタイをきっちり締め、黒いスーツのジャケットまで羽織っている。右手に、小型の黒いボストンバッグを持っていた。

髪はオールバック。目つきは鋭く、まるで狼《おおかみ》の群れのリーダーのよう。

ヤクザ？　と一瞬思って身構える。

その時、男性の後ろから、もう一人部屋の中に入って来た。

その人を見て、僕の心臓に穴が開いた。

美しい女性だった。

その人の髪は、まるで光を放つかのように美しいプラチナブロンドで、そしてその人の瞳は、澄んだ青い色をしていた。

僕のかつてのボス、ブラックアイリス社の社長だった佐藤菖蒲《さとうあやめ》は、その青色を、「青三十八号」と呼んでいた。名前の通り、彼女が試行錯誤の結果作り出した三十八番目の青色だったからだ。

その色は人をして、夕焼けに残る青空の色、と言われる。

夕焼けに焼かれる空の赤。夜に染められる空の黒。そしてその中間に、ほんの少しだけ伸びる優しい青の色。それが、青三十八号の目指した色だった。

見る人に、安らぎと癒《いや》しを与える色。

「TOWA《トワ》」だった。

部屋の中に入って来た彼女。白いワンピースに、麦わら帽子をかぶっている。

あまりにも人に似すぎた外見。もしここが青い目やブロンドの髪が珍しくない国だったなら、彼女のことをまさか機械であるなどと疑う人間なんていないに決まっている。

彼女は、かつて僕が働いていた会社、ブラックアイリス社の作り出した主力ヒューマノイド「T

OWA」だった。

呆然《ぼうぜん》とする僕を一度不思議そうに見て、最初に入って来た男性が口を開く。

「ここは、由比ガ浜機械修理相談所、であっているだろうか？」

その声にはっとして、僕は「はい。……そうです」とやっとのことで返事をした。

喉が、ゴクリと鳴った。


ヒューマノイド「TOWA」は約三年前、その開発者である佐藤菖蒲の、「早逝した娘にもう一度会いたい」という願いによって、この世に生み出された。

佐藤菖蒲がTOWA達《たち》に求めたのは、あくまで「人間らしくあること」であり、彼女達の性能の全ては、この一点にのみつぎ込まれている。このためTOWA達は、人智《じんち》を超えた思考能力を発揮するわけでもなければ、映画に出てくるロボットのような高い運動能力を持っているわけでもない。ビームも当然出さないし、ジェットで空を飛んだりも勿論《もちろん》しない。あまりにも「普通」に「人間らしい」ヒューマノイドなのである。

しかしその結果、彼女達の「人間らしさ」は常軌を逸した水準に到達した。

僕が初めてTOWAのことを見たのは大学三年生の時で、正確にはその時のTOWAは試作段階の「TOWA1」で、今目の前にいるのは市場に投入された「TOWA2」なのだけれど、いずれにせよ、僕はTOWAを見た瞬間、将来「TOWA」に関わる仕事がしたいと思った。

これまでのヒューマノイドと、一線どころか十線ほど画しそうなほどの動きの滑らかさ、そして対応の自然さ、表情の豊かさ。正に人類の英知の結晶。被造物たる人間はここまで神に迫ることができたのかという純粋な驚嘆、尊敬、感動。

恐らく僕だけではなく、ＴＯＷＡを見た多くの人々が、畏敬に近い感情を抱いたと思う。

「ＴＯＷＡ2」においてついに完成されたその人間性は、もはや人間とは何であるのかという根源的な問いに対する哲学上、倫理学上の認識を大きく揺るがし、そしてブラックアイリスのメンバーとなっていた僕は、自分がその中心近くにいて、僕の研究の一つ一つが世界に大きな影響を与えていることに酔っていた。

おぞましい記憶だった。

僕は結局、ブラックアイリスから退場する直前まで、ＴＯＷＡのことをずっと「機械」だと、「研究対象」だと、そして「製品」だとしか考えていなかった。

思い出すだけで吐き気がする。

「製品」として売り出された彼女達が、その後オーナーの元でどういう生活を送っていたのか、まるで気にしていなかったのだ。いや、より正確に言えば、彼女達はきっと家族と変わらない存在として大切にされていると、当然のように信じて疑っていなかった。

確かにそういうケースは決して少なくはなかったのだろうと、今から考えてもそうは思う。

しかしその裏で、家畜以下の扱いを受けたＴＯＷＡ達がいて、彼女達の中には、「自殺」にまで及んだ者がいたということを、僕はついにＢＩが潰れるその直前まで知らなかった。

僕はあまりにも幼稚で、人の悪意を理解していなかった。

突然店に現れた男性とＴＯＷＡに麦茶を注ぐ。

手の震えを悟られないように、コップを置いたと同時、素早く腕を引っ込める。

男性が頭を下げ、ＴＯＷＡがこちらを見て微笑み、「ありがとうございます」と言った。

氷柱でも差し込まれたかのように背中が冷えた。

落ち着け、と念じる。こういう事態は、想定して然《しか》るべきだった。

今は法規制により生産禁止となったＴＯＷＡ。しかしそれ以前に市場に出ていった九十二体のＴＯＷＡ達は、今も世界のどこかでそれぞれの人生を送っている。

彼女達と道端でバッタリ遭遇することだって、可能性としては決してゼロではない。

一度深呼吸。なるべくＴＯＷＡのいる右前方を見ないようにする。

「あの、今日は、どういったご用件でしょうか？」

麦茶を口に運んでいた男性が、その手を止め、グラスを机に戻した。

「ここでは、中古の電化製品の取り扱いを行っているだろうか？」

予測していなかった質問が飛んできて、僕の口が呆気《あっけ》に取《と》られる。

「え、と。修理ではなく、中古の取り扱いですか？」

「そうだ。買い取り、引き取り、販売、そういう中古の取引のことだ」

僕は否定しようとして少し考えた。

今後修理事業を行っていく上で、恐らくこの手の相談は増えていくことになると思う。例えば、修理した製品とは別のもので、いらないものがあるから引き取ってくれないか、とか。はたまた、これこれこういう物が欲しいんだけど、持ってないか、とか。

要は、引き取っておけるキャパシティの問題だ。家とガレージ、ほとんど空きだらけ。流石《さすが》に冷蔵庫といった巨大なものをホイホイ引き取ったりはできないが、パソコンとか、季節ものの扇風機とかだったら、最低限の利益を見越した金額で買い取るのはありかもしれない。

僕は一度、男性の持っていたボストンバッグをちらりと見る。そこまで大きくはない。

「中古の取引は中心業務ではないのですが、ご相談の上で対応いたします」

それを聞いた男性は、「そうか」と満足気に頷いた。

「それで、いったい、どのようなご用件でしょうか？」

僕の再度の問いかけに、男性は右手の人差し指で、彼の左側を指し示した。

「これを、引き取ってもらいたい」

一瞬で総毛立ち、その行為の気持ち悪さに吐き気さえ覚える。

男性は、彼の左に座っていたＴＯＷＡのことを指さしていた。

ＴＯＷＡはそのことを知っているのかいないのか、グラスの中をじっと覗《のぞ》き込《こ》んでいる。グラスの中で溶けた氷がくるりと回転し、コロン、という綺麗な音を立てた。

ＴＯＷＡがその音を聞いて、幸せそうに小さく微笑む。

「ちょっ、え？」

混乱する僕が声を上げ、その異変を感じ取ったＴＯＷＡが顔を上げた。

最初に僕を見て、次に男性のことを見る。

その男性の指が自分のことを指していると知り、TOWAが不思議そうに首を傾《かし》げた。

もの凄く嫌な予感が首筋を走った。

……彼女は……

「光明《みつあき》様、どうなされたのですか？」

……なぜ今、自分がここにいるのか、知らない……。

光明と呼ばれた男性が、無表情のままTOWAのことを見る。

「結《ゆい》。私は今日、君を手放す」

結と呼ばれたTOWAが、目を見開き、固まった。

「え……と。すみません。私、どういうことだか、良く、分からないのですが……」

男性の視線には、人間らしい温かさがまるで欠落していた。

「私は君を売る。金がいるんだ」

TOWAは一度、下手な冗談を聞いた時のようにぎこちなく笑おうとして……しかしすぐに、男性の冷たい視線から、彼が冗談など言ってはいないことを理解した。

その時TOWAの顔に浮かんだ絶望を、いったいどう表現したら良いのか分からない。

幼い頃より信じ続けてきた神が、実は異教の神であったことを知った聖人のような表情。親から食べさせられていた食事に、実は猛毒が含まれていたことを知った子どものような表情。

ショックが大きすぎて、涙を流すことさえできず、ぶるぶると病的なまでに震え出す。

「あ、あのっ」

混乱する頭を、僕は必死に動かした。

これは、マズイ。とにかく、何をおいてもまず、断らなければならない気がする。

「申し訳ありませんが、ＴＯＷＡをお引き取りすることはできません。現在の相場をご存じないでしょうか？　とても私の店で買い取れる金額ではありません」

ＴＯＷＡは、元々の小売価格で一億四千万円、しかし生産が中止され、完全にプレミアものとなった今となっては、中古市場でその十倍の価格が当然のように付く。しかもその価値は、世界の名画と同様、今後上昇していくと見込まれている。

今ではＴＯＷＡを狙った強盗、いや、人さらいさえ決して珍しくない。

そのくらいの価値なのである。この断りは、当然の結果だ。

僕の意見を聞き、男性は顎に右手をあてて少し考え始めた。

その隣。ＴＯＷＡが真っ青な顔で目を見開いたまま、肩を小さく震わせている。

あまりにもいたたまれない。

……これなのだ。

僕が知らなかった現実。いや、見ようとさえしていなかったＴＯＷＡ達の苦しみ。

こんな扱いが、許されて良いのか……。

「あの……」

怒りのあまり僕の唇がわなわな震え出し、勝手に声を漏らす。

男性が目だけをこちらに向け、目線で先を促した。

「そのひとを、モノのように扱うのを止めてもらえませんか？　貴方《あなた》には、彼女をいたわる気持ちがないんですか？」

光明と呼ばれた男性が顎から手を離す。

「君は何を言っているんだ？　彼女は、あくまでモノだ」

ＴＯＷＡの瞳から、ついに大粒の涙が零《こぼ》れ出した。

頭に、煮え湯を注がれたような気がした。

お前みたいな奴《やつ》が、お前みたいな奴らが不幸なＴＯＷＡを作ってきたのだ。お前のような奴は、絶対にＴＯＷＡと一緒にいてはならない。

人の皮を被《かぶ》ったケダモノ。

僕が大声を出しそうになったその時、男性が右の手のひらを僕の方に向けた。

驚いて少しだけ顔を仰け反らせる。

「待て。君の言いたいことは分かる。私のような人間に、ＴＯＷＡは相応《ふさわ》しくないというのだろう。ならいいじゃないか。私はＴＯＷＡを手放そうとしている。決して悪い話じゃない」

頭が混乱してきた。

「ならこういうのはどうだろう。君に、新しい買い取り主を探す代理人を頼みたい。取引は、私とその新しいオーナーとの間で行う。君は、仲介手数料だけ受け取る。新しいオーナーは、君が好きに探してくれて良い。信頼できる人間をな。私が提示する条件は一つだけ。値段は、十五億円以上。

これ以外の条件は付けない。後は君が自由に決めてくれ」

「いやですっ！」

聞く者の胸が張り裂けそうになる悲しい悲鳴だった。

ＴＯＷＡが涙を流しながら首をブンブン振り、必死に男性の左肩に縋《すが》り付いた。

まるで今から捨てられる子ども。わんわん声を上げて泣き、その顔が涙と鼻水と涎《よだれ》で汚れる。

「何で、何でそんなこと言うんですか？　私、何か失礼なことをしてしまったのですか？　お願いです。教えてください。ちゃんと直します。光明様の、傍《そば》にいさせてください」

男性は、追剝《おいはぎ》にでも縋り付かれているかのように、その左腕を乱暴に振り払った。

ＴＯＷＡが椅子から転げ落ち、そのまま床に泣き崩れる。

「分かりました……」

怒りのあまり、僕は呼吸さえまともにできなかった。

無理やり肺を動かして、やっとのことで息を吸い込む。

とにかく今すぐ、この男とＴＯＷＡを引き離したかった。

男性は事務的に首肯した。

「成功報酬は二千万円。前金として百万円払う」

あまりの金額に耳を疑う僕の前に、男性が帯に包まれた新札の束をどさっ、と置く。しかし思ったより嵩《かさ》はない。これが百万円なのだろう。その程度なのだ。その現実的な姿に、彼女の売買を成立させるものの姿に、ただひたすら気分が悪くなった。

「候補者が決まったら、面談の場に私も呼んで欲しい。そこでできるだけ細かい契約の話もしてしまいたい。それでは、よろしく頼む」

そう言って男性は椅子から立ち、ドアの方に向かっていく。

ＴＯＷＡが、しゃくり上げながら床から立ち上がり、その後を続こうとした。

男性が振り向く。

「お前はもう、帰ってこなくていい」

下を向いていたＴＯＷＡには、もう口を開く力さえ残っていないように見えた。その表情を見ることはできないが、頰を新たな涙が伝っていく。

怪訝《けげん》な表情をする僕に、男性が向き直った。

「担保だ。私が君を通さず勝手な契約をしたりしないよう、このＴＯＷＡは担保として置いていく。もし私が勝手なことをした時は、これを好きにしてくれて構わない。ああ、そうそう。挨拶が遅れて失礼した。私は戸川光明《とがわみつあき》という。北鎌倉で、病院の院長をしている者だ」

戸川が名刺を机の端に置いた。

「時に君」

呼びかけられて、名刺から顔を上げる。

「君は簡単な機械の修理ならともかく、ＴＯＷＡを扱うことはできるのか？」

社会的地位のある人間が、そうでない人間を小馬鹿にするような口調だった。

苛立《いらだ》ちをそのままに、睨み付けるようにして口を開く。

「僕は昔、ブラックアイリスの社員でした。社長の佐藤菖蒲に認定された五人の一級調律師、その一人が、僕です」

言ってからどうしようもないほどの後悔に襲われる。

口の中に今もべとべとまとわりつく醜悪な見栄《みえ》を、本当は唾と共に吐き出したかった。

ほお、と男性が初めてこちらを認めたような顔をする。

少し笑った。少しだけ、印象の違う笑みだった。

どこかで、見たことのある笑みだった。

「それは期待できそうだ。昔のコネでもなんでも使って、良い買い取り先を見つけてくれ」

そう言って、戸川光明は部屋を後にした。

ドアベルが綺麗な音をたて、それがやけに嘘《うそ》くさく聞こえる。


戸川が出ていった後、僕とTOWAは、二人とも黙ってテーブルに座っていた。

TOWAは既に泣いてはいなかったものの、黙って下を向き続けていた。正直、泣いてくれていた方がまだ安心できた。何もせず俯《うつむ》き続ける彼女はまるで、悲しむ心さえ失ってしまったかのように見えた。

僕が紅茶を出しても、口にするどころか、まるで反応がない。

針のむしろのような静けさに、僕はついに耐えられなくなった。

「あの、さ……」

「……」

「大変だったね……」

「……」

ゴクリと喉が鳴った。まるで、石にでも話しかけているかのような気分だった。

「あの……僕も頑張るから。あんな最低な奴忘れて、もっといい……」

最後まで言うことができなかった。

ＴＯＷＡが顔を上げた。その瞳に強烈な怒りを宿し、まるで親の仇《かたき》でも見るような顔で僕のことを見ていた。

「光明様のこと、悪く言わないでください」

呼吸することができなかった。彼女の怒気に押され、僕の喉が再びゴクリと音を立てる。

余程情けない表情をしていたのか、僕を睨んでいた彼女が、はっとして眉尻を下げた。

「す、すみません。私、失礼なことを……」

大きく狼狽《うろた》えてから、右手の人差し指で目じりの涙を拭った。

涙で真っ赤になった目元のまま、泣き顔を整形して小さく微笑んだ。

それを見て、僕の胸は締め付けられるように痛む。

「今日のことは、その、私も驚きました。でも光明様、普段は、とても優しいんですよ」

彼女はほんの一瞬だけ泣き顔になり、唇を噛《か》んで、再び笑顔を作った。

僕はやるせない気持ちでその顔を見る。今日初めて、正面からちゃんと向き合った。

と、ふいに気付いた。

目の前のTOWA、結さんは、ワンオフだった。極めて珍しい特注品。

他のTOWAに比べて、若干年齢が高めに設定されている気がする。

TOWA達はもともと、その全員が共通の容姿を持っていて、モデルとなっている佐藤社長の娘、四元由利香《よつもとゆりか》さんが十八歳だった時の姿と瓜二つ《うりふた》の外見になっている。その髪の毛と瞳の色を除いて、ではあるのだけれど。

一方目の前の結さんは「ワンオフ」と呼ばれる特注品で、本当に若干ではあるが、一般型より少し年上、二十歳くらいの設定で、顔立ちも少しだけ調整されているらしい。

しかし物凄《ものすご》く丁寧で繊細な仕事だった。ワンオフとは言えマイナーチェンジに過ぎないが、それでもこの世でこんな仕事ができるのはただ一人、佐藤菖蒲社長しかいない。ただ、彼女は研究の時間を取られるのを異常に嫌う人だったので、このような仕事をしたことなんて、片手の指で数えるくらいしかないはずだった。

いったい、戸川光明氏とは何者なのだろうかと思う。

ふと気付くと、結さんは再び下を向き、まるで陰に潜むかのようにじっとしていた。

今の自分にできることは、彼女を早く休ませてあげることだけだ。

そう考えて、この家の構造を簡単に説明し、二階の部屋を好きに使ってくれるよう伝えた。

結さんは小さくお礼を言うと、足を引きずるように歩き、二階へとその姿を消した。

次の日の朝。一階で寝ていた僕が起きると、時計は午前十一時を指していた。

世のサラリーマンや学生さん達に申し訳なく思う程度には、僕にも良心というものがあるけれど、それでも今日はそんな気分に浸れないくらい、眠気が酷《ひど》くて軽く頭痛もする。

昨日あの後、午前六時までパソコンと睨めっこしていたせいだ。

これから結さんのことをどうするのが良いのか、一晩中考えていた。

昨日の彼女の雰囲気からすると、とてもではないが、新しいオーナーのところに進んで行こうとはしないだろう。

それに、戸川のことも気になっていた。

ワンオフでのオーダーということは、当然、その外見に強いこだわりがあるということだ。

もしかしたら結さんは、戸川にとって大切だった人に似せて作られているのではないかと思う。

まあ、初恋の人に似せた、とかいったケースも考えられなくはないんだけど……。

セミが、どこか遠くで鳴いている。

ふと。その鳴き声に混じって、誰かが囁《ささや》いているかのような、心地よい音が聞こえていることに気付いた。幼い頃、病気で寝ている僕のために、母さんがおかゆを作ってくれていた時のような優しい生活音。

自分が今寝ている部屋は、一階のカフェとつながる部屋で、その隣にもう一つ和室がある。こちらは、カフェの横のキッチンとつながっているが、そのキッチンは、この家のキッチンも兼ねている。つまり隣の和室は、役割的にはダイニングだ。

起き上がり、襖《ふすま》を開けて驚いた。

六畳間にちょこんとあるこげ茶色の木製ちゃぶ台には、朝食の準備がしてあった。

ふっくらした卵焼きとホウレン草のおひたしにはそれぞれラップがかかっており、お茶碗《ちゃわん》、汁椀《しるわん》、コップはそれぞれ、テーブルクロスの上で裏返しにされている。

目を丸めている僕の鼻腔《びこう》に、キッチンの方から空腹をくすぐる味噌汁《みそしる》の良い香りが届いた。

その時、カラリ、とすりガラスの入った引き戸を開けて、結さんがキッチンから和室へと入ってきた。肩先の隠れるキャップスリーブのワンピースは、夏の空のように少し霞《かす》んだ水色で、その上に薄い黄色のエプロンをしていた。プラチナの髪は昨日とは違い、紺色のリボンによって一本にまとめられている。

僕と目が合って、小さく息をのんだ。

青い瞳を少しだけ彷徨《さまよ》わせた後、両手を前に揃《そろ》え、すっと頭を下げた。

「昨日は、大変申し訳ございませんでした」

肩から美しい白銀の髪が、さらりと流れ落ちた。

「いや……」

僕の方こそ、大人だったらああいう時、もっとまともな対応ができたはずなんじゃないかと思う。

しかしその後ろめたい気持ちは、結局のところ言葉にはならなかった。

二人の間に静寂が降りる。

頭を上げた結さんは、気まずそうに視線を落とした。

緊張感から、手のひらに汗が滲《にじ》んでくる。

何か喋《しゃべ》らなければと思うのに、なかなか口が開かない。

「あの……ごはん、ありがとう。凄く、美味《おい》しそうだね」

結さんがはっとして口元を押さえた。

「すみません気が利かず。ご用意してもよろしいですか？」

「え、あ、うん。ありがとう」

僕の言葉を聞いて、それまで緊張気味だった結さんが、本当に小さくだけれど微笑んだ。

白いアサガオのような可憐《かれん》な微笑みに、心拍が少し上がったのを感じた。

お盆に載ったお味噌汁と共にキッチンから戻って来た結さんが、畳の上に正座して、今度は炊飯器からご飯をよそってくれる。家事をするのが好きなのか、作業中、少しだけ目元が優しく緩んでいる。所作に雑なところがなく、見ているだけで心が温かくなるような気がした。

「お待たせしました」

そう言って、僕から見て右側の位置に座った結さんの前には食事が並んでいない。

「結さんは、食べないんですか？」

結さんの頬がほんのり赤くなり、口がもごもごと動いた。

「すみません。私、先に頂いてしまって……」

そうだった。今はもう、十一時なのである。

「あ、いや僕の方こそごめん。いつまでも寝てて」

「私の方こそ、勝手にお台所使わせていただいて……あっ」

小さく声を上げた結さんが、眉を八の字に寄せる。

「私、そう言えば自分から名前も申し上げていませんでしたね。自己紹介が遅れてすみません。名前はご存知かと思いますが、私、戸川結《とがわゆい》と申します」

「あ、ああ。これはご丁寧にどうも。僕は、若宮氷雨と申します」

結さんが首を傾げて「ひさめ?」と言う。

「氷の雨って書くんです。僕が生まれた時、降っていたらしくて」

結さんが目を丸くしてから、にっこりと笑った。

「とても素敵なお名前ですね」

胸が再びドキリと鳴り、照れ隠しに鼻をゴシゴシする。胸の前で小さく手を合わせてから、味噌汁に一度口を付ける。……凄く美味しい。

「あ、ありがとうございます。でも、小さい頃は、この名前のせいで結構大変だったんですよ?梅雨の時なんて、お前のせいで雨が降る、とか訳わからないこと言われたりして」

元クラスメイトの嫌味を大げさな身振り手振りで話すと、結さんは右手を顔の前まで運び、クスクスと小さく笑った。

まるでポートレートの傑作のような綺麗な姿に、僕は一瞬見惚《みと》れてぽかんとする。

ブラックアイリスにいた頃の僕は、もちろん毎日のようにTOWAを見て暮らしていたのだけれど、こうして人の中で表情豊かに生きるTOWAを見るのは、本当に久しぶりのことだった。

慌てて頭を振った。

「あの……その、結さんの名前も、素敵ですよね」

僕にしては相当頑張った台詞に対し、結さんは今まで見た中で、一番素敵な笑顔になった。

「ありがとうございます。この名前、光明様が付けてくれたんですよ」

突然冷や水を浴びせられたような気がした。

何故、そんな笑顔ができるのだろう、と思う。その戸川は、君を売るためにここに来たのに。君の深い信頼を裏切り、十五億円という値段をつけて、他人に売り渡そうとしている。余りにも酷い扱いだった。あんな奴、絶対に認める訳にはいかない。

突然黙りこくった僕を見て、結さんははっとして顔を曇らせた。

そして何かを決意したような表情になり、座ったまま左にすっとずれる。僕の右横に来る。

誰も触れたことのない深海の水のような、深くて優しい青が、僕を真っすぐ見つめていた。

「氷雨さん、図々《ずうずう》しいお願いだとは、分かっています」

そう言った彼女は畳に手を付いて、その手に額を擦《こす》り付《つ》けるように頭を下げた。

「どうか、私の新しいオーナーを、探して頂けないでしょうか？」

……胸が、潰れそうなほど苦しい。

昨日、戸川と別れたくないと言ってあんなに泣いていた彼女が、その言葉をどのような気持ちで言っているのか……想像するに余りある。

彼女は、最後に、戸川の役に立とうとしているのだ。

新しいオーナーなんて、本当は探して欲しくないに決まっている。

ただ戸川のことを思って、彼のために、お金になろうとしているのだ。

僕は右手を伸ばし、そっと結さんの左肩に置いた。小さな震えが伝わって来た。

「顔を上げて。結さん」

言葉通り顔を上げた彼女の頬を、涙がポロポロ零《こぼ》れ落《お》ちていく。

胸を焼き尽くしそうなほどの衝動が、僕の中で燃え上がった。

「必ず、君に見合う人を探してみせる。大丈夫だよ。良く、頑張ったね」

わあっ、と。結さんが声を上げて泣いた。

手の甲で、手の平で、拭っても拭っても涙が溢れて止まらない。

子どものようにしゃくり上げる彼女に、ティッシュを取ってあげることしかできない僕は、本当に愚か者なのだと思う。

でも、だからこそ、さっきの言葉に嘘は許されない。

僕は、必ず、彼女を幸せにする。

……そうできる人を、探すだけではあるのだけれど……。

気付けばセミが、五月蠅いくらいに鳴いていた。

そう。今この時は、命の燃える夏の盛り。

こうして、愚か者とニセモノの、鎌倉の夏が始まった。

第二章　罪を犯した僕と罰を受ける君

僕にとっての佐藤菖蒲社長を一言で表現すれば、それは誇張ではなく、「神」だった。

初めて間近に見たのは、ブラックアイリスの役員面接の時。

面接官達の中央にいた彼女はむしろ小柄で、しかしその金色の瞳はまるで血に飢えた肉食獣のようで、他の役員達とは明らかに違う、異様なまでのオーラを放っていた。

緊張のあまり、「どもって」まともに話すことさえできなかった。

そんな僕の姿は、余程滑稽だったのだろう。

他の面接官達は、面接中にもかかわらず、僕のことを笑っていた。

でも、彼女だけは静かに、最後まで僕の話を聞いてくれた。

そして……

当時日本だけでなく、間違いなく世界で最も注目されていた人物は、僕のことを採用してくれた。

認めてくれた。価値があると判断してくれた。

信じられないくらい、嬉しかった。

佐藤社長の夢を、一緒に実現したいと思った。

彼女が満足する「由利香さん」を作って、喜んで貰《もら》いたいと、心の底からそう思った。

亡くなった方は戻って来ない……。

そんな当たり前のことさえ、忘れてしまっていた。

§　§　§

朝ごはんを食べ終えて。

やる気のメーターが振りきれそうにまでなっていた僕のもとに、なんとその日、立て続けに二人の客から電話が来た。もちろん昨日のように特殊な依頼ではなく、一般的な家電修理の依頼だ。

あれだけ待ち望んでいたお客さんではあるけれど、まさかこのタイミングとは……。

しかし断る訳にもいかない。

生きていくにはお金がいるし、何より結さんの問題と程度の差はあれ、依頼してくれたお客さん達が僕を頼ってくれていることに変わりはない。

「結さんごめん。お客さんだ。オーナーさん探しは、また帰ってからするね」

一階の和室で、はたきをポンポン振っていた結さんがこちらに振り向いた。紺色の三角巾を頭に巻いている。

小さく首を振った。

「お気になさらないでください。お外暑そうですので、お気をつけてくださいね」

「あ、うん。ありがとう。それと家事、任せちゃってごめんね」

結さんは再び首を横に振ると、今度は口元をほころばせた。

「私、家事するの好きなんです。むしろ任せて頂けて、嬉しいです」

そう言う結さんの笑顔には、陰のようなものは見当たらない。もちろんまだ、辛《つら》い気持ちが抜けきった訳ではないのだろうけれど……。

これから少しずつでいいから、彼女に幸せな笑顔が増えていって欲しいと思った。

結さんにお礼を言い、僕は和室からカフェスペースに下りた。玄関に向かって歩いていく。

……後ろを振り返る。

ぴったり背後に結さんがいた。

「え、と？」

戸惑う僕に向かって結さんが優しく微笑んだ。

「お見送りしますね」

「え？　あ、ありがとう」

僕が扉を開くと、ドアベルが涼しい音を立てた。

そのドアを、結さんが手で支えた。

「行ってらっしゃいませ。氷雨さん」

頬と胸が凄く熱い。夏の照りつける日射《ひざ》しのせいだけじゃない。

僕はペコリと頭を下げて歩き出し、ガレージの方から自転車を持ってくる。

ドアの前には、まだ結さんがいた。

家の日陰にはなっているものの、強い自然光に照らされた彼女は、まるでその光に溶けていってしまいそうなほど白く儚《はかな》かった。

「それじゃ。行ってきます」

そう言った僕に向けて、結さんがパクパクパク、と口を動かした。何だろう、と一瞬不思議に思う。声が聞こえなかった訳ではないと思うのだけれど……。

首を小さく傾げた僕に、結さんが胸の前で手を振った。僕も気を取り直して小さく手を振り返す。

僕の自転車が成就院《じょうじゅいん》へと続く坂を登り出しても、小豆くらいの大きさになった結さんは、まだドアのところで僕を見送っていた。


今日のお客さんは、実は二件とも、前のお客さんから僕を紹介されたらしい。前のお客というのは、以前家の前で車が故障していたあの女性だ。ちなみにあの女性の名前は、橘《たちばな》さんと言う。

一件目のお客さんは、その橘さんが話していた、例のキルトの先生だった。

江ノ電《えのでん》の稲村ヶ崎《いなむらがさき》駅までやってきて、そこから北に向かって進む。

天気は快晴。強烈な日光が、アスファルトをジリジリと焼いている。

肺に入ってくる空気は夏の塊だった。ペダルを踏むたび、身体中から汗が噴き出していく。

聖路加《せいるか》幼稚園の近くにある目的の家を見て、僕は驚きの余り目を何度か擦った。

もの凄く大きくて、綺麗な家だった。

全体的な雰囲気は、北欧とかにありそうなログハウス。

玄関の横に小さな「離れ」のようなものまでついていて、二階のベランダは、牛でも飼えそうなくらい広い。そして当然とでもいうかのように、煙突が屋根から伸びていた。

家の中に招き入れてくれたキルトの先生、三苫《みとま》先生は、橘さんに輪をかけて品の良いおばさんだった。年齢が良く分からない。髪の毛は真っ白なのだが、百七十五センチくらいありそうな身長で、背筋はピンとしていた。小さな向日葵《ひまわり》がたくさん描かれた白いワンピースが凄く似合うし、手足も長くて、まるで女優さんのようだった。

「暑い中ありがとうね」

労《ねぎら》いの言葉の後、事前に聞いていた冷凍庫のところまで案内してくれる。

……冷凍庫のためだけの部屋がある家を初めて見た。

冷凍庫は二台あり、レストランとかにある業務用の大きなものだった。そのうちの片方の冷却能力がかなり落ちているのでなんとかならないか、というのが今回の依頼だった。

リビングで待っていてもらえるよう先生に言い、さっそく作業にとりかかる。

扉を開けて驚いた。中は霜だらけだったのだ。

まずは霜を落とす必要があるので、僕は庫内にあったパック入りの大きな塊肉を引っ張り出し、部屋の中にあった作業台の上に並べた。

整理してから、隣の冷凍庫に一時避難させていく。

肉のパックに「シカ」や「イノシシ」といったラベルが貼ってあって、何度か見返してしまった。ジビエ料理というやつだろうか。全く味の想像がつかない。

冷凍庫があまりにも大きかったため、霜の除去作業には大分時間がかかってしまった。綺麗になった庫内に改めて向き直る。ようやく原因の調査開始だ。

まずは本命の冷却器。しかし特に異常は見当たらなかった。

冷凍庫内に霜がついてしまう理由は、端的に言って外気が多く庫内に入ってしまうことである。外の空気に含まれている水分が、庫内で凝結して霜となるのだ。

扉をパカパカ開け閉めしてみて、故障の原因が分かった。故障というほどのものでもない。扉の周りのパッキンの固定が取れていたのだ。恐らくこれのせいで隙間ができて、庫内に空気が入ってしまっているのだろう。

パッキンをはめ直し、補強のためにビニールテープを貼る。これで暫くは問題ないはずだ。

時計を見て驚いた。作業開始から三時間も経っている。霜取りに大分時間を取られたらしい。次の約束は六時からだったので助かった。まだ一時間くらいは余裕がある。

広々としたリビングに戻って来て三苦先生を捜してみたが、どうも見当たらない。

「三苦先生──」

あまりうろつくのは良くないと思うのだけれど、見当たらないのでは仕方がない。

リビングの中には、ドラマの中でしか見たことのないような立派な暖炉が設《しつら》えられていた。恐らくこれが、屋根の上に伸びていた煙突とつながっているのだろう。

暖炉の上には、小さな写真が一枚飾られていた。

先生と一緒に、白髪で眼鏡をかけた、穏やかそうな男性が写っている。勝手に見てはいけないような気がして、僕は慌てて目線を逸《そ》らした。

と、ふいに玄関の隣に小さな部屋が見えた。外から見えた例の「離れ」らしい。

覗いてみると、中で三苫先生が針仕事をしていた。

畳二畳分くらいの大きさの作品。細かい布が、複雑で美しい模様を描いている。

「あの、先生」

呼びかけてみると、先生がキルトから顔を上げた。

「あらごめんなさい。早かったわね」

そう言ってにっこりと微笑む。

早い？　と思って、離れの中にあった時計を見てみる。やはりもう五時ちょっと前だ。

先生が同じく時計を見て、「あらやだ」と言った。

「私こういうこと始めると、時間の感覚がなくなっちゃって。ごめんなさい。まかせっきりで」

「いえ、仕事ですので。あ。冷凍庫の方は直しました。これで暫く大丈夫だと思います。もしまた調子が悪くなった時は、お気軽にお呼びください」

三苫先生が目を丸くする。

「まあまあ。助かったわ。橘さんの言っていたことは本当ね。頼りになるわねえ」

「いえ、本当に大したことはしてませんので……」

恐縮する僕に先生が笑いかける。

「ねえ。ちょっとお茶していってくださいな。何もせずにお帰しする訳にもいかないから」

「いえ、その。お気遣いなく……」

とは言ったものの、実は喉がカラカラだったので嬉しい。

先生は僕をダイニングに案内すると、冷蔵庫から麦茶のような色のお茶を取り出した。

一口飲むと、紅茶のような味がしたが、後味がまるで違う。ハッカを舐《な》めた時のように、喉がすっとした。やっぱりお洒落なマダムが飲むお茶は一味違うらしい。

先生は僕がお茶を飲むのを、何故か嬉しそうに見ている。

何となく恥ずかしくて視線を逸らす。

「ねえあなた。年上の女性に好かれるでしょ？」

「ええっ？」

唐突に先生から聞かれて声が裏返った。

「いえ……その、年上の方にというか、女性全般に好かれた記憶がありません」

先生が明るい声で笑う。

「今のを聞いて確信したわ。でもあなた。年上って言っても一歳や二歳上の女じゃないわよ？　私や橘さんみたいな、おばさんやおばあちゃんくらいの女からよ？」

「え、と。……いえ、やっぱり何も、覚えがないですけど……」

女性と年齢に関する話をするのは躊躇《ためら》われて、僕の口がいつも以上にどもる。

先生が突然笑うのを止めて、僕の目をじっと見つめた。

先生の瞳は紫がかった深い黒色で、心の底まで見透かされそうな気がした。

「あなた。若いのに、とても優しいのね」

それは、僕の僕に対する評価とは一致しない。

何と答えたら良いか分からず、僕は押し黙った。

先生はそんな僕を見て、眉を八の字に寄せ、少し辛そうな顔をした。

「何か、悲しいことがあったの？」

心臓を、氷で出来た舌が舐めた。

網膜に、作業台の上で横たわる少女の姿が見えた。少女の身体中にできた青あざが、僕に憎悪の視線を向けていて、しかし僕に何の復讐《ふくしゅう》もできない無力さに、同時に涙を流していた。

ぐらりと身体が傾いて、反射的にテーブルに手を付いた。

お茶のグラスが倒れて、中身がテーブルの上に溢《あふ》れ出《だ》した。

「だ、大丈夫っ？」

先生が慌てて駆け寄り、僕の肩を摑《つか》んで支えてくれた。僕は頭を強く振り、幻覚を追い払う。

「すみません……。大丈夫です。ちょっと目眩《めまい》がしただけで……。ただ、あの、疲れているのかもしれないので、今日はそろそろお暇《いとま》しますね。あ、テーブル拭かないと」

先生が首を振る。

「こっちは大丈夫よ。それより、本当に大丈夫？」

頷いて立ち上がる僕を、先生は心配そうに玄関まで見送った。

「ねえ、あなた」

「？」

見つめた先の先生は一度何か言うのを止めようとして、しかし再度口を開いた。

「もっと、素直になっていいのよ？」

何のことか分からず、眉を顰《ひそ》めて首をひねる。

「人間、自分自身が、自分の価値を一番分かっていないことってあるわ。あなたのことを大切に思っている人は、あなたが思っているより、きっとたくさんいる」

先生の目には、長い年月を生きて来た人にしか出せない重さがあった。

僕は、その言葉に笑ってみせた。

僕についてはその言葉は当てはまらないという、それは苦笑いだった。


二件目のお客さんは、我が家の目の前、先日橘さんが訪れていた後藤《ごとう》さんの家だった。

交友関係やパッチワークの趣味といった情報から、もう少し年上の穏やかな女性を想像していたのだけれど、実際の後藤さんは二十代の後半くらい、かなり若くて、しかも活発な女性だった。明るい金色の髪をショートカットにしていて、細身で、背は僕と同じくらい。

サーフィンをするために、海辺の一軒家で一人暮らしをしているらしい。何の仕事をしているのかは知らないが、車庫には有名なイタリアブランドの高級スポーツカーが停《と》まっていたりと、生活にはかなり余裕がありそうだった。

因《ちな》みに、こちらの作業は本当に一瞬で終わった。

ＨＤＤレコーダーが突然動かなくなったということだったのだが、何と、本体に差す電源ケーブルの差し込みが甘くなっていたのだ。ただ、機械が苦手な方にとっては、こういうところが意外な盲点にはなるのだろう。

流石にこれでお代は受け取れないので固辞していたのだが、「それなら」と後藤さんは家の中に走っていくと、段ボールに入ったお米と野菜を持ってきた。

「実家から送って来たんだけど、余っちゃって。ね？　助けると思ってさ。貰ってよ」

後藤さんが眉を八の字にして、カラカラと明るく笑った。

お金で貰うより余程高価そうではあるが、何故かお金よりは楽に受け取れた。

お礼を言ってお米と野菜を頂き、目の前の我が家に戻った。


ドアベルの伴奏に合わせて、「ただいま」と言って家に入る。

カフェスペースの中で本を読んでいた結さんが顔を上げ、僕を見てぱっと笑顔になった。

椅子から立ち上がり、小さく頭を下げる。

「おかえりなさい。氷雨さん」

「あ、うん。……ただいま」

先ほどの儀礼的な「ただいま」とはまるで違う。言葉が優しく唇を撫《な》で、胸の中がじんわりと温かくなるのを感じた。

「お仕事お疲れ様でした。いかがでしたか？」

「うん。二件とも、何とかなったよ。ほらこれ。前の家の方が、お礼にって」

「後藤さんのことですか？　猫を飼ってらっしゃる」

僕は目を丸めた。確かにその通りなのだが、何故そんなことまで知っているのだろう。

結さんが小さく微笑んだ。

「氷雨さんがお出かけの間に、ご近所の皆さまにはご挨拶して参りました」

「ああ。なるほど」

しっかりしてるなぁ……と思いつつ頷いて返すと、結さんが僕の傍に寄り、机に置かれた段ボールの中を見て、「わあ」と目をキラキラさせた。

「これは腕が鳴りますね」

そう言って右腕に力こぶらしきものを作り、そこに左手を添える。

普段のイメージとは違う仕草に、何だか頬が熱くなった。それ以前に、いつの間にか結さんとの距離がかなり近い。バラの花のような匂いがして、頭がくらくらする。

身体を少し離しつつ、テーブルの上に置かれた本を指さした。

「結さん、何読んでたんですか？」

結さんが「そう言えば」と言って本を手に取り、胸の前にかざす。表紙には、キュウリやナス、トマトといった野菜の写真が印刷されていた。

「『野菜の上手な育て方』？」

僕が題名をそのまま読むと、結さんが嬉しそうに頷く。

そして唐突に頬を朱《あか》く染め、ちょっと緊張しているのか、その身体に力を入れた。

「あの、氷雨さん。私、お庭でお野菜育ててもよろしいでしょうか？」

「え？　は？」

「いえ。正確に言うと、もうお野菜は植わっているんです」

そう言えば、と思い出す。確かに庭に、トマトが植わっているのを見た記憶がある。

ああ、ああ、と頷く僕に、結さんがモゴモゴと口を開く。

「ただ、暫くお世話されていないみたいで……」

こちらを気遣うような小さな声。

「それで、もしよろしければ、私にお世話させて貰えたら、と思いまして」

「ごめん。野菜のことすっかり忘れてたよ。ありがとう結さん。こちらこそお願いします」

結さんの顔が、ぱあっと明るくなる。

「もし重い肥料とか運ぶ時があったら、遠慮なく言ってね？　僕もお手伝いするから」

「はいっ。氷雨さん、ありがとうございます」

結さんが深くお辞儀をする。彼女が動くたび、頭がぼんやりするいい匂いがする。

「じゃ、じゃあ僕、汗かいたから、お風呂入ってくるね」

「はい。ごゆっくりなさってくださいね」

逃げるように立ち去る僕に、結さんが優しく微笑んだ。

晩ごはんの後、結さんがお風呂に入った段階で、ようやく僕は自分のパソコンを開いた。

今の僕に取り得る新オーナーの探し方は大きく分けて二通り。

一つは、結さんの情報を一部公開して、買いたい、と言ってきた人間の中から信頼できそうな人を選ぶ。

もう一つは、自分から信頼できそうな人を探してきて、その人に、十五億円で結さんを買ってくれないか、と頼む。

結さんのことを考えながら、「買う」とか「売る」とかの単語を思い浮かべるたび、頭がねじ切れそうなほどズキズキと痛んだ。

何度もパソコンを閉じようとして、それでも結局考え直す。

現オーナーである戸川が対価を要求している以上、どうしてもお金のやり取りは生じてしまうのだ。そして僕は結さんに、彼女に見合う新しいパートナーを探し出すと約束した。

ならばやるしかないのだ。自分の心の痛みなんて、感じているだけ時間の無駄だ。

昨日の夜は漫然と見ていたオークションサイトを隅々まで丁寧に眺めてみる。

何と半年前に、世界的に有名なオークションにTOWAが出品されていた。

その落札額、十六億円。

なるほど。手数料が十%くらいだから、手取りは大凡《おおよそ》十五億円くらいのようだ。だったら何で戸川はオークションにでも出品しないのかと考え、その考えを慌てて取り消す。

戸川がオークションに出品しなかったのは、僕にとってはむしろ幸運だった。ハンマープライスで競り落とした買い手が、良い人であるかどうかなんて分からない。その人は単に、最高額を付けたというだけなのだから。

「氷雨さん。お風呂ありがとうございました」

尻が浮いた。

僕は猛烈な勢いで、ブラウザの「戻る」ボタンを連打した。

「？」

不思議そうな顔をした結さんがパソコンの画面を覗き込む。

そこには……子猫がひたすら毛布をフミフミしている動画が流れていた。

「わあ。可愛い。氷雨さん、猫好きなんですか？」

「え、ええまあ。……はい」

胸の中で心臓が跳ね回っている。

あと三回くらい追加でクリックしていたら、ちょっとエッチなグラビア画像がお披露目されるところだった。画面の中で一心不乱に動き続けるキジトラに、心の底からお礼を言う。

動画がキジトラのから茶トラに変わった瞬間、「あっ」と声を上げ、結さんが身を乗り出してきた。

「見て下さい氷雨さん。この猫、後藤さんちのマイケルにそっくりです！」

「ちょ、ちょ」

マイケルどころの騒ぎじゃない。目と鼻の先に結さんの横顔がある。

唇をタコの口のように突き出したら、お風呂上がりで上気して、しっとりとしている頬にキスすることさえできてしまいそうな距離。

あまりに衝撃的すぎて身体が固まって動かない。同じボディーソープを使っているはずなのに、僕の身体とは全く違う、甘酸っぱい良い匂いがする。

「あっ。ほら、氷雨さんこの玄関！　本当に後藤さんちなんじゃ……あっ！」

更に無理な体勢になった結さんが、ついに僕の方に倒れ込んだ。

訳も分からず、とにかく抱きとめる。

運動神経が人並み外れて良くない僕に、華麗に受け止めるなんて芸当は無理に決まっている。目を瞑《つむ》って、クッション代わりに下敷きになるので精一杯だった。

背中と後頭部が畳に墜落し、鈍い痛みに顔を顰める。

「ご、ごめんなさいっ。氷雨さん、大丈夫ですかっ？」

僕の前面部から、何か柔らかくて良い香りのするものが少しだけ離れた。

右目を僅かに開いて驚愕《きょうがく》する。

目の前に、僕のことを真っすぐに見る結さんの顔があった。

美しい柳眉は困惑と後悔によって垂れ下がり、青色の瞳に薄《う》っすらと涙を浮かべている。

結さんの両腕が、僕の両耳の横にあった。

「氷雨さん、本当にごめんなさい。大丈夫ですか？　どこか、痛いところないですか？」

歯磨き粉のクリアミントの香りのする結さんの吐息が、僕の鼻をくすぐってくる。結さんの肩から垂れるまだ水分を含んだ髪の毛が、舌のように僕の首筋を舐めた。

全然大丈夫じゃなかった。

「あ、あの……」

必死に身体を動かして結さんと距離を取ろうとする僕に、結さんがぶんぶん首を振る。

「駄目です。動かないで。脳震盪《のうしんとう》を起こしているかもしれません。お願いですから、暫くじっとしていてください」

そう言って結さんは、まるで子どもに言い聞かせる母親のように、僕の頭を優しく撫でた。

恥ずかしさのあまり、呼吸さえまともにできない。

だんだんと、自分の体勢が分かってくる。

寝転がっている僕の上に、覆いかぶさっている結さんがいる。僕の太ももの間に結さんの右ひざがあり、僕の下半身と結さんの下腹部がぴったりと密着していた。

必死に素数を数え続けて意識を逸らす。とにかく結さんの目を見てはいけない。

視線をフラフラと彷徨わせた僕は、ついに「目」ではなく、「それ」を見てしまった。

目の前の結さんは、夏用の白くて薄い、小さなニンジンの絵がたくさん描かれた半袖のパジャマを着ていた。

その胸元から、彼女の胸の谷間が見えた。

重力に逆らわず柔らかそうに垂れた、マシュマロのように真っ白な胸の谷間だった。

「ちょちょ、ちょっとごめん！」

僕は目を瞑り、柔道家が寝技を外すかのように、素早くマウントポジションから脱出した。

頬と胸が猛烈に熱い。「ひ、氷雨さん？」と驚く結さんの顔をまともに見られない。

「と、トイレ！」

と叫んで僕はトイレに駆け込んだ。

便座に腰掛け、自己嫌悪をため息として吐きながら、胸の動悸《どうき》を抑え込んでいく。その間、フロアマットに描かれたクマのキャラ絵が、何だか卑猥《ひわい》な笑みを浮かべて僕のことを見つめていた。


「氷雨さん、昨日はすみませんでした。私、調子に乗っちゃって……」

次の日の朝食時、しょんぼりした様子で結さんが謝った。

「いや、僕の方こそごめん……」

逆に謝られて、不思議そうな顔をする結さん。とはいえ正確に、「いや、僕の方こそ、君を邪《よこしま》な目で見てしまってごめん」とも言えない。

「ほ、本当に気にしないで。そんなに気にされると、逆に恐縮しちゃうから。ほら、笑って？」

結さんは暫く顔をモゴモゴさせていたが、やっと、はにかむように小さく微笑んでくれた。

僕は胸の中に、じんわりと温かいものを感じた。

朝食を終えて、結さんは張り切って庭に出ていった。今日から畑仕事を頑張るつもりらしい。和室の窓から庭を覗くと、麦わら帽子を被り、デニム地のワンピースを着た結さんが、バケツに水を汲《く》んでいるのが見えた。

今日も屋外は、真夏の太陽に照らされていた。

周囲の家の屋根からは、まるで踊っているかのように揺らめく陽炎《かげろう》が立っている。

僕はちゃぶ台の前に座り、パソコンの電源を入れた。

昨日あの後、僕は一つのフリーマーケットサイトに、結さんのことを登録していた。

昨日のことを思い出して、右手が恐怖を感じているかのように震え出す。

僕が生きてきた人生の中でも、最悪の経験の一つだった。

結さんに、最低価格十五億円を付けて売りに出す。

とてもできないと思ったのに、僕はそれをやり遂げた。外道になることを拒む心に、脳が嘲笑を浴びせかけた。「まさかまだ、まともな人間のつもりなのか」、と。僕は震える手で、その登録を完了した。

今回登録したサイトは、特に売り手と買い手のコミュニケーションを重視したフリマサイトで、売り手が、買う人を選ぶことのできる仕組みになっている。

登録したばかりだけれど、僕は状況が気になって、出品者サイドから出品情報を眺めてみた。

目を疑った。

問い合わせ件数……二百十六件。

「は？」

思わず声が口から漏れる。慌てて問い合わせ情報をクリックして開く。

そこには日本語だけでなく、英語や中国語で書かれた質問、さらには十八億円でいいから即決してくれ、と言った内容が書かれていた。

僕は窓を通して庭を見る。

結さんがバケツに汲んだ水を、ひしゃくを使って畑にまいていた。

まさかこんなに問い合わせが来るとは思っていなかった。というのも、僕はどうしても、結さんの写真を掲載することができなかったからだ。

普通、商品の写真は、出品情報の中でも最も重要なものの一つになる。

それを掲載せずに、十五億円という金額を要求する。一般的に考えて常軌を逸しているし、悪戯《いたずら》と考えられても不思議ではない。今になって理解する。僕は結局、このサイトを通じて、結さんを本気で売買するつもりなんてなかったのだ。

公開での取引。その可能性を摘んでしまえば、僕にはもう、知り合いとの相対取引以外の手段は残されていない。そこまで追い込めば、僕も……。

一人の女性の姿が脳裏をよぎり、僕は慌てて首を振った。

再びパソコンの画面を覗き込む。

それにしても、だ。予想に反したこの反応。

世界に九十二体しかいないＴＯＷＡ……僕はその需要予測を完全に誤っていた。

自然とカーソルは質問のリンクをクリックし、二百十六件の質問を次々と画面に表示する。

一番多いのが、「とりあえず写真を見せろ」というものだ。それはまあ、当然だと思う。特に結さんがワンオフであることを考えれば、当然の反応に違いない。一般的なＴＯＷＡの外見はネットで検索すれば出てくるが、結さんのことを調べることはできないからだ。

次に多かったのが、「赤か？」という質問で、僕はこれを見るたび強烈な吐き気に襲われた。

赤、と言うのは、俗語の「赤ＴＯＷＡ」というものを表している。

これは、男性経験のない中古のＴＯＷＡ、という意味である。

ちなみにだが、男性経験のあるＴＯＷＡを「黒ＴＯＷＡ」、そもそも誰の手にも渡ったことのないＴＯＷＡを「白ＴＯＷＡ」と言ったりする。

「赤か？」という質問をしてくる段階で、僕が探しているオーナーではない。

次々に質問を消していき、誠実そうな質問にだけ答えていく。写真については、もちろん渡すつもりはないので、要求に応えられない旨返答した。

一時間ほどして、結さんが外から帰って来た。僕はパソコンの蓋をたたむ。

「ただいま戻りました」

結さんが額に汗しながらカフェスペースから上がって来て、幸せそうに笑った。

胸が苦しくなるほど、綺麗な笑顔だった。

結さんがハンカチでポンポン顔を拭き、ちゃぶ台の前に座る。僕の右側。彼女の定位置になりつつある。

「氷雨さん、今日もとっても暑いですよ」

「お疲れ様。麦茶飲みます？」

「はい。あ、でも大丈夫です。自分で持ってきますね」

そう言うと結さんは立ち上がり、キッチンから麦茶のボトルと、グラスを二つ持ってきた。

「氷雨さんもどうぞ」

そう言って微笑みながら、麦茶を渡してくれる。

幸福と、そして過去への後悔とが、痛みのように胸の中に広がった。

視線の先。結さんが麦茶を一口飲んでから、小さく、幸せそうなため息を吐いた。

――贖罪《しょくざい》。そんなものはもう、求めていなかった。この世の中には、贖《あがな》いたくても、贖うことのできない過ちがある。

結さんに……ただ、ＴＯＷＡとして生まれてきたがために苦しむ彼女に、幸せになって欲しかった。それだけが、今の望みだった。

「あの……ど、どうか、されましたか？」

「え？」

気が付くと、目の前に頬を朱くしてはにかむ結さんの姿があった。

「ご、ごめん。その、何でもないんだ」

じっと見つめてしまっていたことに気付き、慌てて目線を逸らす。

結さんも、どうしたら良いのか分からない様子で下を見て、恥ずかしそうに肩を竦《すく》めた。

ポロロロン。ポロロロン。

気まずい空気の中、軽快な電子音が鳴って、僕の身体が正常に動くようになる。

携帯電話を取り、通話ボタンを押す。家電修理の依頼だった。

電話を切って、結さんに向き直る。

「仕事の依頼だったから、ちょっと行ってくるね。お昼、先に食べてててくれて大丈夫だから」

「はい。分かりました。氷雨さん、お気をつけてくださいね」

再び笑顔に戻ってくれた結さんが、上着をとって渡してくれる。

「うん……ありがとう。それじゃ、行ってきます」

挨拶をした僕に向けて、結さんが声を出さずに口をパクパクパク、と動かした。

昨日は聞こえなかっただけなのかと思ったのだけれど、そうではなかったらしい。不思議に思って、自分の口を指さして見せた。

「結さん……それ？」

「あ……」

結さんは途端、頬をほんのり赤くして、照れ隠しのように小さく笑った。

「ごめんなさい。これ、癖……というかおまじないなんです。お別れの言葉を声に出さないようにすると、無事にまた会えるっていう」

「へえ……」

聞いたことのない話だったので素直に感心してみせると、結さんはちょっと慌てた様子になって胸の前で両手を振った。

「あの、ただこれ、私が勝手にやっていることなんです。どこで覚えたのかも、良く覚えてなくて……。何というか、その、変ですよね」

眉を八の字にした結さんに向けて、僕は『行ってきます』と口パクしてみせた。結さんは一瞬ポカンとしてから、ぱっと笑顔になった。頬を染めて『行ってらっしゃい』と口を動かした。

僕が玄関を出るところまで、昨日と同じく結さんはついてきてくれた。昨日と同じく、自転車で家を出発する僕に小さく手を振っている。昨日より、その笑顔が少しだけ明るい。

僕はその手に、小さく手を振り返した。


凄く凄く、脳が千切《ちぎ》れそうになるくらい悩んでから、僕は例のフリマサイトで知り合った一人の男性と会うことにした。

最終的な応募件数は国内外を合わせて千を優に超えたが、この一週間ほどの間におけるやり取りをこなし、メール審査、電話審査によって僕は三名にまで候補者を絞った。今日会う人は、その三人の中でも、僕が最もオーナーとしての適性が高そうだと判断した人だ。

面会の日も、暑い夏の日だった。朝からセミ達の合唱が、スコールのように降っている。

カフェスペースには、僕、結さん、そして戸川がいた。

二つあるテーブルのそれぞれに、結さんと戸川は別々に座った。二人とも一言も口を利かず、目を合わせることもなかった。

戸川は相変わらず、きっちりとしたスーツスタイルだ。髪も変わらずのオールバック。先日会った時よりむしろ眼光鋭く、病院の院長先生という雰囲気はどこにも見当たらない。

僕はパーティションのように、二人の間に立っていた。

約束の午後五時。

夏のひりつくような西日と戦うため、クーラーが気合を入れた唸《うな》り声を上げたちょうどその時、入り口のドアベルが馴染《なじ》みの音を立てた。びくり、と結さんの肩が跳ねた。

「お待たせしました。約束しておりました立山《たてやま》です」

入って来た男性は戸川と同じ五十歳くらい。ベージュのスーツに緑色のネクタイ。戸川とは違って年相応にふっくらした印象で、べっ甲色の眼鏡をかけていた。髪にも白いものが目立つ。優しそうな目元が印象的で、こちらに向けて丁寧にお辞儀をした。

顔を上げて、戸川、結さん、そして僕を見る。

気まずい雰囲気を悟って戸惑っている様子だ。無理もない。

僕は結さんが座っている方のテーブルに手のひらを向け、僕自身も結さんの隣に座った。グラスに麦茶を注いで渡すと、男性は再び丁寧に頭を下げてから受け取った。

簡単に自己紹介し合う。

男性の名前は立山史郎《たてやましろう》。東京と神奈川の境目近くにある武蔵小杉《むさしこすぎ》というところで、法律事務所を経営する弁護士らしい。

「ほお。若宮さんは、昔ブラックアイリスにいらっしゃったんですか。それは素晴らしい」

僕は苦笑いで返す。

ブラックアイリスの名前を聞くだけで、僕の鼓膜は彫刻刀で抉《えぐ》られているかのように痛み、腕にはぞわぞわ鳥肌が立った。

「……それで、一応既にお聞きしてはいるのですが、もう一度、何故結さんを引き取りたいと考えていらっしゃるのか。その理由を教えてもらえますか？」

僕の言葉に、立山氏は神妙に頷いた。

「私は三年ほど前、娘を交通事故で失いました。名前は沙耶《さや》といいます。私と妻にとって人生の全てでした。妻はその日から、外出することもできなくなりました」

立山氏が一度手を組み直した。左手の薬指にはまった指輪が、夏の西日を受けて濡れるように光った。

「養子を迎えることも考えましたが、妻はどうしても嫌だと言いました。その妻が、当時話題になり始めたＴＯＷＡを見て、『この子を迎えたい』と言ったのです。恐らく誰の子どもでもないところに惹《ひ》かれたんだと思います。私は彼女の望むようにしてあげたかった。ただ……当時は事務所を立ち上げたばかりで、そんなお金なんてありませんでした」

立山氏が僕のことを見つめる。疲れたような、穏やかな目だった。

「大分時間が経ってしまいましたが、今の私には、幸いなことにお金がある。一方で、もうＴＯＷＡは通常のルートでは手に入らない。それで今回、こちらに応募した次第です」

話を聞き終えて、僕は結さんのことを見た。

結さんは話を聞いているのかいないのか、テーブルに目を落としていた。まるで普通の人形になってしまったかのような、ぼんやりとした表情だった。

僕は……結局のところ、どうすれば良いのか分からない。

立山氏はいい人に見えるし、これから話の裏付けをとったりする必要はあるけれど、もし真実を話しているのだとすれば、結さんのことを大切にしてくれるのではないかと思う。

でももし、「立山氏に結さんを渡して良いと思いますか？」と言われたら、僕はやっぱり答えが出せない。その答えを出せる人は、未来を見ることのできる人だけだと思う。

「ヒューマノイド法施行令第十四条の三については、どうするつもりだ？」

突然、戸川が口を開いた。

残りの三人が驚いて戸川のことを見る。

戸川は真っすぐ立山氏のことを見ていた。

立山氏がふっと緊張を緩め、微笑みながら口を開く。

「登記のことですかな？　任せてください。私は法律の専門家ですよ。……それとも、私のことを、お試しになられたのかな？」

戸川が「ほう」と納得したように頷いた。

「ヒューマノイド法」。正式名称を「ヒト型ロボットの権利、生産及び流通に関する法律」は、本来「モノ」であるヒューマノイドに、一部人権に相当する権利を認めたり、それを所有する人間に対して義務を課したりする法律だ。

当時何の規制も存在しなかったヒューマノイド市場において、ＴＯＷＡを産めや増やせやしていたブラックアイリスに、決定的な死刑宣告をした法律として広く知られている。まあそれは実際のところ、マスコミが話を面白可笑《おもしろおか》しくするために作り出した全くのデマで、ブラックアイリスは、社長である佐藤菖蒲本人によって潰されたのではあるけれど……。

ヒューマノイド法の存在自体はもちろん僕も知っていたが、各条文に何が書かれているかなんて全く記憶にない。二人のやりとりを聞く限り、戸川は立山氏が本当に弁護士なのかどうか確かめようとして、そのテストに立山氏は合格したということらしい。

「時に……」

戸川が再び口を開く。

「あなたは今回、いくらまで出すつもりなのかな？」

僕の隣で、結さんの身体に力がこもる。

立山氏の顔に困惑が浮かんだ。

「いくらとは……私は、十五億円用意するつもりでしたが……」

「なら十六億と言ったら？」

戸川がハゲタカのような鋭い目つきで立山氏に問う。結さんの身体が完全に凝結した。

立山氏の頬が次第に紅潮する。

「な、なにを言ってらっしゃるのか？　十五億という話だったのでは……」

「十六億だったらどうだ？　と聞いているだけだ」

立山氏が青い顔をして、戸惑うように僕のことを見た。

僕はその顔を睨み返す。

当然……当然、お金の話が出る可能性は十分にあった。

だが、それをするにしても、何故もっと結さんのことを気遣わない？

自身に値段を付けられて、青くなって震えている彼女を見て、何も感じることはないのか？　自分の払うお金のことにしか興味がないのか？

「彼女は、『赤』だぞ」

戸川の言葉に、僕は全ての内臓が溶け出したかのような気がした。

それまでずっと下を向いていた結さんが、真っ白になった顔を上げる。信じられないものを見るかのように、呆然と戸川のことを見る。戸川は立山氏のことしか見ていない。

そして僕は、立山氏の喉が「ゴクリ」と音を立てるのを聞いた。

そして僕は、立山氏がふっと結さんに向けた視線の中に、吐き気のする欲望の光を見た。

「そ、そうか。私は色などもちろん気にしないが、赤ならプレミアが付いてしまうのも仕方がないな。……分かった。十六億だそう」

僕の頭を強烈な怒りが焼き尽くす。あまりにも怒りが強すぎて、一瞬意識が飛びそうになる。

戸川が鼻で笑う。

「馬鹿言うな。世界に九十二体しかいないＴＯＷＡの中で、未《いま》だ『赤』であるＴＯＷＡが何体いると思っている？　十六億だなんてがめついじゃないか。二十億だ」

「ば……」

馬鹿な、と言おうとした立山氏が、一度結さんのことを見る。

もはや欲望を隠そうともしない。結さんの身体をその視線が這《は》いずり回《まわ》る。

結さんがびくっと肩を跳ねさせて、その顔を恐怖の色に染めた。

「わ、分かった。二十億で良い。ただ、本当に赤なのか、もちろん確認させてもらうぞ？」

結さんが一度瞳を震わせて、ぎゅっと目を瞑って下を向いた。

この世に光がないのなら、目を開けている必要なんてない。

「ふざけんな……」

僕の口から、聞いたことのない冷たい声が出た。その一方で、腹の中と頭の中は、真っ赤な溶銑《ようせん》を注《そそ》ぎ込《こ》まれたかのように煮えたぎっていた。

立山氏が硬直した。結さんが涙で濡れた目を見開いて僕のことを見た。

「……え？　あの、何と？」

立山氏の口が小さく動く。

爆発しそうな感情を抑え、僕は細く、小さく呼吸を続けた。目の前の男性の緑のネクタイだけを見つめていた。顔を見てしまったら、自分を制御できなくなるのは分かっていた。

喉元で怒りを抑え込み、やっとのことで口を開いた。

「申し訳ありませんが……、お引き取りください」

「な、な、何を言っているっ？　ふ、ふざけているのかっ？」

バキリ。

硬い音が部屋に響き、僕の右手に冷たい液体が溢れた。

立山氏の視線の先、僕の手の中で、ガラスのコップが割れていた。テーブルに広がったお茶の中に、鮮やかな赤色が混じっていく。

結さんがショックの余り、泣き出しそうな顔で鼻と口を覆った。

立山氏のことを、ありったけの感情で睨《にら》み付《つ》ける。

「ふざけてなんていません。あなたは結さんに、相応しくない。もう次は言いません。……お引き取りください」

大量の血を見て青くなった立山氏の顔の中で、たくさんの感情がハレーションを起こした。ぎりっと大きな歯ぎしりの音がした。

「帰るっ！」

椅子を弾《はじ》き飛《と》ばしながら立ち上がり、立山氏は駄々っ子のような怒声を上げた。

荒々しい足音の後にドアを開け、出ていくと同時に叩《たた》きつけるような勢いで扉を閉める。ドアベルが聞いたことのない悲鳴のような音を立てた。

急に静かになった部屋の中で、結さんが渡してくれたハンカチを右手に巻き付ける。なおも心配する結さんを、左手で「大丈夫」と制した。出血が派手なだけで傷は浅い。

それより……ハラワタは、なおも煮えくり返っていた。

僕は火傷《やけど》しそうなほど熱い息を鼻から吐き出し、戸川のことを睨み付けた。

「……いつまでいるつもりですか？」

戸川は小さく肩を竦め、口角を上げてみせた。

「せっかくの二十億のチャンスがふいになった」

再び爆発しそうになり、右手を強く握り締める。鋭い痛みが、ギリギリのところで理性を繋《つな》ぎ止《と》める。

戸川は震える僕を見て、小さくため息を吐いた。

「全く、とんだ仲介人だな。でも今日の客はまあまあ気前が良かったじゃないか。この調子で頑張ってくれ。次も期待しているぞ」

その言葉を聞きながら、僕はガレージの光景を思い出していた。

ガレージの中には、人間なんて簡単に殺せる工具が山のように転がっている。

戸川はしかし、それ以上何も言うことはなく、扉を開けて出ていった。

最後まで、結さんのことを一度も見ることはなかった。

戸川が出ていって、僕の心は急に伽藍堂《がらんどう》になった。

僅かに開いていたドアを閉めてから、ゆっくりと結さんの方に振り向く。

結さんは、テーブルをじっと見つめていた。戸川に置いていかれた日と同じような姿だった。

「結さん……ごめん……」

何人も何人も事前の調査とヒアリングをして、やっと一人、立山を選び出したのに……。

自分の馬鹿さ加減に呆《あき》れ果《は》てる。あれだけ時間と労力を使った結果、その本性に気付くこともなく、彼のような人間を招きいれた。僕に、この役は、荷が重いのだろうか……。

結さんがはっとして顔を上げた。

困ったような顔で、ぶんぶんと首を振り、立ち上がった。

「そんな……。氷雨さんに謝ってもらうことなんて何もありません。私のために力を貸していただいて、本当にありがとうございます」

深々と頭を下げる。その手が、スカートの裾をギュッと握る。

結さんが顔を上げた。眉尻を下げたまま、小さく微笑んだ。

「もう、こんな時間になってしまいましたね。すみません。私、作業が残っているので、畑に行かないと」

「あ、ああ。うん……」

結さんは麦わら帽子だけとって、玄関から外に出ていった。

ゆっくりと、深呼吸をする。

凄く、疲れていた。

もうこの方法は、止めよう。そうぼんやり思いながら、僕は和室に上がった。

窓の外で、結さんが畑に腰を下ろし、雑草を抜いている姿が見えた。夕日の力は未だ強く、茶色い土をじりじりと橙色《だいだいいろ》に焼いている。

結さんが作業をしながら、手の甲で顔を拭った。

汗を拭いているのかと一瞬でも思った自分は、本当に、世界で一番の愚か者だった。

結さんが次第にしきりと顔を拭い出し……ついに、顔を覆って動かなくなった。

窓越しに見ても、肩が時々小さく跳ねて、結さんがしゃくり上げているのが分かった。

握り締めた拳に、じわじわと生暖かいものが伝う。手を裏返して見てみると、爪の食い込んだ手のひらから、再び血が溢れ出していた。


昨日より時間をかけて作業して来た結さんは、外が薄暗くなった頃に帰って来た。

心配の余り、和室に入ってくるのも待ちきれず、僕はカフェスペースを覗き込む。

ちょうどカフェからキッチンへと向かおうとしていた結さんが、こちらに振り向いた。銀色のおさげが、彼女の周囲をくるりと舞った。結さんが腕に抱えていたかごの中には、とれたてのキュウリやナスが入っている。

こちらを向いた結さんの顔。その雪のような白い肌には、薄っすらと土が延びていた。

顔を手で覆った時に付いてしまって、隠すために拭こうとして拭ききれなかったのだろう。

僕のことを見て、にっこりと優しく微笑んだ。かごの中身を僕に見せるように傾ける。

「氷雨さん。今日はお疲れでしょう？　お野菜いっぱい食べて、元気になってくださいね」

目頭が熱くなって、僕は返事のような曖昧な笑顔を作って顔を伏せた。

胸が詰まって、声を出すことができなかった。

あんな非道な扱いを受けた直後なのに、彼女は、僕の前では明るく振る舞おうとしていた。僕が責任を感じないように、精一杯配慮していた。

「……氷雨さん？」

名前を呼ばれて突然正気に返る。

気付けばカフェに裸足《はだし》のまま降りていて、結さんの目の前に立っていた。

左の頬に土を付けた彼女が、不思議そうな顔をして僕のことを見ている。

……本当は、今すぐ、彼女の前に跪《ひざまず》きたかった。

辛い境遇にあって、それでもなお他者を気遣う彼女のことを、心から尊敬していた。でも同時に、一人で隠れて泣いている彼女のことを、他の誰よりも、何よりも護《まも》りたかった。

でも……

でも、それは、許されない。

彼女がこんなにも辛い目にあっていることの責任の一端は、間違いなく僕にもあった。

彼女を含めたTOWA達は、いわばバベルの塔なのだ。

ブラックアイリスの社員というバベルの民達が、妄執と虚栄に取りつかれて作り出した神への挑戦状。塔そのものに罪はなくとも、自然の摂理から反したそれは神によって破壊され、結局バベルの民達以上の罰を受けた。

僕に戸川を責める権利なんてない。外道の度合いで言えば、僕の方が遥《はる》かに道を外れている。

僕はそっと右手を伸ばし、結さんの左の頬をなるべく優しく拭った。

「土、付いてますよ」

笑顔で言えた、と思う。

「あっ。や、やだ……」

結さんの頬がかーっと朱く染まり、恥ずかしそうに瞳を震わせて下を向いた。

僕に、彼女を護ることはできない。許されない。

だけど。いやだからこそ。

僕は彼女に、僕の全てを捧《ささ》げる。

彼女を傷つけるものは全て僕にとっての敵。彼女を悲しませるものは全て僕にとっての悪。

頬を赤くしたままの結さんが一度微笑んで、キッチンへと入っていった。

「氷雨さん」

結さんが、後ろ姿のまま僕を呼んだ。

僕の目線の先で、結さんはやっぱり後ろを振り向かずに固まっている。

「今日、あの人……立山さんに、氷雨さんが凄く怒ってくれて……私、あの時、凄く、凄く、嬉しかったです……」

くるりと振り向いた結さんは、八の字眉で、小さく笑った。

「ごめんなさい。呼び止めてしまって。ごはん、すぐに用意しますね」

その姿を見て僕は決意する。

僕はこの依頼を受けた時から、ある一人の人物こそが、彼女の引き取り手として最も相応しいのではないかとずっと思っていた。

僕はただ、僕自身の傷を抉《えぐ》り出《だ》すのが怖くて、その選択肢をずっと除外し続けて来たのだ。

でも今の僕には、自分の古傷を守ることよりも、遥かに大事なことがある。

そしてその日の夜。

僕はブラックアイリスの元社長、佐藤菖蒲にメールを送った。

TOWA-the 92
letters of defiance to god.

第三章　小さな闖入者

一級調律師になった日のことを、今でも良く覚えている。

入社時に素材部門に配置された僕は、それ以降、ひたすらＴＯＷＡ達の肌素材の研究に没頭していた。自分の専門分野ではなくて最初の頃は戸惑ったけれど、「肌」は外部に露出する部分であり、ＴＯＷＡの「人間らしさ」に直結する重要な部分であることは理解していた。やりがいがあった。

人間は、五感によって世界を認識する。

僕が入社した段階で、ＴＯＷＡ達の「肌」は、視覚、嗅覚、更には味覚においてまで、人間の肌を忠実に再現することに成功していた。その全てが、佐藤社長による功績だった。

だから僕のミッションは一つだけ。

人間の触覚を完璧に騙《だま》せるくらいにまで、ＴＯＷＡの「肌」を改良することだった。

朝も夜もなく働き続けて、僕はそれをようやく達成した。

成果は、社長賞という形で報われることになった。

そしてその表彰の場で、佐藤菖蒲は僕を、一級調律師に任命した。

世界各国から集められたトップレベルの研究者達が、僕に称賛と羨望の眼差《まなざ》しを向けていた。

本社の中に、僕専用の個室が設けられた。

興奮と緊張とでどうにかなりそうだった。

僕はようやく、ＴＯＷＡ開発の中枢にまで辿《たど》り着《つ》いた。

§　§　§

「あれ？」

次の日の昼食後。

お盆に食器を載せて立ち上がった結さんが、窓の外を見て小さな声を上げた。

「ん？　どうしました？」

「えと……」

そう言って、結さんが窓の外を指で示す。

その指の先。ちょうど畑の前あたりに、何か紺色のものがモゾモゾと動いていた。

小さな女の子だった。多分だけれど、四歳くらいだと思う。

強い日射しの中、紺色に白線の入ったセーラーマリンのワンピースを着ている。土に絵を描いているらしく、手を一生懸命に動かしていた。

「いけない」

何がいけないのか分からない僕の前で、結さんが一度お盆をちゃぶ台に置き、急いで二階へと上がっていった。

すぐにパタパタと戻って来た彼女の手には白いベレー帽が握られていて、「何それ？　結さんが被っているところ見てみたい……」と思う僕の横を通り過ぎ、玄関に向かって走っていった。

慌てて僕も後を追う。

玄関を開けた途端、液体のような熱気が身体にまとわりついてきた。

額にぶわっと浮いてきた汗を、右手の甲で拭う。

「い、やっ！」

扉が閉まるとほぼ同時、大きな声が畑の方から上がった。

僕の目線の先、座り込んで何か話しかけている結さんの、水色ワンピースの背中がある。

その目の前で、女の子は立ち上がって怒りの表情を浮かべていた。

「でも、ね？　帽子被らないと、熱中症になっちゃうんだよ？」

そう言って、結さんが白い帽子を女の子の頭に載せようとする。

女の子はその手をはらいのけた。

「帽子被った方が暑いもん。お姉ちゃん、嘘ついてる」

なかなか言うことを聞いてくれない女の子に、結さんが粘り強く説得を続ける。

近づいてきた僕を、女の子がぎろりと睨んだ。

幼い顔でなかなかに剣呑《けんのん》な表情をする。

肩の辺りで切りそろえられた髪の毛。耳の上から左右に一つずつ、それぞれ小さなおさげが跳ねていた。くりくりした丸い瞳。頬は健康そうに薄っすらと桃色がかっている。

その女の子を見つめながら、僕は口を開いた。口角を上げ、なるべく悪人面を作る。

「でもなあ。太陽の光には、頭に悪い成分がいっぱい含まれているからなあ」

女の子が怪訝な表情をする。

結さんが僕の頭を心配した表情をする。

言っておくけれど、別に暑さに頭をやられている訳ではない。

「そういえばこの前、長谷寺《はせでら》の近くに住んでいる清水《しみず》さんなんて、暑い日に帽子も被らず外に出て、脳みそが爆発したって聞いたな」

女の子の顔がさあっと青くなり、その目が結さんの握る帽子に向いた。まるで三日も何も食べていない人間が、ご馳走《ちそう》でも見るかのような目だった。

「えっと……。使う？」

結さんの言葉に、ヘッドバンキングする勢いで頷いた。

白い帽子をひったくるように奪って頭に載せる。安心したらしく、一度大きく息を吐いた。

その様子を幸せそうに眺めていた結さんが、ゆっくりと立ち上がり、
ふいに、僕の頬に唇を寄せた。

驚きのあまり硬直する僕の、しかし頬ではなく、結さんは耳に口を近づけた。

「氷雨さん、ありがとうございました」

ほんの小さな吐息が、僕の耳を微《かす》かにくすぐった。結さんは顔を離すと、秘密を共有する時のような悪戯っぽい笑顔を見せた。僕はブリキのおもちゃのように、ぎこちない動きで頭を振ることしかできない。

僕の邪《よこしま》な胸の高鳴りには気付かず、結さんは再び屈《かが》み、畑の前に描かれた犬のウンコのような絵を指さした。

「キュウリの絵、描いてたの？」

その質問に、振り向いた女の子がこくりと頷く。

……キュウリ、好きなの？」

……キュウリだったらしい。

「キュウリ、好きなの？」

結さんが優しく微笑みかけながら質問する。

「お野菜の中では、食べられるほう」

女の子の返答に、結さんの顔がぱっと明るくなった。

「じゃあ、良かったら、お姉さんと一緒に収穫してみる？」

「しゅうかく？」

「うん。そこのキュウリ、とってみようか？」

結さんの示す先にある大きなキュウリを見て、今度は女の子の顔がぱっと明るくなった。うんうんと何度も頷く。

結さんは嬉しくて堪《たま》らない様子で玄関まで小走りで行き、ハサミを取って帰って来た。

女の子にハサミを握らせ、もう片方の手にキュウリを握らせる。女の子の身体を後ろから抱えるような姿になると、二人で一本のキュウリのツルをパチンと切った。

「ほら！　とれた！」

「わあっ。初めてとった！」

笑顔の結さんに見つめられ、女の子の顔も活《い》き活《い》きとした笑顔になる。

「凄い凄い！　とっても上手だよ。……そう言えば、お名前教えてもらえる？」

褒められて得意げに笑う女の子が口を開く。

「萌《もえ》だよ」

結さんがうんうんと頷いた。

「それじゃあ、これ、萌ちゃんが最初にとったキュウリだね」

ニヒヒ、と笑う女の子の頭を結さんが優しく撫で、家の外についている水道でキュウリを洗った。

ふと何かに気付き、パタパタと家の中に入っていく。今日の結さんはいつもより俊敏だ。

お皿にお塩を少し盛ってきて、キュウリを三等分にして運んできた。

「はい。萌ちゃん。とれたてだよ。氷雨さんもどうぞ」

渡されたキュウリは丸々と太く、トゲもチクチク痛いくらいに立っている。

硬い皮を噛み破ると、ぷりぷりした果肉が口の中で弾《はじ》け、すっきりとした果汁が溢れ出した。夏の暑さの中、爽やかなのど越しが心地いい。

「美味しいっ！」

萌ちゃんが目をキラキラさせて結さんのことを見る。

結さんが嬉しそうに微笑んで、萌ちゃんの頭をそっと撫でた。僕は口を開いた。

「そう言えば萌ちゃん、どこから来たの？」

質問する僕のことを、萌ちゃんが訝《いぶか》しむような目で見て、結さんの後ろに隠れようとする。

結さんが戸惑うように僕と萌ちゃんのことを見てから、萌ちゃんに向き直った。

「萌ちゃん、どこから来たの？」

「そこー」

おい……と思いながら萌ちゃんの示す指の先を見ると、目の前のお家、後藤さんの家だった。

後藤さんにお子さんがいるという話は聞いたことがなかった。多分だけれど、親戚の子か何かなのだろう。

「萌ちゃん、ちゃんとお家の人に言って来た？」

結さんの言葉に、萌ちゃんは当然のように首を横に振った。

結さんが僕のことを不安そうに見つめる。

確かに、それではお家の人が心配しているかもしれない。後藤さんは明るくてノリの良い人だけれど、同時にしっかりした性格をしているので、他人の家にこんな小さな子を突然派遣したりはしないはずだ。黙って出てきてしまったのだろう。

僕は結さんに一度頷き、ブロック塀を出て後藤さんの家に向かった。

ドアベルを鳴らすと、白いTシャツ姿の後藤さんがすぐに出てきてくれた。

僕から萌ちゃんの話を聞くと、はあ、と小さくため息を吐いた。

「ごめんね、氷雨君。あの子、私の姉さんの子で、姪《めい》っ子でさ。今日預かってるんだけど、凄くチョコマカしてて……。実は今も見当たらなくて探してたんだよ。本当にありがとう」

「いえそんな。全然お気になさらないでください」

そんな僕に何度かペコペコと頭を下げてから、後藤さんは再びため息を吐いた。

「ほんと姉さんも勝手なんだから……。昨日の夜に言って、今日連れてきたと思ったら置いていくんだよ？　こっちだって予定あるのに……。あ、ごめん。愚痴っちゃった。てへ」

照れ笑いを浮かべた後藤さんに首を振る。

小さい子の面倒を見るというのは、やっぱり大変なことなのだろう。

「あの、後藤さん。良ければなんですけど、今日、暫くうちで見てましょうか？」

後藤さんの目が丸くなった。

「え？　でも……」

「あ。もちろん、ご心配だとは思うんですが……。うちの結さんが、嬉しそうにしていて」

そう言って振り向いた先。

結さんと萌ちゃん。二人ともこちらに背を向けて、家の庭にしゃがみ込んでいる。地面に絵を描いているらしい。

「二人になら、心配なんてとんでもない。ただ、迷惑じゃ、って思ったんだけど……いいの？」

「はい。もちろんです。しっかり責任もってお預かりしますので」

後藤さんが両手を合わせて頭を下げた。

「うはー。助かる。本当にありがとう。実は今日、タッチーさん（橘さんのこと）と三苫先生の所に行くことになってたんだよね。後で何かお礼持っていくから」

「いえそんな。お気になさらず」

後藤さんと別れの挨拶を交わしてから、僕は家に戻った。

「氷雨さん。お帰りなさい」

立ち上がった結さんが、僕に向かって小さく微笑んだ。萌ちゃんも一緒に立ち上がり、結さんの左手を握った。既にかなり懐いているらしい。

「後藤さんと話してて、今日、うちでちょっとの間、萌ちゃんのこと預かろうかなってことになったんだけど、どうかな？」

結さんの目がキラキラ輝いて、萌ちゃんの方を見る。

「私、今日お姉ちゃんと一緒にいたい」

結さんがその台詞を聞いて、もう堪らない、という風に身体を震わせた。再び僕の方を見る。

「はいっ。ぜひ！」


その日一日、結さんと萌ちゃんはずっと一緒だった。むしろこちらから一度延長保育を提案し、結局後藤さんのお姉さんが迎えに来るという午後八時まで預かることになった。

僕は一件だけ家電修理の依頼が来たので一度家を空けたが、僕が見ている限り、結さんと萌ちゃんは、一緒に本を読んだり、テレビを見たり、お昼寝したり、お茶を飲んでお菓子を食べたり、折り紙したり、あやとりしたり、といろいろしていた。

今まで機会もなかったので全く知らなかったが、結さんは子どもが大好きらしい。

まるで自分の子どもか、あるいは年の離れた妹ででもあるかのように、ずっと萌ちゃんのことを猫可愛《ねこかわい》がりしている。

二人は先にお風呂に入り、仕事から帰って来た僕を含めて三人で夕食を食べ、今は食後の時間をくつろいでいた。結さんはいつもの定位置ではなく、僕の左側にいて、正座した太ももの上に萌ちゃんを抱っこしている。

「見てください氷雨さん。寝ちゃってる」

結さんが嬉しそうに囁《ささや》き声《ごえ》で言う。

萌ちゃんは疲れていた上お腹《なか》いっぱいになって眠くなったらしく、結さんを座椅子のようにして、形の良いお椀《わん》のような双丘をヘッドレスト代わりに使っていた。時折モゾモゾと動いて体勢を変え、甘えたい気分なのか、結さんの胸に顔を埋めたり、頬ずりしたりしている。大変けしからない。

結さんは嫌がるどころか、ずっと幸せそうに微笑んでいる。団扇《うちわ》をゆっくりと動かして、萌ちゃんに優しく風を送っていたが、その手を止めて団扇をちゃぶ台に置いた。萌ちゃんをそっと抱きしめ、小さな頭に愛おしそうに頬ずりした。

「可愛い……」

小さく呟《つぶや》き、萌ちゃんのおでこにキスをする。

僕としてはそうしている結さんの方に色香や母性を感じてドキドキしてしまうけれど、それ以上に、幸せそうな結さんを見ていると、心がじんわりと満たされていくのを感じた。

ふと結さんがこちらを見て、僕が口元を緩めながら二人のことを見ていることに気付いた。かあっと頬を染めて目を瞑り、隠れるように萌ちゃんの髪の毛に綺麗な鼻筋を埋めた。

聞きなれないエンジン音が家の前まで来て止まり、僕が時計を見てみると、ちょうどお迎え予定の午後八時になろうとしているところだった。

「お迎え、来たみたいだね」

僕の言葉に、結さんが八の字眉の笑顔で頷く。

ほぼ同時にチャイムの音が鳴った。

「それじゃ、ちょっとごめんね」

と僕が言って、結さんから萌ちゃんを預かり、ひょいとお姫様抱っこする。萌ちゃんはぐっすり眠っているらしく、全然起きる気配がない。

立ち上がって歩き出そうとした時、

「きゃっ？」

と小さな悲鳴が背後で上がり、振り返る間もなく結さんが背中に抱きついてきた。

立ち上がった瞬間、躓《つまず》いてしまったのだろう。衝撃自体は全然大したものではなかったけれど、結さんの身体の柔らかい感触が背中に広がり、尾てい骨から背骨に電気が流れた。

「ごめんなさいっ。氷雨さん」

「いえ、その、大丈夫です。結さんこそ大丈夫ですか？」

「はい、ありがとうございます。大丈夫です」

振り返った僕に申し訳なさそうな顔をした結さんが、次の瞬間、まるで何かに気付いたかのようにはっとして、途端、不思議そうに眉を顰めた。

「え？　ど、どうしました？」

「い、いえ。すみません。あの、何て言ったか……。そう、ただの既視感、デジャビュです」

「既視感？」

聞き返す僕の前で、しかしそう言い出した結さん本人も困惑した顔のままだった。僕が暫く見つめていると、結さんが僕の目を見て、恐る恐る口を小さく開いた。

「あの……。前から時々思ってたんですけど……氷雨さん、私達、昔どこかでお会いしたことって……そんな、ある訳ないですよね」

「え？」

予想外の言葉だった。

最後、急に自信をなくしたかのような結さんのことをマジマジと見つめてしまう。

そこでふいに気付く。

僕も結さんも、元々は同じブラックアイリスの出身だ。僕には社長が結さんを作っていた記憶はないけれど、もしかしたらどこかですれ違っていたということは十分にあり得る。

そのことを言おうとしたちょうどその時、家の呼び鈴が再び鳴った。

僕は開きかけた口を一度閉じる。結さんも待たせては悪いとドアに小走りで寄った。

玄関を開けると、金髪ショートの後藤さんと、その後ろに女性がもう一人立っていた。顔立ちは後藤さんにそっくりだが、長い黒髪で、目元も少しだけ穏やかな雰囲気をしている。後藤さんのお姉さん、つまり、萌ちゃんのお母さんだった。

お姉さんが深く頭を下げた。

「今日は本当に、娘がお世話になりました。これ、つまらないものですけど、どうぞ」

そう言って、紙に包まれた高そうなお菓子をくれる。結さんが頭を下げて受け取った。

「いえ、僕らの方こそ新鮮で、いい経験をさせてもらいました。ね？」

萌ちゃんをお姉さんに渡しつつ、結さんに視線を向けると、結さんはコクコクと頷いて、目にうっすらと涙を浮かべた。

ちょうどその時、萌ちゃんが「べんやあ！」という謎の奇声を上げて目を覚ました。

「え？　……暗い」

萌ちゃんが玄関からぼんやりと夜空を眺める。その頭を後藤さんが優しく撫でた。

「萌、良かったね。今日は結お姉ちゃんと、一日遊んでもらったんでしょ？」

だんだん意識のはっきりしてきた萌ちゃんが、後藤さん姉妹、そして次に僕、最後に結さんのことを見る。

「や、やだっ。まだ帰りたくない！」

「こおらあ、我がまま言わないの」

萌ちゃんを抱っこした後藤さん姉が、萌ちゃんのことを優しく揺すった。

「やだあ。もっとお姉ちゃんと遊ぶう！」

それを聞いた結さんが、子どもと別れる母親のような顔で萌ちゃんの背中をさすった。

「萌ちゃん。お姉ちゃん、いつでも待ってるから。好きな時に遊びに来て。ね？」

「いやいやいやいやいやああ。今から遊ぶううう。今から海行くううう」

いや、海は無理だろ。

と心の中で冷静に突っ込んでしまった僕とは違い、結さんは目じりに涙を滲ませながら、うんうんと頷いている。この辺は男性と女性の感覚の違いなのかもしれない。

後藤さんのお姉さんが困ったような顔で、しかしちょっと嬉しそうに笑った。

「ごめんなさいね。この子普段、家族以外にはこんなに懐かないんですけど……。ほら萌。我がまま言わないの。お姉ちゃん困っちゃうでしょ？　もう遊んでもらえなくなっちゃうよ？」

萌ちゃんは先生に叱られたガキ大将のように、唇を突き出してぶんむくれた顔をした。

「ね？　お姉ちゃんにちゃんとありがとうしてバイバイしよ？　次来た時、お姉ちゃんさえ良ければ、一緒に海に行ってもらお？」

萌ちゃんがキッ、と結さんのことを見て、すねたように口を開く。

「次来た時、海いっしょに行ってくれる？」

結さんが萌ちゃんの手をとって深く頷いた。

「うん。一緒に海行こう。お姉ちゃん、楽しみにしてる」

「いっしょにビーチバレーして、私の浮き輪使っていっしょに泳ぐ？」

再び大きく、今度は二回頷いた。

「うん。一緒にビーチバレーして、一緒に泳ごうね」

それを見て、萌ちゃんが大きく頷いた。

「じゃあ、今日は帰る」

後藤さん姉妹がほっと大きなため息を吐いた。お姉さんが申し訳なさそうな顔で頭を下げた。

「今度はもっと、ちゃんとしたお礼を持ってきますね」

「いえそんな。お気遣いなく。本当にこちらも楽しんでますので」

「結構すぐ、というかこの一週間以内にまた来るつもりなんですけど……ご迷惑じゃないかしら」

あ、そんなすぐなんだ、と思う僕の隣で、結さんが嬉しそうに微笑んだ。

「全然迷惑なんかじゃありません。私、いつでも海に行けるように準備しておきます」

それを聞いた後藤姉妹が、深々と頭を下げた。

まあ、結さんがいいならいいんだけど。

TOWA-the 92
letters of defiance to god.

第四章　恋

遂《つい》に僕は、初めてＴＯＷＡの調律を担当することになった。

ＴＯＷＡ八十一番。

それが僕の担当するＴＯＷＡだった。名前は「アン」と名付けた。

僕は昼夜を問わず、仕事に没頭した。

アンは他のＴＯＷＡと比べても極端に大人しい子だったけれど、次第に僕に、小さく笑うようになってくれた。


そのうち……僕は、どうしようもないほどの違和感を胸に抱くようになった。


アンは、ブラックアイリスの資産であり、商品であり……つまりは「モノ」である。

でも……本当に、そうなのだろうか。

喜んだり、悲しんだり、笑ったり、泣いたりするＴＯＷＡを販売してお金を稼ぐ。

それが僕達の、ブラックアイリスの行うビジネスだ。

でも、それは、まるで……

§ § §

萌ちゃんが次に来たのは僅か三日後だったが、一日千秋とはまさにこのことだった。

前回の萌ちゃん来訪時の次の日、結さんは「萌ちゃんがいつ来ても大丈夫なように」と早速水着を買いに出かけて、そこには僕も一緒についていった。場所は藤沢市《ふじさわし》にあるイトーヨーカドー。世間は夏休み真っ盛りということもあり、店内には若い人の姿が目立っていた。

ただ、ついていったは良いものの、結局のところ結さんは恥ずかしがって、一緒に水着選びまではさせてくれなかったのである。

結さんがどんな水着を選んだのか……その疑問はこの二日間、若い男である僕を大変苦しめ続けた。

その日、後藤さんの家に例の聞きなれない排気音と共に黒のSUVが停まると、和室で本を読んでいた結さんは危機を察知したプレーリードッグのように俊敏に立ち上がり、窓の外を見て目を輝かせた。

ほぼタイムラグなく、カフェの入り口がコンコンコン、と軽い音でノックされる。萌ちゃんの背だと、インターホンに手が届かないのだろう。結さんが向日葵のような黄色いワンピースをひらりとはためかせ、パタパタとカフェに降りていく。

間もなく「こんにちはー」という大きな声。

僕がカフェに顔を出すと、満面の笑みの萌ちゃんが結さんに抱っこされていた。結さんも、まるで初孫を抱くおばあちゃんのように、とろんとした幸せそうな笑顔になっている。

ドアベルの音がして、後藤さんのお姉さんが入って来た。

「もー。萌ったら駄目じゃない。叔母さんに挨拶もしないで。すみません。そそっかしくて」

ペコペコ頭を下げられてしまい、むしろ恐縮してお辞儀をし返す。

「お姉ちゃん、海、海！」

萌ちゃんが相変わらず天真爛漫《てんしんらんまん》に周囲の話を聞いていない。結さんは結さんで、「うん！　海だね」と言って嬉しそうに笑っている。

後藤さんのお姉さんを見送ってから、僕達は早速準備に取り掛かった。

僕は一階にて一瞬で準備を終わらせ、ソワソワしながら二人が二階から下りてくるのを待った。ちょっと時間がかかりそうだったので、手持ち無沙汰になり、何となくお風呂場に行って鏡を見る。少し右肘を曲げて、握り拳を上げてみる。

うん。貧相。

パーカーを羽織ると、もやしの様な身体は何とか隠せたが、普段着とそれほど変わらない見た目に残念な気持ちになる。もう少し身体を鍛えておくべきだった。あまりにも今更だけど。

暫くして、見た目的には先ほどまでと変わらない二人が下りてくる。中に水着を着ているということらしい。

「お待たせしました氷雨さん」

にっこり微笑む結さんを見て、急に心臓がバクバクしてくる。

結さんの水着姿……正直、楽しみだった。

「いこー！」

とこちらに手を突き上げる萌ちゃん。その笑顔に、心の底からグーサインを送った。


抜けるような青空。

強烈な日射《ひざ》しと、それを反射してきらめく波。

堤防から眺めた午後三時の浜辺には、色とりどりのパラソルが咲き乱れ、海水浴に訪れた人達がひしめき合っていた。多分ほとんどが地元以外の人達なのだろう。そう言う僕も、どちらかと言うと非地元民なのかもしれないが……。

てっきりそのまま浜辺に三人で行き、その場で上に着ている普段着を脱いで遊泳開始だと思っていたのだけれど、結さんは途中で海の家に立ち寄ってしまった。どうやら、たとえ着替える訳ではないにしても、服を脱ぐという行為を見られるのが恥ずかしいらしい。

そういう訳で、僕らは結さんの選んだ海の家から真っすぐ浜に向かった辺りに目星をつけ、そこに集合ということになった。

僕の横を歩く萌ちゃんが、「熱い熱い！」と言ってはしゃいでいる。

確かにアスファルトの上を歩くのも熱かったが、ビーチサンダルの上にばっさばっさとかかってくる浜の砂の熱いこと熱いこと。

何故か萌ちゃんはそれがイイらしく、わざと足を上げずにすり足で歩き、砂の中に足を突っ込んで嬉しそうにしている。

僕は萌ちゃんのことを見ながらも、彼女の進行方向をちらちらと気にする。ビンの破片とかが落ちていたら大変だ。幼い子と一緒にいると、自分が小さい頃、いかに大人に守られてきたのかが良く分かった。

まだ空いている場所にカラフルなビニールシートを敷く。海の家で借りてきたパラソルを設置する。パラソルの下までは地獄の熱線のような日射しも届かず、海辺をふく風が汗を乾かしていった。海の塩辛い臭いがする。大分それらしい感じになってきた。

「お兄ちゃん、浮き輪膨らませてー」

ニコニコ笑顔の萌ちゃん。今日は海水浴に来て機嫌がいいのか、はたまた僕にも慣れてきてくれたのか、僕と二人きりになっても全然嫌そうではない。オレンジ色のフリフリしたスカートのついたワンピースタイプの水着を着ていて、ピカピカの笑顔を見せてくれている。

「よっしゃ任せろ！」

今日のＭＶＰの頼みともあれば、喜んで何でもさせて頂く所存だ。

思いっきり肺を膨らませて息を吹き込む。

何故か萌ちゃんが爆笑する。

「？」

「お兄ちゃん、お父さんと比べて全然膨らまない！　はいかつりょくが弱いんでしょ？」

この娘《むすめ》、好き放題言ってくれる。ちなみに「肺活量」な。

壊れた空気入れのように必死になって息を吹き込み続け、やっとのこと浮き輪を膨らませた。

やばい。もう既にちょっと目眩がする。

やっぱりもう少し身体を鍛えた方が良いのかもしれない。

僕が酸欠の頭でぼんやりそんなことを考えた時。

ざわざわ。

とそれは突然やって来た。

僕の周囲で起こる、さざ波のような人々の気配。

何だ？　と不安になって周囲を見渡す。萌ちゃんのことを見る。浮き輪にすっぽりと入り、ご機嫌な顔でこちらを見ている。

もう一度頭をぐるりと回し……、ライフセーバーの人が、唖然《あぜん》とした顔で岸の方を見ていることに気付く。おいおい海の方見てなくて良いのか、と思いつつ、その視線の先を追う。

「あっ！　お姉ちゃんだ。おねえちゃーん」

萌ちゃんはそう言うと、右手を上げて大きく手を振った。

その先に、彼女はいた。

目的地を見失っていたのだろう。オロオロしていた麦わら帽子の後頭部がクルリと回転した。

蒼穹《そうきゅう》よりなお青いその瞳が、僕と萌ちゃんのことを捉えてきらきらと輝いた。その完璧なまでに美しい顔立ちが、ぱっと花の咲いたかのような笑顔になる。右手を高く掲げ、小さくひらひらとこちらに振った。

僕の心臓が停止すると同時、周囲から歓声とどよめきが上がった。

ビキニだった。

白いビキニ。ただ、縁は青色のラインで彩られていて、腰の両横には青色のリボンがアクセントとして付けられている。

白いラッシュガードを羽織っていて、しかも胸の前には左手でビーチボールを抱えているので、現時点で露出度はそんなに高くない。ただ、そのビキニラインから伸びる長く美しい脚。胸元に広がるいつもより面積の広いデコルテ。日の光のもとで、彼女の真っ白な肌は、まるで太陽の光を全反射しているのではないかと疑うほどに輝いている。

別世界の住人だった。美しさのレベルが違いすぎる。

その結さんが小走りにこちらに駆けて来て、男性陣の視線に串刺しにされている僕の目の前で止まり、恥じらうように微笑んだ。

「遅くなってすみません。迷ってしまって」

僕はただ首を横に振ることしかできない。

今やラッシュガードの隙間から覗く胸の谷間さえ露《あら》わになっていて、視線を逸らすことだけに全意識を集中する。

それにしても結さん……

とても着やせされるんですね……。

「お姉ちゃん、すっごく綺麗！」

浜の意見を代表して、萌ちゃんが目をキラキラさせながら叫んだ。

「え？　や、やだ……。優しいんだね。萌ちゃん。ありがとう」

頬を染めて少し屈んだ結さんの肩から、おさげがスルリと落ちる。リボンで結ぶのみのシンプルなスタイルではない。緩やかな三つ編みになっていて、大人っぽい印象だった。

ガン見してしまっている僕のことを、萌ちゃんが不思議そうに見る。

「お兄ちゃんも、そう思うでしょ？」

「えっ？」

「えっ？」

結さんと僕が同時に声を上げた。

そして一度僕を見た結さんが、真っ赤になって顔を伏せた。そしてそのましゃがんで、萌ちゃんの肩に両手を乗せる。

「も、萌ちゃん。さ、遊ぼうか？　最初何しよう？」

しかし萌ちゃんは変わらず僕を見ていた。

「お兄ちゃん、そう思わないの？」

こ、これは……。

退路が、ない。

「……お、思うよ」

びくっと結さんが肩を跳ね上げた。

萌ちゃんの視線がまだ僕を解放してくれない。

「どう思うの？」

わ、わざとやってるのか？

と思って萌ちゃんを見るけれど、相変わらず純粋な目をしてこちらをじっと見つめている。

「だ、だから……凄く、綺麗だって、思う……」

しゃがんでいる結さんの表情は見えない。でもその耳の先までもが、真っ赤に染まった。

慌てて口を開く。

「ご、ごめんなさい結さん。ねえ、萌ちゃん。普通はそういうこと、あんまり言っちゃ駄目なんだよ。僕みたいな人間が言ったら、逆に気持ち悪いって嫌がられちゃうんだから」

「そんなことないですっ！」

突如立ち上がった結さんが、信じられない言葉を聞いたかのように、悲しそうな顔で大声を出した。

驚いた僕と萌ちゃんの前で、突然はっとした顔になり、再び徐々にその顔が赤くなっていく。

何か苦しそうに右手を胸の前に置き、少しだけ呼吸を整えた。

「き、綺麗って言ってもらえて、嬉しくない訳、ない、です……」

蚊の鳴くような小さな声だった。

「ねえねえお姉ちゃん、早く海入りたい」

おいお前、と心の中で突っ込むが、それを聞いた結さんは、救われたかのように、ぎこちないながら再び笑顔になった。

「う、うん。そうだね。まずは泳ごうか」

結さんがビーチボールをシートの上に置き、ついに白いラッシュガードを脱いだ。

——由比ヶ浜に、ディープインパクト。

それから暫くの間について、僕の記憶は何故か飛び飛びになり、ここに詳しく記すことはできないが、僕は大して泳げもしないくせに海に入ったり、バレーというよりは下手くそなドッジボールっぽいことをしたのは曖昧ながら覚えている。

そして僕の思考能力が回復した時には、僕ら三人は元のビニールシートのところに戻って来ていて、萌ちゃんはシートの隣で砂のお城を作っていて、その姿を嬉しそうに眺めている結さんは、再びラッシュガードを羽織っていた。

「はっ？　こ、ここは……？」

結さんが心配そうにこちらを見た。

「大丈夫ですか氷雨さん？　途中から少しだけ、ぼんやりしてらっしゃるな、とは思ったんですけど……。気持ち悪かったりしないですか？」

「は、はい。大丈夫です。ありがとうございます」

多分、暑さのせいではないし……。

水筒を持ち上げて、ほとんど空であることを知る。気付かないうちに結構飲んでいたらしい。水分がなくなったら、本当に脱水症状になりかねない。

「結さんすみません。ちょっと飲み物買ってきますね」

「ありがとうございます。お気をつけてくださいね」

にっこり微笑む結さんに見送られ、僕はふらつく足で海の家に向かった。


飲み物を買ってパラソルのところまで戻って来た僕は、夏の由比ヶ浜と、そしてそれ以上に結さんのルックスのことを甘く見ていたことを痛感した。

パラソルの周りに、いかにもな連中が三人もたかっていたのだ。履歴書の「趣味・特技」欄に、「ナンパと合コン」とでも書きそうな、真っ黒に日焼けして、髪は茶髪や金髪で、色んな場所にピアスが付いていて、僕とは違い筋肉質ないい体。

真夏の名物。海のチャラ男達だった。

「ねえ君ハーフ？　超可愛いね」

「え？　何連れがいんの？　いいじゃんいいじゃん放《ほ》っとけば。俺らと遊ぼうよ」

「は？　お前ら知らねえの？　これTOWAだぜ絶対」

「あー。あの、人間そっくりのロボットか。マジで？　超ホモサピエンスなんですけど」

「なあなあ。TOWAってさあ。めっちゃセックス好きなんだろ？　昔、エッチロイドとか呼ばれてたもんな。ちょうどいいじゃん。俺達みんなエッチ上手いよ？」

ギャハハハハ、と声が上がる。

結さんはその三人を睨み付け、訳が分からず混乱する萌ちゃんのことを後ろに隠している。

「おい！」

ようやくパラソルに到達した僕が怒りそのままに大声を出す。

振り向いた結さんの顔に僅かに安堵《あんど》が浮かび、そして振り向いた三人のチャラ男からは、強烈な殺気が立ち昇った。

「はあ？　何だテメエ！」

びくっ、と僕の肩が恥ずかしいくらいに跳ねた。

本能が感じる生命の危機。言うまでもないが、僕の戦闘能力は脆弱《ぜいじゃく》の極み。一対一でもとうてい勝てなさそうな相手が三人もいる。あまりの恐ろしさに足に震えが走った。

それを見て、チャラ男三名は大爆笑した。

「何、嘘、こいつが連れ？　めっちゃ貧相！」

「こいつ今超ぶるってなかった。びくうっ、て」

「いくらなんでも弱そうすぎ。早くママ呼んできた方が良くね。マジで」

怒りと羞恥で僕の唇がぶるぶる震える。結さんがどんな表情でこちらを見ているのか、恐くて見ることができない。

僕がこの三人を華麗に片付けるなんて無理に決まっている。とにかく騒ぎを大きくして周りの人の助力を得るしかない。震える息で深呼吸。

「黙れよバーカ！　お前らみたいなカスは、結さんに話しかけるだけで分不相応なんだよ！」

手前にいた、身長百八十くらいはある一番でかい奴の目が怒りに見開かれたのを見た。

そこまでは見えた。

左の顎に、強烈な衝撃が来た。

目から火が出た。いや、より正確には、紫色の電気みたいなものが目の中をちらちら光りながら、四方八方にうようよと流れていく、という感じだった。

僕はその大男の右ストレート一発を顎に受けて、まるで立たされたはんぺんのようにフニャフニャと踊ってから、砂浜にひっくり返った。

痛みより驚きの方が大きい。本当に立てない。手と足に力を入れているはずなのに、どこで脳の指令が途絶しているのか、身体が全然反応してくれない。

「氷雨さんっ」

結さんの悲鳴のような声に続き、男達の嘲りと侮蔑の笑い声が響いた。

結さんが僕の傍に屈んで顔を覗き込んでくる。今にも泣き出しそうな顔。しかしその顔をすぐに怒りの色に染めて、キッ、とチャラ男達を睨み付けた。

「ふざけないでっ。暴力を振るうなんて、最低！　最低！」

チャラ男達はお互いを指さし合って、「最低！」と結さんの声真似《まね》をし合っている。本当にぶん殴ってやりたいけれど、僕はそれどころか砂浜から身体を起こすことさえできない。

なおも睨み続ける結さんを見ていた大男の顔から、ふいに笑みが消えた。その瞳が、獲物を見つめる爬虫類《はちゅうるい》のような冷酷さを帯び始める。

「こいつさあ。さっきからロボのくせに生意気。もうさっさとボコって拉致っちゃおうぜ？」

結さんの顔からさあっと血の気が引いた。

「また出たよそれ。お前この夏で何人目？　いい加減警察捕まるよ？」

「馬鹿かお前。ＴＯＷＡはロボなんだから、何しても大丈夫だろっつってんの！」

……。

……今、何て言った？

……ロボットだから、人間じゃないから、何しても良いって、今、そう言ったか？

感じたことのない、冷たくて昏《くら》い感情。

僕の身体が、電流を流されたように一度ビクンと痙攣《けいれん》した。

「どうせ犯罪にならないんだから、コイツがぶっ壊れるまで『遊んで』やろうぜ！」

今やチャラ男というよりケダモノと化した三人が、揃って歓喜の雄たけびを上げた。

でかい奴が結さんの左腕を握る。

結さんの顔が恐怖に引《ひ》き攣《つ》り、小さく悲鳴を上げた。

身体がバラバラになりそうなほどの激情が心臓から噴き出した。動かなかったはずの身体が立ち上がった。

頭が真っ白だった。結さんの腕を握る大男を見ていた。

「結さんに、触るなあああああああああっ！」

ただ突進した。

顔の正面、眉間の辺りに、さっきのパンチより遥かに強烈な衝撃が来て、僕は一瞬気絶する。でも身体は止まらない。もう一度突進。

僕のヘディングというよりガンメングが、大男の顔に再び炸裂《さくれつ》した。

「あぎょっ⁉」

という悲鳴を発して、大男が結さんを放した。よろよろ後退してから後ろ向きにひっくり返る。鼻が折れたのか、奇怪な形に変形し、そこから溢《あふ》れ出《で》た鼻血で口の辺りから下が真っ赤に染まっていた。目は白目を剥《む》いていて、黒い肌の中で異様に目立って見えた。

「おいテメエふざけんなっ」

「ぶっ殺してやる！」

残りの二人が襲いかかってきそうになったその時、

「こらこらこらこらあああっ！」

という声と共に、赤と黄色のド派手な帽子のライフセーバーが駆け寄ってきた。

先ほどのデカブツよりさらに二回りはでかい。

まだ元気な二人のチャラ男が逃走を開始し、ライフセーバーがそれを追いかける。目の前のデカブツは、失神しているらしくピクリともしない。

安堵が胸の中に込み上げて、ふっと意識が途切れるのを感じた。

暫く前から、ぼんやりと心地よい気分だった。

何か温かく柔らかいものに包まれていて、耳をくすぐるような優しい音が響き続けている。

春の寝起きのまどろみの中で布団に包まれている時のような気分だけれど、それよりももっとずっと気持ちが安らぐ。思い出はないけれど、胎児として母のお腹にいた頃はこんな気分だったのかもしれないと思った。

ちゅっ。

おでこに、それまでとはまるで違う熱を感じ、僕の目がパチリと開いた。

顔中が痛いと感じたのは本当に一瞬の時間。

目の前に結さんの顔があることに、僕は驚きのあまり息をのむ。頭の中が真っ白になる。

結さんの顔は何故か上下逆さまで、結さんの方も目をまん丸にして驚きの表情を浮かべていた。見たこともないほど真っ赤な顔で、凍ってしまったかのように動かない。

僕はふいに、今自分が頭を乗せているものが、結さんの太ももなのではないかという半ば確信めいた直感に駆られ、急いで頭をどかそうとしたのだけれど、目の前に結さんの顔があるので上手く動けない。

結さんも、僕が慌てて動き出そうとしたことに気付き、ようやく再起動がかかった。

「だ、駄目です。氷雨さん。ま、まだ寝ていてください……」

何か大きなことを成し遂げた後でもあるかのように、その息は荒く乱れ、やっとのことという

印象で言葉を紡ぐ。目を閉じて、胸に手を当てて自分を落ち着かせようとしているらしいが、傍目《はため》にはその効果はあまりないように見えた。

「ゆ、結さん、大丈夫ですか？」

結さんの青い瞳が再び開かれ、恥じらうようにちらりとだけ僕を見た。

「だ、大丈夫です。ごめんなさい。びっくりしてしまって……」

だんだん今の自分の状況がはっきりしてきた。

自分達《じぶんたち》は今、まだ砂浜にいる。

ビニールシートの上に座った結さんの、やはりその太ももに膝枕してもらっていることが分かり、僕の頬はどうしようもないくらい紅潮した。

視線を少し右に向けてみる。

最後に見た光景と比べて、日が大分傾いていた。もうすっかり夕方であり、今が八月であることを考えると、かなり時間が経ってしまっているらしい。

結さんの甘酸っぱい香りだけが僕の鼻腔と肺を満たし、ついに我慢の限界が来た。

ゆっくりと起き上がり、心配そうにする結さんに大丈夫である旨伝えて、久方ぶりに地面に対して垂直になる。

「あれ？　萌ちゃんは？」

心配してキョロキョロする僕を見て、結さんが優しく微笑んだ。

「萌ちゃんは、ライフセーバーの方が連絡してくださって、後藤さんと一緒に先にお家に帰りました。そう言えば、ライフセーバーの方を最初に呼んで来てくれたのも萌ちゃんだったんですよ」

そうだったのかと頷いた。萌ちゃんは本当に今日のＭＶＰだ。

ぼんやりと夕暮れの海を見る。

遠く視線の先でサーファーが鋭いターンを決めた後、小さくなった波に乗り、のんびりと岸に向かって進んでいく。途中、多分わざと転び、楽しそうに波と戯れ始めた。

先ほどまで鼓膜をくすぐっていた音は、波の音だったらしい。

思い出したかのように、顔中がズキズキと痛み始める。殴られた頬が熱を持ち、今も出血しているのではないかというほど血液の流れを感じた。左の顎もギリギリと軋《きし》むように痛いし、首の付け根も寝違えた時のように痛む。

「萌ちゃんに、悪いことしちゃったな……」

腫れ上がった顔を結さんに見られたくなくて、海を見たまま呟いた。

結さんが首を横に振ったような気配がして、僕はそっと、顔が見えない程度に後ろを見る。

まだ水着姿だった結さんは、夕日の赤い光の中、この世のものとは思えないほど美しかった。

「萌ちゃん、三人で海に遊びに来られて、とっても喜んでいました。お兄ちゃんともバレーして楽しかったたって。それに……」

笑顔で話していた結さんが、一度こくりと息をのんだ。恥ずかしそうに瞳を震わせて、僕から静かに視線を外す。

「お兄ちゃんがお姉ちゃんのことを守って、とっても、格好良かったたって……」

僕の口から苦笑が漏れた。

「ただ、サンドバッグになってただけだよ。格好良いどころか、格好悪いの極みだ」

「そ、そんなことないですっ」

突然大声を出した結さんに、僕は驚いて目を丸めた。

形の良い柳眉が悲しそうに垂れさがり、宝石のような青い瞳が濡れるように夕日を照らす。

結さんは何か言おうとして口を開き、しかしそれは言葉にならず、すっと視線を地面に落とすと、今度は小さく口を開いた。

「そんなこと……ないです。絶対」

僕は呆気《あっけ》にとられて、イボガエルのようにボコボコになった顔を隠すことも忘れ、結さんのことをマジマジと見てしまう。

結さんはそれ以上何も言わなかった。

白く長い脚の先にある、爪が綺麗に整えられたつま先をじっと見つめて、夕焼け空のように頬を染めていた。

時間が停止したかのような数秒の後、結さんが頬を赤くしたまま、優しい眼差しで僕を見た。

「氷雨さん。宜《よろ》しければ、ちょっと、一緒に歩きませんか？」

魔法にかかったかのように、僕の頭はこくんと下がった。

結さんはウェットシートで軽く身体の塩を落とし、既に乾いていた水着の上から黄色いワンピースを着た。パラソルは既に返却されていたので、ビニールシートだけ片付けて、僕は荷物を肩にかけた。

砂浜にはお昼の光景が嘘のように、人がほとんどいない。海水浴客の多くは既に帰途についたらしく、いるのは本格的なサーファーか、お散歩をする地元の人。ぽつりぽつりと残っている非地元民は、ほぼ百%と言っていいほどカップルで、夕日を眺めておしゃべりをしていたり、僕と結さんのようにゆったりお散歩したりしていた。

僕と結さんは、夕日を背にして砂浜を歩いた。

足元から伸びる影が、びっくりするほど遠くまで届いている。

世界は全て、夕焼けの橙色一色に染まっていた。

左手に見える鎌倉の市街も、その奥に広がる丘陵も。右手に打ち寄せる波のしぶきも、そして目の前に広がる砂浜も。優しい暖色の世界に溶け込んでいた。

美しくて、ただただ見惚れていた。

ふと、何か喋らないと、と思って結さんのことを見た。

結さんはそんな僕に視線を向けて、小さく微笑んだ。

嬉しかった。

結さんも、この世界を美しいと思って、僕と同じように見ていたのだと分かった。

「氷雨さん」

呼ばれて再び結さんの方を見る。

結さんが足を止めた。僕もつられるように足を止める。

結さんは僕のことを、何か言いにくいことを言おうとしているかのような困り顔で見てから、一度頭を深く下げた。

「結さん？」

「私、一度氷雨さんに、きちんとお礼が言いたかったんです。お家に置いて頂いていることの」

「そんな。お礼なんて言うことないよ……」

むしろ、それくらいしかできていないことに、僕の胸は痛んだ。

僕の目線の先で、結さんは逆光の中にいた。未だ俯いているその顔から表情を読み取ることができなくて、僕の中でざわざわと胸騒ぎが起きる。

「……結さん？」

「私……」

ほぼ同時に口を開いた。一度止まり、再び結さんが続ける。

「私、光明様に、捨てられて。……私、やっぱりモノなんだって。悲しくて、寂しくて、怖くて……。世界のどこにも、私の居場所がなくなってしまったって、そう、思いました」

顔を上げた結さんは静かに泣いていた。彼女が作り出す陰の中で泣いていた。

「でも、氷雨さんは、私のことを受け入れてくれました。畑を任せてくれました。私の作った料理を、美味しいって言って食べてくれました。私、まだ、世界にいても良いのかなって、思いました……」

僕の喉を、固形物のような唾が通過した。

再び結さんが、深く頭を下げた。

「氷雨さん、お願いします。まだ、私がお役に立てるうちは、どうか、氷雨さんのお家に置いてください。私がいて良い場所を、どうか、私にください」

「違うっ！」

結さんの肩を摑んで揺すっていた。

結さんが驚いて僕を見つめる。

宝石のような青い瞳に見つめられて、僕の心のタガが外れた。

「役に立つから一緒にいるんじゃない。一緒にいたいから一緒にいるんだ」

僕のことを見上げる結さんの顔に、再び夕日の温かい光が差した。

「朝起きて結さんとおはようって言って、結さんと同じものを食べて美味しいねって言って、今みたいに結さんと一緒に歩いて、同じ景色を見て綺麗だって思って、それだけで、毎日が凄く楽しいんだ。凄く、幸せなんだ」

結さんの瞳が大きく広がり、凍り付いたように固まった。

二人の遥か上空には、結さんの瞳と同じ色、青三十八号の色をした空が広がっていて、その先には、きっと無限の宇宙が広がっていた。

目の前の宇宙に、薄っすらと水の膜が張る。

結さんの瞼《まぶた》にぎゅっと押し出されて、それは涙として彼女の頰を伝った。結さんの肩が大きくしゃくり上げる。

「私も……毎日、凄く楽しい。毎日、凄く、幸せです」

僕の呼吸が止まった。

胸の奥底から感情が噴き出し、心の堤防は一瞬で決壊した。

かつて感じたことのないほど、胸が苦しくて痛かった。

苦しくて痛くて、嬉しくて、幸せだった。

結さんの口から「幸せ」という言葉を聞いた。ただそれだけで、自分の人生は全て肯定されているかのような気がした。

はっきりと分かった。

結さんのことが、好きだった。

彼女の幸せが、僕にとっての一番の幸せになっていた。

彼女のことを、愛している。

結さんと、一緒にいたかった。

これからも、ずっと一緒にいたかった。

でも……それは……それは、できない。

彼女と一緒にいるためには、最低でも十五億円、下手したら二十億円必要だった。

殴られて腫れあがった唇を噛《か》み締めた。溢れ出した血を悟られないよう、口の中に流し込む。

「氷雨さん……。私、私……」

結さんが何か言おうとして、しかし言葉は続かなかった。

僕は口の中の血を舌で拭った。舌が震えているのが分かった。

僕は自分の感情に無理やり蓋をした。彼女がこれから幸せに生きていくために、それはただ余計なものに過ぎない。

ゴクリと血みどろの唾をのみ込む。

「結さん……」

僕の言葉に結さんが再び顔を上げる。

目と鼻の先で見つめ合う。

「安心して。僕が、必ず……君に相応しい人を見つける」

世界を満たしていた橙色の光がさっと消えた。

夕日が、まさに山の向こうに隠れた瞬間だった。

結さんの顔が一瞬凍り付いたように見えたけれど、暗さに慣れていない目には、それをはっきりと捉えることはできなかった。

結さんは、俯いた。

「……はい。どうか……よろしくお願いします」

夕凪《ゆうなぎ》の時が終わり、海岸には大きな波が押し寄せるようになっていた。白波が砕け散る音の中で、彼女の声は小さくかき消えてしまった。

帰りの道中、二人とも一言も口をきかなかった。

まるで世界に落ちた暗闇の中に、二人揃って紛れ込んでしまったかのような気がした。

一つ救いだったのは、萌ちゃんの存在だ。幼稚園の夏休みを利用して、彼女は暫く鎌倉にいるらしい。僕が気絶している間に、今日は既にこちらの家にお泊りに来ることになっていた。

家に戻り、萌ちゃんを見て再び笑顔になる結さんに、僕は静かに安堵した。

二人に隠れてスマホのメールフォルダを覗く。

佐藤社長からは、まだ何の連絡も来てはいなかった。

TOWA-the 92
letters of defiance to god.

第五章　過去という名の亡霊

一度だけ、冗談半分、佐藤社長に聞いてみたことがある。

娘さんにそっくりなＴＯＷＡ達が、どんどん「お嫁に行って」しまって、寂しくないのですか、と。

佐藤社長は小さく笑った。

自分の本心に蓋をして、幻想を追い求め続けて……。

綺麗な笑顔だった。

「あんなのまだ、由利香じゃない、ただの失敗作だから」

その時、初めて知った。

僕と彼女が見ている世界は、どうしようもないくらい、別々のものだったのだ。


そして僕は社内で、一つの重大なルール違反を犯すことになる。

当時、ブラックアイリスで製作された全てのＴＯＷＡ達は、オーナーに引き渡される際に、担当した一級調律師との記憶が消去されることになっていた。これは新しいオーナーに早く慣れるために取られていた措置で、例外は認められていなかった。

でも僕は、思い出を失いたくないと言って泣いたアンの願いを、撥《は》ね付《つ》けることができなかった。

その時は、想像もしていなかった。
その行為がＢＩの……いや、僕達《ぼくたち》の、
底知れない罪を、明らかにすることになるだなんて。

§　§　§

「雨どい、大丈夫だったかしら？」

リビングに戻ってきて汗を拭く僕を見て、キルト教室の三苫先生が微笑みながら口を開く。

「はい。大丈夫です。先生の予想通り、やっぱりゴミが詰まっていたのが原因でした」

先生から雨どいの調子がおかしいので見て欲しいと言われた僕は、先生の家を訪れていた。

あれから先生には時々呼ばれていて、もはや機械の修理を超えて、いろいろな依頼を受けるようになっていた。今日の雨どい掃除も、機械とはもちろん全く関係ない。

先生は何故か、僕のことを呼んで話をするのが好きらしかった。

僕もその時間が嫌いではなかったし、何よりいろいろ依頼してもらえるのは正直ありがたい。先生は既に、僕の一番のお得意様かもしれない。

もう恒例になっているが、先生は仕事終わりの僕に、お茶を用意して出してくれる。

今日もまた違う種類。白いティーカップに注がれた紅《あか》いお茶からは、キャラメルのような甘い香りがした。

先生はお茶を飲む僕を、嬉しそうに見つめている。

パッチワークでできたヘアバンド。白い麻のシャツに青いジーンズ。レトロスタイルを好む若者のようなファッションだけれど、それが凄く良く似合う。

「ねえ。何かいいことあった？」

先生の質問に、僕は顔をぐにゃりと曲げて考え込んだ。質問に対する答えより、何故そのように思われたのかが気になった。

先生が綺麗に並んだ歯を見せて笑った。

「最近、前よりいい表情していることが多いから」

驚いて周囲を見渡し、自分が何かに映っていないか探してみる。目の前のお茶以外にはなかったが、茶色く揺れている液体を見ても余り判然としない。

「そうでしょうか？」

「うん。間違いないわ。何だか良い目してる。男の子の顔してる」

男の子……そう言われて、頭の中に結さんの微笑んでいる顔が思い浮かぶ。

「大切な人でもできたのかしら？」

ごほっと咳《せ》き込《こ》み、僕は慌てて口を拭った。

「一緒に住んでいる女性？」

……赤くなったと思う。

先生は相変わらず優しい笑顔のままだった。からかうような素振りはどこにも見当たらない。

「結さんって言うんでしょ？　私もお話したことがあるの。後藤さんのお家に伺った時に」

それは初耳だった。

先生が机に両肘をついて、組んだ手の甲に顎を乗せた。目を瞑って、「素敵……」と小さく呟く。甘いものを食べている時のように、口元が幸せそうに綻んだ。

ふと何かに気付いたように、再びその紫がかった黒い瞳が開く。

「そうだ。ちょっと待ってて」

僕が何か言う暇もなく、先生は机から立ち上がって、奥の部屋の方に行ってしまった。

何だろうと思って見ていると、先生が、薄い灰色の綺麗な和紙の包みを手にして戻ってくる。

「これ、もらって頂けないかしら？」

そう言って先生がガサガサと包みを開けると、中から二着の浴衣が現れた。男性用と女性用、それぞれ一着ずつ入っていた。

女性用の方には細い帯と太い帯が添えられていて、どうやら普段使いとよそ行き、どちらにも対応した浴衣らしい。白地に紺色のアサガオが描かれていて、爽やかで明るい印象だ。一方、男性ものは全体的に黒っぽく、かまぼこのような波がたくさん描かれた青海波《せいがいは》文様で結構渋い感じだった。

「これ……」

浴衣を指さした僕が、椅子に座り直してニコニコしている先生のことを見る。

「そう。私が作ったの」

僕の喉がゴクリと鳴る。

橘さんに聞いた話だが、先生は東京ドームで開催される巨大なキルト展などで何度も賞を受賞しているそうで、キルト界では知らぬもののいない大家らしい。

そんな先生の作ったものなら、これ、普通に買ったら結構高いんじゃないだろうか？

どうしようと思う。

高すぎるものは貰えないけれど、先生が作ったものを「受け取れません」とも言いにくい。

僕の逡巡《しゅんじゅん》を悟ったのか、先生が困ったような顔でこちらを見る。

「実は、依頼主からキャンセルがあったのよ。材料を揃えた段階で」

「え？」

「材料費は前金で貰っていたから、別にそこで終わりにしても良かったんだけど、何だかせっかく揃えた材料に申し訳ない気持ちになっちゃって。引き取り手がないのに作っちゃったの」

先生が悪戯を見つかった子どものような顔をする。

「サイズが合わないようだったらお直しするから。ね？　結さん、すっごく美人だから、きっと浴衣、とっても似合うと思うの」

それは……僕も、そう思いますが……。

なおも躊躇《ちゅうちょ》する僕を見て、先生が「じゃあ」と言う。

「買ってもらうっていうのはどうかしら？」

「いくらですか？」

「うーん。千円？」

「安っ！」

僕が驚く目の前で、先生は右手の人差し指を顎に当てて考える。

「それじゃあ、今日の作業料でどうかしら？　多分、三千円くらい？」

流石一番のお得意様だ。ちょうど三千円でお願いしようと思っていた。まだ大分僕が得をしているような気もするが、タダで貰うよりは大分心が落ち着く。

「分かりました。それでは今日の作業料でお願いします」

そう言って頭を下げる僕を、先生が悪戯っぽい笑みで見る。

「ねえ。これ、貰ったんじゃなくてあなたが買ったんだから、結さんには、プレゼントって言って渡してあげなさいな」

「え？　でも、ほぼ頂きものなのに、プレゼントって言うのはちょっと……」

先生はくすぐられているかのように、ずっと嬉しそうに笑っている。

「いいじゃない。固いこと言わなくて。……これ、結さんに似合うと思わない？」

想像してみる。想像しただけで鼻血が出そう。

「ほらね？　あなたが良いと思って、あなたが今日の稼ぎで手に入れた。立派なプレゼントじゃない。彼女、きっと喜ぶわよ？」

結さんが喜んでくれているところを想像して、胸がジワジワと温かくなった。

海から戻って来て以降、結さんとずっと気まずい雰囲気になっていたので、その打開策にもなるのではないかと少し期待してしまう。

僕は先生にお礼を言って浴衣を受け取り、先生の家を後にした。


家に戻って来たのは午後五時くらいだったのに、なかなか例の浴衣について言い出すことができず、時計の針は既に午後七時を回っていた。

結さんの用意してくれた夕食を三人で食べ終え、萌ちゃんのご贔屓《ひいき》のアニメ番組を三人揃ってテレビの前で見る。水色のワンピースを着た結さんの膝の上で、萌ちゃんがきゃっきゃとはしゃいでいる。魔女っ娘の必殺技を大声で口にし、自慢するように結さんのことを見る。結さんがそれを見て、嬉しそうに萌ちゃんの頭を撫でる。

簡単に考えていたが、「プレゼント」という行為は、実はかなり難しいことなのだとよく分かった。しかも萌ちゃんもいるので、余計に恥ずかしいし緊張する。

アニメが始まってからも、「主題歌が終わったら」とか、「Ａパートが終わってＣＭに入ったら」とか渡すタイミングを考えてはいるものの、結局そのタイミングがやってくると、喉が詰まって声が出なくなってしまっていた。

「氷雨さん？」

突然呼ばれて、驚きのあまり尻が浮く。

左を向くと、結さんが不思議そうな顔をして、湯飲みに入れたお茶を差し出してくれていた。

「え、と……」

「大丈夫ですか？　さっきから何か、元気がなさそうですけれど……」

口ごもる僕を見て、結さんが心配そうな顔になる。再び正座した結さんの太ももに、萌ちゃんがよじよじと登って座る。

「す、すみません。大丈夫です。ちょっと、考えごとをしていただけで……」

結さんはなおも眉尻を下げてこちらのことを見続けていたが、萌ちゃんからちゃんとテレビを見るよう指導が入り、それに従った。しかしテレビに顔を向けた後も、こちらのことを気遣うように、時々視線が僕の方を向く。

遂に番組が終了し、エンディングテーマを萌ちゃんが口ずさみ始める。

これが終わってしまえば、後はあっという間。

結さんは萌ちゃんと一緒にお風呂に入り、出てきたら早々に、二人はベッドのある二階に上がってしまうことになる。チャンスは今しかない。

ぐっと拳を握り締める。手のひらから汗が噴き出す。

「ゆゆゆ、結ひゃん！　……と、萌ちゃん」

とんでもなく噛んでしまい頬が熱くなる。

しかしこちらを不思議そうに見る結さんと萌ちゃんの前で、もう止まることはできない。

「あのっ。二人に、プレゼント、買ってきた」

恥ずかしくて二人の表情を見ることができず、僕は急いでカフェスペースに駆け込み、一つの椅子の上から二つの包みを取り上げると、一目散に和室に戻ってくる。部屋の中には、目をまん丸にした結さんと、プレゼントと聞いてはしゃいでいる萌ちゃんの姿があった。

僕にしては、萌ちゃんの分も追加で用意してきたのは気が利いた。

まず萌ちゃんに、赤と白の縞《しま》模様の紙で包装された薄い包みを渡す。

萌ちゃんがガサガサやっているスキを突いて、結さんに例の和紙の包みを渡した。

「結さん、これ、受け取ってくれる？」

恥ずかしさと怖さで穴に入りたい気分になりながら腕を伸ばす。結さんは呆然としたまま、「あ、ありがとうございます……」と言ってそれを受け取った。

「わあっ！　これ、欲しかったやつーっ！　お兄ちゃん、ありがとう！」

萌ちゃんのジャンプに従い、左右のおさげがぴょんぴょん跳ねる。彼女の手の中には、最近小さな女の子に人気だという猫のキャラクター、「ジョン＝にゃん次郎」の飛び出す絵本が握られていた。自分で選ばず、店員さんに選んでもらって良かった……。

「わ……」

結さんが和紙の包みから、白い浴衣を取り上げた。頬が上気し、浴衣を見ていた視線がつい、と僕の方に移る。

「氷雨さん、これ……」

「う、うん。結さんに、似合うと思って」

暫く浴衣を見つめていた結さんの瞳がふわっと揺れて、僕は呆気にとられた。結さんがその目を閉じて、我が子を抱くかのようにそっと優しく浴衣を抱いた。彼女の長いまつ毛が薄っすらと濡れる。

「嬉しい……。凄く、嬉しいです。私、大切にします」

僕の胸がバクバクと跳ねる。まるで自分が抱きしめられているかのような錯覚がして、全身に震えが走った。

「お姉ちゃん、これ読んで！」

僕と結さんの視線の先にはもちろん萌ちゃんがいて、絵本を右手に高く掲げていた。

結さんが珍しく、萌ちゃんのお願いに対して眉尻を下げた。

「萌ちゃん、先にお風呂に入ろ？」

まさか読んでもらえるに違いないと思っていた萌ちゃんが驚いて目を丸める。

「嫌だ！　読んで読んで読んでよお！」

駄々っ子する萌ちゃんに、結さんが困った顔をする。

「お願い萌ちゃん、お風呂出たら、必ず読むから」

「えーっ！　何で今じゃ駄目なの？」

萌ちゃんがぶう、と頬を膨らませて結さんのことを見る。

結さんが一度僕のことをちらりと見てから、その頬を真っ赤に染めた。

「だ、だって……お姉ちゃんも、早くこれ、着てみたいから……」

初めて聞く、結さんの拗《す》ねたような声だった。

萌ちゃんが結さんのことをじいっと見てから、ふわっとその顔を綻ばせる。

「私もお姉ちゃんがそれ着ているところ見たい」

「あ、ありがとう萌ちゃん」

結さんが萌ちゃんの頭を撫でた。

「それでは氷雨さん、お風呂、お先に失礼しますね」

「は、はい。ごゆっくり……」

まさかこんなに喜んでくれるなんて思ってもいなかった。呆然とする僕にペコリと頭を下げて、結さんと萌ちゃんはお風呂場に向かっていった。

それから。

僕は二人がお風呂から上がってくるのを、何故か正座して待っていた。

実際には三十分くらいだったけれど、体感時間はその二倍から三倍はあった。

ガチャリ、というお風呂の扉独特の開閉音が聞こえて心臓が跳ねる。

脱衣所で暫くの間、萌ちゃんが何かぎゃおぎゃお言っている。

「お兄ちゃん、出たーっ！」

そう言って、ピンクのパジャマを着た萌ちゃんが、和室に勢いよく駆け込んできた。頭からは湯気がほかほか立ち昇り、何が楽しいのかは分からないが凄く笑顔になっている。

何故かそのままドンケツされて、僕のもやしの様な身体が激しく揺れた。

「ちょ、ちょっと萌ちゃん……」

「氷雨さん……」

結さんの声に身体が凝結する。

畳に落ちていた視線を上げ、ゆっくりと後ろに振り返る。

顎が地面に落ちそうになった。

和室の畳と板の間との境目に立っている結さんは、風呂上がりのせいか、はたまた恥ずかしがっているのか、真っ白な肌をほんのりと上気させていた。

元々は黒髪の大和なでしこを飾るために作られた浴衣。

しかし銀髪碧眼《へきがん》の結さんと、白地に紺のアサガオ模様の浴衣とは、驚くほどの調和を見せていた。白銀の髪と白の布地、そして青い瞳と藍色のアサガオとが共鳴し、一つの芸術作品であるかのように現前している。

ふと気付く。

先生はキャンセルがあったと言っていたが、本当はこの浴衣は、最初から結さんにプレゼントされることを見越して作られたのではないだろうか。

やはり恥ずかしいのか、その姿をなるべく隠そうとするかのように右手を軽く握って胸の前に置き、瞳を震わせて僕から視線を外す。

静かに和室の中に入って来て、僕の左手に座るまで、僕はまるで自動追尾カメラでもあるかのように彼女の姿を追った。

「お姉ちゃん、すっごくきれーっ！」

テンション高く、萌ちゃんが主人に懐く子犬のように結さんにしがみ付く。

「ほ、ほんと？　ありがとう……」

結さんが萌ちゃんの髪を乾かすためにドライヤーを取る。ちらりと、本当に一瞬だけ僕のことを見た。

片や萌ちゃんが、じーっと僕のことを見つめている。

ごほん、と一度咳払《せきばら》い。頬がメチャクチャに熱い。

「ゆ、結さん……」

「ひゃいっ」

結さんから聞いたことのない声が上がる。

真っ赤に頬を染めた彼女がこちらに顔を向ける。

「す、凄く、似合ってる……と、思います」

結さんの青い瞳がまん丸に広がり、「はう……」と小さく言うと下を向いてしまった。

「ありがとう……ございます」

蚊の鳴くような声がした。

そんな結さんの太ももに座った萌ちゃんが、不思議そうな顔で僕と結さんとを交互に見る。

「ねえお姉ちゃん」

「あ、えと。どうしたの？　萌ちゃん」

萌ちゃんの真っすぐな目が結さんのことを見ている。

「お姉ちゃんって、何でお兄ちゃんに抱っこしてもらわないの？」

「えぇっ？」

結さんが頓狂な声を上げ、僕はお茶を喉に詰まらせてゲホゲホ咳き込んだ。

「もしかしたら、お兄ちゃんのこと、あんまり好きじゃないの？」

「な、何でそんな話になるの？」

真っ赤になった結さんが喘《あえ》ぐように声を出す。

萌ちゃんが彼女自身と結さんのことを見比べる。

「だって私、お姉ちゃんのこと大好きでしょ？」

「え？　あ、ありがとう？」

「だから、お姉ちゃんに抱っこしてもらいたくなるでしょ？」

ここに来て朧気《おぼろげ》ながら僕も結さんも、萌ちゃんが何を言いたいのかぼんやりと理解した。なるほど、「我想う。故に我座る」ということか。自分の考え方が世界の常識になってしまうところが流石幼女と言うべきか。

結さんがはにかみながら口を開いた。

「萌ちゃん、でもそれは、萌ちゃんとお姉ちゃんが特別仲良しさんで、女の子同士だからできるんだよ？　大人の男の人と女の人はしないものなの」

「えー？」

萌ちゃんが眉根を寄せて不満げな顔をする。

「でもママはパパに、よく抱っこしてもらってるもん」

後藤姉夫妻は、とっても仲良しさんらしい。

「そ、それは……えと、夫婦って言って……」

もはや熟れすぎたリンゴのようになっている結さんが、言葉を探して眉根を寄せる。

「だから私、もしかしたらお姉ちゃん、お兄ちゃんのこと、好きじゃないのかなって、思ったの。お兄ちゃん、お姉ちゃんに釣り合ってないし」

おい、最後。まあ本当だからいいけど……。

真っ赤になったまま萌ちゃんの話を聞いていた結さんが、そっと萌ちゃんを抱えると、膝から下ろして彼女の左側に座らせた。

結さんがすっと膝立ちになって、僕の方を向いた。

「結さん？」

結さんは俯いていて、その表情を見ることができない。

彼女の頭からほかほか立ち昇っている湯気が、急にその勢いを増したような気がした。

「ひ、氷雨さんっ！」

「うわっ？」

急に結さんの両手が、がしっと僕の両肩を摑《つか》む。まるでキスを迫るような仕草。

接近してくる結さんの顔はのぼせたように朱色に染まっていて、その瞳が泣き出しそうなほど震えている。

「し、失礼しますっ！」

結さんの身体が更にこちらに寄り、体重がぐっ、と僕にかかったその時、
唐突に、

――ドーン。

腹に響くような大きな音がして、窓ガラスがビビビーン、と振動した。

「あっ！　花火いっ！」

驚いて外を見る僕と結さんを置き去りに、萌ちゃんが窓に駆け寄って歓声を上げた。

萌ちゃんが指さす先、夜の高空に二つの大輪の花が咲く。間髪入れず、小気味の良い「ポンポン」という音が続いた。

「わあ……」

結さんがうっとりとした歓声を上げる。萌ちゃんが結さんの所に戻って来て、その腕をぐいぐいと引いた。

「お姉ちゃん、一緒に花火見たいよう」

視線をゆっくりと僕に移した結さん。その手は未だ僕の肩を摑んでいて……僕は苦笑いを浮かべることしかできない。

ぱっ、と結さんがその手を離す。

火が付いたように赤くなった顔を一度伏せ……

再びこちらを見てから、困ったように眉根を寄せ，恥ずかしそうに、小さく微笑んだ。

萌ちゃんと結さんが髪を乾かしている間に、僕も先生から貰った浴衣へと着替えてみる。浴衣の生地は綿麻の混紡で、肌触りが良く、着心地快適だった。

全員の準備が整ってから、部屋の灯《あか》りを落とす。

花火は由比ガ浜海水浴場で上がっているらしく、家の縁側はこれ以上ないくらいの観覧席になっていた。

三人で観賞を始めてから三十分ほど経った頃。僕の右隣、結さんの膝の上では、既に萌ちゃんが結さんにしがみ付くようにして眠っていた。時折何かムニャムニャ呟きながら、結さんの胸に頬ずりしている。

つい先ほどまではテンション高く、大声を上げてはしゃいでいたのだけれど、そこは幼女。体力を使い果たした瞬間、電池の切れた玩具のようにピタリと停止して眠り始めてしまった。

僕は萌ちゃんの様子を窺うフリをしながら、結さんのことをチラリと見る。

空を見上げている彼女の白い肌には時折ぼんやりと淡い色が差し、その瞳の中に、キラキラと光が花を咲かせていく。

結さんは髪をアップにしていて、浴衣の襟からは陶器のように滑らかなうなじがスラリと伸びていた。慌てて視線を空に戻し、喉が鳴ってしまわないように唾をゆっくりと嚥下《えんげ》する。

夏の夜の微温《ぬる》い風に乗って、蚊取り線香の香りがふわりと届いた。

「ママあ……」

萌ちゃんが寝言を呟き、結さんにぎゅっとしがみ付いた。

結さんは優しく微笑んで萌ちゃんを抱き直し、その小さな背中をそっと撫でた。

「お兄ちゃんとお姉ちゃんも、フーフになるの……？」

「「え？」」

二人で声を上げると同時、見つめ合ってしまった。

二人の喉が、やはり同時に音を立てる。

僕は照れ隠しに頭をかいて、結さんに笑ってみせた。ちょうど花開いた、大きな尺玉の花火に話を振る。

「結さん、凄く綺麗だね」

「……え？」

結さんはまるで凍り付いたようにピタリと固まった。青い瞳が真ん丸に開き、僕のことを真っすぐ見つめている。

唐突に、僕は結さんが、意味を取り違えたことに気付いた。

ほとんど間を置かず、結さんもそのことを理解した。

「やだ、私……ごめんなさい。何考えて……」

真っ赤になって狼狽《ろうばい》し、萌ちゃんをギュッと抱きしめて目を瞑る。

「い、いや、ごめん。その、違くて……」

混乱が一気に頂点を極めた。

結さんは確かに勘違いをしたけれど、それは別に間違いではなく、僕は結さんのことを疑いなく綺麗だと思っている訳で……。

横目でそっと右側を見ると、結さんは薄っすらと目を開けて、庭の土を真っすぐ見つめていた。恥ずかしさが限界を超えているのか、その青い瞳は泣き出しそうに震えている。

僕の胸の中に、熱い感情が込み上げてきた。

結さんに謝りたかった。恥をかかせてしまったことが申し訳なかった。でもそれよりずっと……もっとずっと、自分の好きな人に、心の底から「綺麗だ」と伝えたかった。萠ちゃんの力を借りていない今こそ、誠心誠意の言葉で伝えたかった。

息をゆっくりと吸い込み、腹の下に力を入れた。

震える唇を、一度強く噛んだ。

身体中の勇気を振り絞った。

「結さんは……結さんの方が、綺麗です」

結さんが、呆然と僕のことを見た。

「あっ……」

とまるで呼吸を思い出したかのように小さく声を上げ、僕の目に視線を固定したまま、急速にその頬を赤色に染めた。

カラカラに渇いた僕の喉を、唾がゆっくりと押し広げていく。

美しい青い瞳に見つめられ、僕は一ミリも身体を動かすことができない。

ゆっくりと、彼女の視線が下がった。

僕の背中から、粘度の高い汗が噴き出した。今更なのに、恥ずかしさと後悔とが、胸の中を急速に満たしていく。

その時。

ついに我慢の限界が来て、僕の口が、謝罪のために開きそうになった。

結さんがゆっくりと腰を上げ、ほんの僅か、僕の方に座り直した。耳の先まで真っ赤になっているのが見えた。

結さんは、浴衣の襟の合わせを直した。

彼女の浴衣が、ほんの僅か、僕の腕に触れた。

「……嬉しい、です。凄く、嬉しい……」

ヒュルルルル……

と、これまでの花火の上がり方とはまるで違う、大きくて長い風切り音。

二人とも驚いて空を見上げた。

名物の、特大二尺玉。

長い滞空時間を経て、視界の全てを覆うほどに巨大な花が鎌倉の夜空に咲いた。

一拍後。

天地がひっくり返るのではないかというくらいの爆発音が響いた。

「ふにゃあ」

「あっ！」

音に反応したのか、萌ちゃんが大きく寝返りをうち、僕の方に倒れ込んできた。僕と結さんは二人揃って、萌ちゃんを抱き留めようと腕を広げる。

萌ちゃんはしかし、ウナギのように二人の腕をヌルリと抜け、回転しながらタオルケットを身体に巻き付けると、そのまま僕達の後方で丸まって、スピスピ幸せそうな寝息を立てて眠り始めた。

ほっと胸をなで下ろ……せなかった。

視界の中に、真ん丸に広がった結さんの青い瞳だけが見えた。さくらんぼのような甘酸っぱい香りは、彼女の吐息なのだと分かった。

信じられないくらい、接近していた。

ほんの僅かでも動いたら、二人の鼻先はきっと接触してしまうに違いない。

僕の右手は結さんの背中を押さえ、僕の左手は、彼女の腰を支えていた。

結さんを、腕に抱いていた。

「ご、ごめん……」

裏返りそうになる声を、馬鹿みたいに跳ね回る心臓を、必死になって制御して、僕は小さく言ってから、身体を少し離す。

正にその時。先ほどまでとは明らかに違うペースで、花火が空に上がり始めた。一瞬の休みもなく、次々と空を光が彩っていく。

花火大会は、クライマックスへと突き進んでいた。

光の中で、結さんは一瞬、置いていかれる子どものように、泣き出しそうな顔をした。

彼女の手が、僕の胸元をキュッと握る。

僕が離れた距離、それより少しだけ大きく、彼女は僕に身体を寄せた。僕の胸に、その鼻先を埋める。

脳みそが蒸発したのかと思った。

二人の身体の隙間が無くなっていた。

燃えるような熱が、身体の前面、そして体の奥の方から湧き上がった。

下を向いている結さんの表情は見えない。

でもその熱い吐息が、僕の胸に何度もかかる。

夜の闇が花火に追い立てられ、周囲はまるで、昼間のように明るくなっていく。

一瞬だけ現れる、そこは幻想の世界だった。

――『大好きだから、抱っこして欲しくなる』。

腕に力が籠《こも》るのを止められなかった。今ここでだけなら、許されるのではないかと思った。

結さんの細い体を、抱き寄せた。

結さんは何も言わない。ただその手が再度、僕の胸元を握り直した。

……抱きしめて、初めて知った。

結さんの体は、驚くほど華奢《きゃしゃ》で、温かくて、ひたすらに柔らかかった。

手のひらに、ドクン、ドクンという強い鼓動を感じた。

彼女の身体の中を流れる液体冷媒が、その頭脳に相当する中央処理装置を冷却するため、強い圧力をもって流されている証。そしてそれはまた同時に、かつての社名ともなったそのスーパーコンピュータ「ブラックアイリス」が限界まで稼働し、彼女の身体に生じた高揚感に、必死に対処しようとしていることを示している。

愛おしさが、痛いくらいに胸の中に溢れた。

……花火の音が、遠くの世界で聞こえていた。

やがて残響と共にゆっくりと白い世界が後退し、僕らは、夜の縁側に戻って来た。

二人は静かに、体を離した。

小さくはにかみ合って、視線を地面に落とした。

夏の庭には、既に静かな夜が満ちていて、花火大会の痕跡は、もうどこにも見当たらなかった。

ただ夏虫達が夜空に向かって、綺麗な声で鳴いていた。

先ほどのことが、現実にあったこととは思えなかった。本当に、夢でも見ていたかのような、そんな気がした。

それから、僕と結さん、二人とも終始無言で後片付けを済ませ、部屋へと戻った。

「それでは、氷雨さん……」

階段の前で、萌ちゃんを抱っこした結さんがこちらに振り向いた。

微かな星明かりと月明かりの差し込む暗い部屋の中で、彼女はまるで、自身が光を発しているかのように、ぼんやりと明るく見えた。

僕に向けて、いつも通りの、優しい微笑みをみせた。

「お休みなさい……」

「うん。お休み……」

そして結さんは、二階へと上がっていった。


その日の夜に、そのままぐっすり眠れる訳もなく……。

暑さで寝苦しいのも加わり、僕は深夜、我慢できなくなって布団から身体を起こした。

静まり返った部屋の中、普段は聞こえない目覚まし時計の針の音が、やたらとカチカチその存在を主張する。蛍光塗料の塗られた針が、午前二時を指していた。月は沈んでしまったのか、目が慣れてきても部屋の中は薄暗く、廊下の夜間灯のぼんやりした光だけが見えた。

先ほどの結さんの身体の熱が、まだ僕の身体に残っている気がした。

彼女の甘酸っぱい香り、そして、強く抱きしめたら折れてしまいそうな、華奢で柔らかい身体。

それらを思い出すだけで身体が熱くなり、息をするのも辛いくらい胸が苦しくなる。

……僕は、結さんのことが好きで……。

でも先ほどは確かに、結さんの方から、僕に近づいてくれた。

それは、つまり、彼女も……。

頭を強く横に振り、邪《よこしま》な考えを追い払う。

心を落ち着かせようと、大きく深呼吸した。

……駄目だった。とてもではないけれど、このまま眠れそうになんてない。

僕はのっそりと立ち上がった。

Tシャツが汗でべったりと濡れて、背中にへばりついていた。

二階に気を配りつつ、忍び足で移動する。僕はカフェスペースに降りてビーチサンダルを履き、ドアベルが鳴らないように扉をそっと開け、そのまま外に歩き出した。

静かな夜だった。午前二時なのだから当然なのかもしれないけれど。

部屋の中とは違い、夏の夜空の下には微温いながらも風が吹いていた。先ほど思った通り、夜空にはもう、月の姿は見当たらなかった。

夏の日射しをすっかり排出しきったアスファルト。その上を歩くと、少しだけ肌寒いような気さえする。僕は微温い風に誘われるように、夜の由比ヶ浜に向かっていった。

夜の海は、僕の想像していたものとはまるで違っていた。

ロマンチックな要素など欠片《かけら》も見当たらない。

ただひたすらに、吸い込まれそうな暗闇だった。

月の明かりも街の灯りもなく、海岸沿いの道路の街灯だけが、どう考えても力不足の光を海に投げかけている。

もはやどこまでが砂浜で、どこからが海なのかも判然としない。

時折大波が打ち寄せて、大きな水音を立てる。安らぎとは無縁の、耳障りな破砕音だった。

海から届く生温《なまぬる》い風が、僕の首筋に絡み付いた。

そして、僕は見た。

今立っている堤防から、海に向かって五十メートルくらい先。

あり得ない場所に、何か、白いものが立っていた。

一瞬で総毛だつ。

一目見て分かった。それは、見てはいけない何かだった。

それなのに、僕の目はそれを捉えて離さない。逃げなければと頭のどこかが悲鳴を上げているのに、身体が全く反応しない。

白いものは、白いワンピースを着ていた。

彼女を象徴するプラチナブロンドが、海から吹き寄せる強い風にはためいていた。

ＴＯＷＡが海の中に、足首だけ浸して浮かんでいた。

僕の背中を脂汗が伝い、強烈な渇きが咽喉に襲いかかった。

見えるはずのない距離なのに、彼女の青い瞳が、僕を真っすぐ見ているのが分かった。

その目から真っ赤な血の涙を流し、彼女は嗤《わら》っていた。

引き裂かれたかのような哄笑《こうしょう》だった。

その顔は青あざだらけで、特に酷く腫れた右目は開くことさえできていない。口元には乾いた赤い液体がこびりついていた。そしてその表情は、憎悪と憤怒《ふんぬ》に大きく歪《ゆが》み、僕のことを心の底から嘲《あざけ》っていた。
あの日あの時の、あの瞬間がフラッシュバックする。
「アン……なのか？」
僕の口から喘ぐように声が出た。
そして次の瞬間、少女の姿は忽然《こつぜん》と姿を消した。
驚いて彼女がいた辺りを見渡してみる。
ふいに切迫した恐怖を感じて、自分の周囲を素早く見る。
彼女の痕跡は、どこにも見当たらなかった。
ただ生温い風だけが、海から吹き続けていた。
風が耳の横を通り過ぎていく。
『まさか、自分だけ幸せになろうなんて、思ってないよね？』
反射的に後ろを振り返る。
死んだように静かな街の暗闇が、ただそこには広がっていた。

家まで帰ってきた僕は、一度家の中に入り、この家に唯一持ち込んだリュックを持って、再び外に出た。玄関前の階段、その一番上の段に座った。冷えたコンクリートが、身体の熱をゆっくりと奪っていくのが分かった。
ぼんやりと夜空を見上げた時、目に溜《た》まっていたのだろう涙が目じりから零れ落ちて、初めて自分が泣いていることに気付いた。

海辺の町には灯りが少なく、星が空いっぱいに瞬《またた》いている。夏の大三角形はとうに天頂付近を通過して、西の空へと入っていた。

僕はリュックから一冊の、濃い緑色の表紙をした絵本を取り出した。胸の中で、強く強く、抱きしめた。涙が目から、とめどなく流れ落ちていった。

僕は、「アン」のことを思い、そして、「ヨネ」のことを思った。

アンとヨネ。二人は僕にとって、特別なＴＯＷＡだった。

僕は目を瞑った。

瞼の裏に、昔の自分の姿が見えた。

希望に溢れ、理想に燃えて、自信に満ちて、そして何より……無知だった頃の自分だ。

第六章　昔話

1

二〇二〇年という年をもし一言で総括しようとすれば、その年は「オリンピック・パラリンピックの年」であったと同時に、全世界的に「佐藤菖蒲の年」でもあった。

夏のオリパラが終わり、人々の間にお祭りの後の寂しさのようなものが漂っていた秋の初め、彼女はヒューマノイドTOWAと共に突然メディアに姿を現し、そしてそのまま世界を席巻《せっけん》した。

佐藤菖蒲自身、一時はタレントのようにもてはやされた。

低い身長に、五十を超えているとは思えない、少女のような顔かたち。北極ギツネのような銀色の髪の毛を一本のおさげにしていて、一見すると愛らしささえ感じるルックス。

その一方、彼女の目はまるで猛禽《もうきん》類のような金色で、睨まれたが最後、歴戦のビジネスマンやレポーターでさえ、言葉を失うとまで言われていた。誰もがそれと分かる、圧倒的なカリスマが彼女には備わっていた。

その人気は凄《すさ》まじく、彼女が主に着ていた黒いジャージの上着と黒の作業ズボン、その上に羽織っていた白衣、更にはいつも口に突っ込んでいた棒付きの飴《あめ》は、需要が出すぎて一時品切れになっていた程である。

そんな佐藤菖蒲と僕が最初に出会ったのは、ブラックアイリスの採用面接の時だった。

「よう。初めましてだな。氷雨っていうのか。珍しい名前だな」

扉を開けた僕は、口を開けたまま固まっていた。八人くらいで使うのだろう綺麗な会議室、その中に、二人の男性と共に、世界的な有名人である佐藤菖蒲がいた。眼鏡の奥の金色の瞳が、真っすぐに僕を見つめていた。

あまりに予想外の光景だった。

なぜなら僕は数分前に、散々な一次面接を終えたばかりだったからだ。

総務の若い女性社員に呼ばれて、僕は控室から一人だけここへ囚人のように連行されて来た。このまま一人だけ先に帰らされるのだろう、そう思っていた。

『役員面接、頑張ってね！』

突然そう言った女性社員は、この部屋の扉を開き、そして驚く僕を置き去りにして歩いていってしまった。僅か数秒前の話である。

「何突っ立ってんだ？　その辺座れよ」

そう言う佐藤菖蒲は、サラミのたっぷり載った宅配のピザをモリモリ食べていた。

聞きたいことが山ほどあった。

なぜ、僕は一次面接を通過することができたのか。なぜ、二次面接とかではなく、突如として社長面接が始まったのか。なぜ、貴方は、面接中にピザを食べているのか……。

結局どれ一つとして言葉にはできず、僕は啞然としたまま、入り口付近の椅子に腰かけた。

円型のテーブル。僕の右隣に若いアジア人男性がいて、IDに「デイヴィッド・サクラバ」と書かれている。再び驚く。彼はこの会社のCFO（最高財務責任者）、サクラバ氏だった。

良く見れば僕の左斜め前の方にいる男性は、COO（最高執行責任者）のジョン・ブラウン氏だ。熊のような巨体の白人男性。口と顎を立派な髭《ひげ》が覆っている。

そして、僕のほぼ正面には佐藤菖蒲。

ブラックアイリスの経営幹部が、雁首《がんくび》を揃えて座っていた。

「ちょっとお前に聞きたいことがあってさ。これ……」

そう言いながら佐藤菖蒲は一枚のA４紙を取り出すと、テーブルに置いてツンツンと人差し指で突いた。どうやら僕が記入したエントリーシートのコピーらしい。

突如として始まったらしい面接に、僕の背筋がビン、と伸びる。

「この志望動機。これ何？　『ＴＯＷＡを治せる人になりたい』って」

恥ずかしさの余り頰に血が上った。

「ち、違うんですっ」

慌てて叫んだ僕を、佐藤菖蒲は不思議そうに見た。勢いそのままに口を開いた。

「僕は、そのっ、ＴＯＷＡは今後、減少していく労働力人口を代替する有力な存在になっていくと思います。それはつまり、それは、この国の発展に寄与することであり、そもそもＴＯＷＡは、最新鋭のテクノロジーの結晶であり……」

　意識の奥の方で、何て馬鹿なんだろうと思った。

　一次面接の時と全く同じ。

　一人で空回りして、一人で自滅していく。

　どういう訳か、せっかく貰えたチャンスなのに、就活のマニュアル本さえあれば誰でも言えるようなことだけ言って……いや、そもそも「どもって」言えてさえいないのだけれど。

　それでも口は止まらない。次第に目線は下がっていく。

　そしてようやく、カンペでも読んでいるような志望動機を言い終わり、僕は死んだ魚のような目で佐藤菖蒲を見た。彼女が浮かべているであろう軽蔑と侮蔑の視線を予期して……。

　佐藤菖蒲は予想とは違い、豆鉄砲でも喰《く》らったかのように眼鏡の向こうで目を丸くしていた。

　突然、「あっはっは」と大きく口を開けて笑った。

「何だなんだ？　びっくりしたぞ。ちょっと落ち着けよ」

　僕は呆然としながら、首をすくめるようにして頷いた。

「別に取って食おうって訳じゃないんだ。緊張してるのか？　大丈夫だから、ゆっくりでいい。ゆっくり考えて話せ。お前の本心が知りたいんだ……」

　ぐっ、と喉が詰まった。ふいに涙まで出そうになった。

これまでも、他の会社の採用試験をいくつも受けてきた。全部、駄目だった。

本心を……言いたかった。

でも、自分に自信がなくて、これまでずっと、「受かりそうな」志望動機を……誰かから盗んだ言葉を、必死になって読み上げてきた。作った自分を否定されるたび、ますます惨めになって、ますます自信を失っていって、どうしたら良いのか分からなくて……。

……本当はずっと、本心を、言いたかった。自分の言葉で、話したかった。

佐藤菖蒲の金色の瞳が僕を見つめている。

僕は喘ぐようにして口を開いた。

「以前、佐藤社長は何かのテレビ番組の中で、ＴＯＷＡには、痛覚があると仰《おっしゃ》られていました」

「それはちょっと違うな」

佐藤菖蒲は小さく首を振った。

「私はあの子達に痛覚があるかは知らない。人間が痛みを感じるであろう状況が発生した時に、痛みを感じているらしく振る舞うようプログラムしているだけだ」

僕は小さく頷いた。

そして思い出していた。

そのテレビ番組の中で、ある著名なコメンテーターが、「試しに」と言ってＴＯＷＡの腕をつねったのだ。ＴＯＷＡは眉を顰め、悲しそうな表情をした。

「でも、きっと、痛いんじゃないかって、そう、思ったんです」

ジョン・ブラウン氏が噴き出した。

驚いてそちらを見ると、笑いを我慢しているらしく肩を震わせている。

反射的にデイヴィッド・サクラバ氏を見ると、奇異なモノを見る目でこちらを見て、その口元に苦笑いを浮かべていた。

羞恥が胸の中を焼いた。視線はテーブルに落ちた。

「それで？」

問われて視線を微かに上げる。

佐藤菖蒲だけが、真剣な顔で僕のことを見続けていた。左肘をテーブルについていた。左の手は、口元を掴んでいた。

「それで……」

羞恥を唾と共に飲み下し、再び口を開く。

「ＴＯＷＡは今後、きっとその数を増やしていくと思います。でもその時に、彼女達が怪我《けが》をしてしまったような時に、彼女達を治してあげられるような専門家って、きっと、足りなくなると思ったんです。だから、僕が、そうなれたらいいなって……」

ブラウン氏が「もう耐えられない」といった雰囲気で笑い出し、相変わらず苦笑いしているサクラバ氏に、何かを素早く英語で告げた。ほとんど意味は分からない。ただ、『ロボフィリア』という言葉は聞こえた。ＴＯＷＡと人間の区別がつかなくなった人のことを指して、馬鹿にするためのネットスラングだった。

再び顔を焼くような恥ずかしさが込み上げてきて、僕はテーブルを見た。

でも……言いたかったこと、自分の本心は、話すことができた。不思議と、小さな満足感が胸の中にあった。

「若宮氷雨……」

名前を呼ばれて顔を上げた。

佐藤菖蒲が金色の瞳を爛々《らんらん》と輝かせ、その口角を吊り上げて笑っていた。一瞬その独裁者のような笑顔に、恐怖が背中を走った。

「入社式は四月十二日だ。ブラックアイリスは、お前のことを歓迎する」

何を言われているのか、最初は分からなかった。

ブラウン氏とサクラバ氏が不満そうに何かを佐藤菖蒲に訴える。彼女は聞こえていないかのように、全く取り合わない。僕に向けてもう一度、凄惨な印象さえ与える笑みを作ってみせた。

「金も時間も好きなだけやる。せいぜい励め、若宮氷雨。私達は完璧な人間を作り上げ、五年以内に、神を超える」

その声は、まるで神託のように僕の胸に響いた。

2

ブラックアイリスでの研究の日々は、本当に充実した時間だった。

実験のために何日も研究室に籠るのも苦ではなかったし、特殊な技術を持つ外部の企業と協力して、難題に取り組むのも楽しかった。

僕はＴＯＷＡの「肌素材」の研究という、かなりマニアックな仕事をしていたのだけれど、その完成度が、ＴＯＷＡの「人間らしさ」を大きく左右することは理解していた。重要な仕事を任されているという自負があった。

会社に入って理解したが、佐藤菖蒲は、本当に独特な人だった。

世界の注目を一身に浴びる彼女は、社員に分け隔てなく接し、まるで友人でもあるかのようにフランクな対応をした。課題が発生したら一緒に悩み、僕のような末端の研究者にも、いろいろなアドバイスをしてくれた。会社の近くの飲み屋に行って、一晩中議論したりもした。

僕は、一瞬で彼女のファンになった。

毎日が、充実していた。

そんな僕が唐突に焦りを感じたのは、入社してから三か月後のことだった。

同期の藤崎円《ふじさきまどか》という女性が、一年目にして一級調律師に昇格したのである。

当時のブラックアイリスに彼女を含めても四人しかいなかった一級調律師というのは、とどのつまりＴＯＷＡ製作のチームリーダーのことを指していた。

たくさんの専門家の協力によって作成されていたＴＯＷＡ。佐藤菖蒲は多様性の確保を目指し、その一体一体の製作のために、逐一チームを編成していた。そして、そのチームの中で陣頭指揮を執っていたのが一級調律師であり、その事実は彼・彼女らが、世界中から集められたＢＩの科学者や技術者達の、トップであることを証明していた。

はっきり言ってしまえば、別に僕は、同期の藤崎に対してそれほど対抗心を燃やしていた訳ではない。彼女はＭＩＴとハーバードに通って三つの博士号を取得した才媛で、僕とは違い、疑うべくもない世界レベルの科学者だったからだ。

しかし、完全なる実力主義のブラックアイリスには、定期的に、世界のトップクラスの才能達が次々に入社してきていた。僕は後から来る、まだ見ぬ同僚のことが怖くなり始めたのだ。いつか僕の仕事があっさりとなくなって、突然の解雇を言い渡されるかもしれない。僕の唯一の誇りになりつつあった「ブラックアイリスの一員」というステータスが、ふいになくなってしまうかもしれない。そんな恐怖を、常に感じるようになった。

これまで漠然と考えていた目標――一級調律師を、本気で目指そうと心に決めた。

それからは、一日も家に帰らず研究室に引きこもった。人生の全てを仕事につぎ込み、その中でも無理やり時間をとって勉強し、昇格テストにも挑み続けた。

僕の周囲、ほぼ全員が僕のことを笑っていたと思う。何せあの一級だ。ＢＩに所属する超一流の人財達の頂点。選ばれた者達の中でも、本当に一握りの人間にしか到達できない地位。

でも、佐藤菖蒲は応援してくれた。

僕が一級を目指すと話した時、彼女は嬉しそうに笑って肩を叩いてくれた。僕は尊敬する社長に認めてもらいたかった。「良くやった」と言ってもらいたかった。だから、必死に努力した。

そしてその年の秋。

僕は昇格テストに合格し、更には研究成果も評価され、一級調律師に任命された。

3

当時の僕は、まさに「天狗《てんぐ》」だったと思う。

BIに五人しかいない一級調律師、その一人になったのだから、いくぶんかは情状酌量の余地もあったのかもしれないけれど。

僕は、万能感に浸っていた。

胸元に付けられた「黒いアヤメ」と「白いユリ」をモチーフにしたバッジ、一級調律師という立場を証明するその小さな徽章《きしょう》が、そのまま僕自身の価値を表している気になっていた。

そして間もなく。

僕は遂に、責任者として、一体のTOWAを預かることになった。

ブラックアイリスにとって最後の一級調律師となった僕は、人生を通してたった二体のTOWAに対してのみ、一級としての仕事をした。

八十一番目のTOWA、アンは、その二体のうちの一体、そして最初の一体だった。

八十一番が起動した日のことを、今でも鮮明に覚えている。

その日、僕は久方ぶりに、自分がいったい何の仕事に従事しているのかを思い出した。

僕にとってその日まで、TOWAというのは素材のことであり、ヒラヒラと薄い人工皮膚以外の何物でもなかった。

TOWA完成体と間近に向き合うのは、本当に久しぶりのことだった。

ユニットチェアの上で目を閉じていた八十一番は、まるで人間の遺体そのものに見えた。白い病衣をまとっていて、しかしその肌はそれよりもなお鮮やかに白かった。

佐藤菖蒲にしか認められていない起動手続きが済むと、八十一番は、すうっと青い瞳を開けた。どこまでも深く澄んでいて、見ていると吸い込まれそうになる青色だった。

ゆっくりと上体を起こした八十一番は、僕のことをじっと見つめた。その瞳には、微かな怯《おび》えがあった。

「あの……初めまして……」

緊張のあまり声が裏返りそうだった。八十一番の喉が小さく動いた。

「僕の言っていること、分かる?」

少しの間。しかし質問に、小さく頷いて返してくれた。胸が温かくなるのを感じた。

「僕は、若宮氷雨。氷の雨って書くんだ。君は……」

僕は一度口を閉じた。

「アン」という名前は、フランス語の「1」から取っていた。

理由は、「八十一」に「1」が入っていたこと。そして僕にとって、初めて調律師として接することになるTOWAだったこと。もちろん、後者の意味合いが強い。

つい先ほどまで、なかなかいい名前を付けたものだと自画自賛していたはずなのに、今、その名を告げる時になって、僕は急に自分の用意した名前に自信を失った。特にフランス語というところが斜に構えすぎている気がした。何故そんな名前を選んでしまったのだろうと、八十一番に告げるのが怖くなった。とはいえ、悩むには遅すぎた。

乾いた口を開く。

「君の名前は……アン、だよ」

八十一番は一度目を丸く広げてから、小さくだけれど、嬉しそうに微笑んだ。

その日から、彼女はアンになった。


「アン、ごはんできたよ」

ソファに座っていたアンはパタリと本を閉じ、こちらを向いて、小さくコクリと頷いた。

白ニット姿の彼女を見て、僕はキッチンの戸棚から紙エプロンを取り出す。今日のメインはナポリタンなのだ。

カウンターキッチンにお皿を並べていくと、アンがそれを受け取ってダイニングテーブルに並べた。この役割分担も、この一週間で大分サマになってきていた。

四人掛けのテーブルに向かい合って座り、手を合わせてから、二人で夕食を食べ始める。

オニオンスープに口を付けながら、僕はアンの様子をそれとなく窺う。フォークにパスタをクルクルと器用に巻き、小さな口に運ぶ。もくもく、と口が静かに動いている。

彼女が起動してから、僕とアンは四六時中一緒に行動した。

起動後のTOWAの調整は、一級調律師にとって最も重要な仕事の一つだ。

何気ない仕草、動作の中に不具合を見つけ、それを修正していく。言ってしまえばそれだけの作業なのだけれど、実際の所、不具合の原因を特定するのは極めて難しい仕事だ。というのも、問題の原因は無数にあり得る訳で……、それを特定し、修正するという作業には、TOWAに対する深い理解と知識が必要になる。

僕とアンはBIの本社に通って調整を進めつつ、それが終わると、一緒に僕の家に帰った。

当時、僕は会社のすぐ傍にあるマンションに住んでいたのだけれど、2LDKあったので、二人で生活しても十分な余裕があった。家賃は恐ろしく高かったけれど、BIの給料もまた冗談のように高額で、生活に支障はなかった。

アンは……驚くほど静かな子だった。

TOWA達は元々、モデルとなった佐藤菖蒲の娘、由利香さんに準拠して作成されているため、平均的に大人しい性格の子が多い。しかしアンは、一層輪をかけていた。他の技術者達が将来のことを心配して、プログラミングによる性格の再設定を勧めてくるほどだった。

「アン……美味しい？」

フォークの動きをピタリと止め、アンは青い瞳で僕のことを見た。

小さく、コクリと頷いた。

その頬が、ぽう……とほんのり赤くなる。

「とても美味しい。ありがとう。ひ、氷雨……」

凄く呼びにくそうに僕の名前を言う。この一週間で、初期設定になっている「マスター」から「氷雨」へと、何とか呼び方を修正してきた。暫くすれば、もうちょっと自然になるだろう。流石に町中で「マスター」呼ばわりされるのは恥ずかしすぎる。

この一週間アンと一緒に過ごしてきて、僕の胸には今、何か気持ちの悪いモヤモヤが漂うようになっていた。

もちろん、ヒューマノイドに対するものではない。

自分達のビジネスに対するものだ。

目の前のアンは、どう見ても僕には「人間」であるようにしか見えない。しかし彼女は実際の所「モノ」であり、僕らの勤めるブラックアイリスにとっては「商品」なのである。

アンを商品として引き渡し、対価としてお金を貰う。そこにアンの意思は尊重されない。

それは、まるで……人身売ば――

「氷雨？」

驚くと同時に目の焦点が合う。

アンが不思議そうな顔をして僕のことを見ていた。いけない。アンのことを見つめたまま、物思いに耽《ふけ》ってしまっていたらしい。

僕は慌てて笑顔を取り繕うと、一度首を横に振って、再びフォークにパスタを絡めた。

4

「ちょっと若宮。いい加減にしなさいよ」

「えっ？」

ブラックアイリスの食堂の中。一番人気のAセットから顔を上げると、正面の席に、同期の藤崎がドスンと勢いよく腰を下ろした。

白いブラウスに黒のパンツルック。髪は肩に少しかかるセミロング。メリハリのある体型で、まるでモデルのような見た目をしている。

特徴的な淡いブラウンの瞳に、剣呑な色が滲んでいた。

「あなた本当なの？　八十一番を家に連れて帰ってるって？」

「え？　ああ、うん」

はああああ、という盛大なため息。藤崎は目を瞑って、苛立ちそのままに髪をバサバサとかき上げた。

「あり得ない……。噂《うわさ》になってること知ってる？　あなたが八十一番をテゴメにしてるって」

「ええっ？」

「ほら知らない。そういう所よ。集中すると、周りが全然見えなくなる」

藤崎は舌打ちしながら僕のコップを勝手に取り上げ、ぐい、と水を呷《あお》った。……まだ口を付ける前で良かった。

「まさか本当にしてないでしょうね？　本当なら、即、解雇されるわよ？」

「してないしてない！　してないって！」

両手を胸の前で振ってみせる。藤崎はジットリとした目でこちらを見ていたが、やがて小さなため息を吐いて肩を落とした。

「もう……。何で家に連れ帰ったりするのよ。そんなこと、他に誰もしてないじゃない」

「それは……」

確かに、藤崎を含む他の一級調律師達は、基本的には社内だけで作業を完遂する。

「だって……その、可哀想《かわいそう》じゃん。夜の会社に、置いておくなんて」

藤崎が再び大きなため息を吐いた。今度は僕の箸を勝手に取り上げ、キュウリの漬物をさらっていく。怒りをぶつけるように、バリバリと噛《か》み砕《くだ》いた。

「あのねえ。夜はシャットダウンして置いていくんだから、可哀想も何もないでしょう？　寂しがってるとでも思ってるの？　何も考えてないわよ。スヤスヤ寝てるだけよ」

正直、アンをこちらの都合でいちいちシャットダウンする……その行為にも、強い抵抗を感じていた。でも藤崎には言わない。三倍返しで言い負かされるだけ損だ。

「若宮、忘れたら駄目だよ？」

ふいに藤崎が眉根を寄せ、こちらを心配する表情になる。

「ＴＯＷＡは機械。人間じゃないの。それを忘れたらあなた、必ず苦しむことになる」

食堂の騒音が、どこか遠くで鳴っているように聞こえた。

藤崎に真っすぐ見つめられて、僕は彼女の視線から逃げることができない。こめかみを、汗がゆっくりと伝っていく。

突然、社内放送が鳴り響き、「藤崎円」の名前がアナウンスされた。

藤崎はそれでも暫くは腰を上げずに僕を見ていて、

「じゃあ。言うだけは言ったからね」

そう言うと、席をたって歩き去っていった。

周囲の人の明るい談笑が、徐々に遠くから戻って来る。

5

家のソファに座った僕は、膝の上でＰＣのキーボードを叩いていた。右に傾いて歩いてしまう癖のあるアン。彼女のジャイロスコープを少しずつ調整していく。

集中しなければならないのに、時折ノイズのように別の思考が浮かんでくる。そのたびに僕は首を左右に振って、余計な考えを頭から追い出した。

僕の右隣にはブルーのニットを着たアンがいて、ソファの背もたれに寄りかかるように座っている。スリープモードになっている彼女は、その名の通り、まるで眠っているかのように動かない。

アンの耳には今、一級調律師のバッジが付けられていた。黒いアヤメと白いユリをモチーフにした例の徽章だ。バッジの裏には特殊な医療用クリップが付いていて、これでTOWAの耳たぶを挟むことで外部からのアクセスが可能になり、彼女達の内部情報を見たり、内部機器の調整といったセキュリティレベルの高い操作ができるようになっている。

調整を終えて暫くすると、アンがスリープ状態からゆっくりと目を覚ました。寝起きの仔猫《こねこ》のように拳で目元を擦ってから、青い瞳で僕のことをボンヤリと見つめる。

ふいに僕は、一つのミスに気が付いた。

スリープ解除前に、アンの耳からクリップを外すのを忘れていた。

「アン、ちょっとごめんね」

そう言って手を伸ばし、アンの耳に触れた途端、

「んっ……」

アンが声を上げ、くすぐったそうに首を竦めた。

「ご、ごめん……」

僕は慌てて目を逸らしつつ、素早くバッジを回収した。

TOWAの耳は外部との接続ポートになっているため、不正な行為を働かれないように感覚が鋭敏になっている。迂闊《うかつ》に触ってはいけない場所なのである。

こんな単純なミスをするのは初めてだった。相当疲れているらしい。

アンは変な声が出てしまって恥ずかしがっているのか、珍しく頬を真っ赤に染めて目を伏せてい

た。僕は気まずさをごまかすために、時計を見てから立ち上がった。

「そろそろお腹減ったよね？　晩ごはん、急いで作るね」

「氷雨」

アンが、歩き出した僕を追うように立ち上がった。眉を八の字にして、不安そうな顔をしていた。

「アン？　どうしたの？」

「……氷雨、お仕事で、何かあった？」

いけない、と思った。

実は今日、藤崎と会った後。僕はチームメンバー達から再度、アンの性格変更を強く求められていた。一度デリートして、全て最初からやり直そう、とまで言われた。このままでは貰《もら》い手《て》がいなくなる、そういう理由からだ。そして僕は再び、それを強硬に撥ね付けていた。

「私の……こと？」

小さな声で言うアンは、かつて僕とチームメンバーがこの件で、激しく言い争っている所を見てしまったことがあった。それ以降、普段は言葉にしないけれど、彼女はずっと不安を抱えているのだ。だから僕にはより一層、家では慎重に振る舞う必要があった。迂闊だった。

「アン、おいで……」

呼びかけると、アンはゆっくりとこちらに近づいて来た。

僕は腰を落としてアンと目線の高さを合わせると、その小さな頭をそっと撫でた。

「大丈夫。心配しなくて良いんだよ。アンが良い子だって、ちゃんと分かってるから」

途端、アンは頬を真っ赤に染めて、恥ずかしそうに視線を落とした。

「……本当？」

「うん。もちろん」

僕は深く頷いた。

アンが僕に、触れるか触れないかの所までモソモソと近づいた。右手の親指と人差し指、その先端で、僕のシャツの裾をちょん、と摘まむ。

感情表現の苦手な彼女が見せる、最大限の甘えの姿だった。

そっと肩を優しく抱き寄せると、アンはくふくふ、と鼻を鳴らして僕の胸に頬ずりした。

「ごめんね、不安にさせちゃって。大丈夫。アンは、アンのままで良いんだよ」

アンが僕の腰に腕を回し、ぎゅうっ、としがみ付いて来る。安心できるように、僕は彼女の背中をそっと擦った。

「氷雨……」

暫くしてアンが顔を上げる。

「私も、お料理手伝いたい……」

驚いた。アンが自分から「何かしたい」というのは珍しい。

固まってしまい、返事をしない僕に不安を覚えたのか、アンの眉がゆっくりと八の字に変わる。

僕は慌てた。

「そ、そうか。うん。ありがとう。じゃあ、お手伝いしてもらおうかな」

ぱっ、と本当に微かだけれど、アンの顔に喜びが広がった。この一週間で、彼女の微妙な表情の変化を、大分つかめるようになっていた。

アンにベージュのエプロンを渡す。初めて二人でキッチンに立った。

「まずは、包丁を使ってみようか」

僕がそう言ってレタスを渡すと、アンはコクリと頷いた。

アンには既に基礎的な動作のプログラミングは済んでいるので、多少動きのコツを教えてあげるだけで、すぐにその包丁さばきはサマになっていった。

「上手ぃ上手ぃ。アン、凄く上手だよ」

かあああっ、とアンは鼻先から耳まで真っ赤になった。

アンは黙々と食材を切り続けている。今回使う分をどんどんオーバーしているが、動きの調律の一環だと思ってまあ良しとしよう。

「でもどうしたの？　突然料理だなんて。何か作ってみたいものがあるとか？」

アンが突然ピタリ、と止まった。そのまま、まるで石のように動かなくなる。

「……アン？」

呼びかけると、アンは本当に僅かに顔を上げて、ちらちら、とこちらを横目で見た。

「私も、氷雨に、美味しいごはん、作ってあげたいって、思ったから……」

言うなり再び、高速野菜断裁機へと変身する。

僕の胸に、温かいものがジワジワと溢れてきた。

そしてまた同時に、僕は胸の中のモヤモヤが、既に吐き気を催すほど濃いものになっているのを感じた。

僕にとってＢＩのビジネスはまるで……人身売買のようにさえ、思えるようになっていた。


それから一週間。

その間もずっと、アンはその感情を深めているように見えた。

相変わらずの無表情。本を読んでいる時が多く、声をかけても、基本的には必要最低限の返事しかしない。

でもアンは、褒められる時とても嬉しそうにした。僕に叱られたり何か失敗した時には、その逆でしょんぼりした。映画を一緒に見たら、悲しいシーンで涙を流した。その日の夜には僕がいなくなってしまう夢を見たらしく、不安がって、僕と一緒のベッドで眠った。


この日僕は、アンを家に置いて一人で会社に来ていた。

佐藤社長に呼ばれていたのだけれど、僕にとっても都合が良かった。こちらにも、話したいことがあったのだ。

普段は空き部屋になっている社長室。そこに今、僕と社長は二人でいる。

窓からは東京のベイエリアが良く見えて、お台場やレインボーブリッジの姿が美しかった。

社長は、見るからにご機嫌だった。部屋に入るなり握手を求められた。

「氷雨、見たぞ。お前、あの八十一番は良いな」

正直、面食らった。

てっきり、かなり独特な方法で調律していることを怒られると思っていたのだ。

「あ、ありがとうございます……」

社長は満足そうに頷く。

「はっきり言って、これまでのどのTOWAよりも人間に近づいていると思う。やっぱりお前は何かやると思ってたんだ。ブラウンとサクラバを説得して入社させたかいがあった。本当に良くやった」

背中をバシバシと叩かれる。身体は小さいのに、結構痛い。

褒められて……もちろん嬉しかった。

僕にとって佐藤菖蒲はずっと憧れの存在で、その彼女から、手放しに称賛されている。

でも……胸の中にある違和感は、もうどうしようもないくらいに僕の胸を圧迫していた。

「社長……」

「ん？　どうした？」

呼ばれた佐藤社長は、眼鏡の向こうで金色の瞳を丸くした。

僕の喉がゴクリと鳴った。何て言うべきなのか分からなかった。社長を直接批判するような言い方はしたくなかった。

「社長は、寂しくないんですか？」

「ん？」

僕は口元に薄ら笑いを浮かべた。なるべく冗談っぽく言おうと努めた。

「由利香さん……娘さんにそっくりなＴＯＷＡが、どんどん出ていってしまって、まるで、その、お嫁に行ってしまっているみたいじゃないですか……」

佐藤社長はキョトンとした。

そして一拍後、笑った。

綺麗な笑顔だった。

綺麗すぎて、人間味がなくて、恐怖が背中を走った。

「まさか。だって、あんなモノ、まだ由利香じゃないんだから」

細まっていた金色の瞳が、徐々に丸い形へと戻っていく。

僕はそこに、初めて、彼女の底無しの闇を見た。

喘ぐように口を開く。

「由利香じゃ、ない？」

何を当たり前のことを言っているのだと思う。

部屋の中の空気が、キシキシと音を立てて凍り付いていくのが分かった。吐く息は冷たく、喉に鋭い痛みが走った。

目の前の、憧れの佐藤菖蒲は相変わらず笑っている。いや、社長のお面を張り付けた、得体の知れない怪物が、僕の前に立っていた。

「由利香じゃないTOWAなんて、私にとっては全て失敗作。ゴミと同じだ。研究資金のもとになるなら、幾らでも売れば良い」

ガラガラと、世界の全てが崩れていく音がした。

知らなかった。

ここまで社長と、僕の見ていた世界が……違うものだったなんて。

「僕は……僕は、そうは思いません」

「何？」

真っすぐに佐藤社長の目を見据える。

「八十一番……アンは、アンは、絶対に失敗作なんかじゃない。取り消してください。『ゴミ』呼ばわりしたこと」

怒りで肺が焼けそうだった。吐く息には、鉄の味が混じっていた。

「氷雨……TOWAは、機械だ。モノだ。お前は、冷静さを欠いている」

「社長だって、本当は、僕と同じなんじゃないですか？」

「何……？」

佐藤菖蒲の眉間に深いシワが寄る。

僕には静かな確信があった。

そうでなければ、今、僕はここにいられるはずがない。

「だから、僕のことを採用してくれたんですよね？　社長だって、TOWAが苦しんだり、悲しんだりしているのを見たら、心が痛むんですよね？　本当はモノだって、割り切れてないんですよね？」

社長がビシリと凍り付いた。

やがてその口が、ゆっくりと、小さく開いた。

「黙れ……」

社長の瞳孔は、針のように細くなっていた。

その唇が不自然に震え出す。喉ぼとけが、細い喉を押し広げて上下する。

「氷雨……帰れ。今すぐに、だ」

「……嫌です。僕が言ったこと、認めてください。もしくは、はっきり否定してください」

突然、社長がデスクライトを取り上げて、彼女の隣にあった棚に思い切り叩きつけた。ガラスが粉々に砕け散り、甲高い破砕音が鼓膜に刺さった。棚に飾られていたたくさんのトロフィーや盾が、無残な姿になって地面に転がった。

「お前に……お前に、何が分かる？」

社長の身体から、真っ赤な怒りがドロドロと染み出しているのが見えた。その金色の瞳は爛々と輝き、僕のことを睨み付けていた。

「研究には金がいる。金を稼ぐためには、アイツらを売らなきゃならない。それなのにイチイチ……イチイチ、モノだの人だの、考えてられるか？」

「それでも僕にとって、アンは、もうただのモノじゃ、ないんです」

社長が唇を噛《か》み締《し》めた。足元に転がっていた盾を踏み潰した。

「だったら何だ。八十一番と逃避行でもするか？　アレは会社の資産だ。お前がどうこうできるものじゃない。それに……」

佐藤社長が、歪《いびつ》な角度で口角を上げた。

「今日お前を呼んだ理由はもう一つある。八十一番の引き取り先が決まった。あと三日で最終調整まで終わらせろ。そこでお前と八十一番は、お別れだ」

頭の中が、真っ白になった。

6

玄関を開けて家の中に入ってから、「ただいま」を言うのを忘れていたことに気付いた。

頰を軽く叩く。いけない。しっかりしなければ。

廊下を通ってリビングを覗き込んだ。アンの姿が見えない。いつも座って本を読んでいるグレーのソファにも誰もいない。そもそも電気が付いていないので、部屋の中は薄暗かった。

何となく左を見た。

アンがいて、正面から見つめ合った。青い瞳が、真ん丸に広がっていた。

アンの髪の毛は水気を含んでしっとりと濡れていて、毛先からは時折玉となった水滴が落ちていく。

アンは、裸だった。

突然、火が付いたように真っ赤になって、その身体を両腕で抱いた。

「氷雨……み、見たらダメ……」

「おわあああっ！　ご、ごめんっ」

慌てて地面に視線を落とす。何が起こったのか分からない。いや、多分だけれどシャワーを浴びたところなのだろうけれど、それにしたって何故裸で出てきたのだ？

「ご、ごめんなさい。下着、置いてきちゃって。氷雨いないから、急いで部屋に行けばって」

「いや、いや、いいんだ。本当、僕の方こそごめん」

二人とも混乱が収まらず、何か会話になっていないことを呟き続ける。

とりあえずどかなければ。廊下に僕がいたら、アンが彼女の部屋に行けないのだ。

リビングに素早く移動しようとした時、

「待って……」

呼び止められて、僕の足は停止した。

アンのことが視界に入らないよう、少しだけ左を向く。

「氷雨……」

アンの両の手のひらが、僕の背中にそっと触れた。

そしてそのまま、彼女の上半身が、ゆっくりと僕に密着した。彼女の乳房が、僕の背中で形を変えたのが分かった。アンが微かに頬ずりしたのが分かった。緊張の余り、胃液が口にまで上った。

声を出そうとして出せなかった。

「氷雨……、どきどき、する？」

パニックが頂点を極めた。アンの行動の意図が分からなかった。

アンは僕にとって間違いなく大切な存在だ。でもその好意は、家族に対するそれに近いものだと信じている。ましてや彼女に「女性」を感じることなど、あってはいけないことだと思ってきた。

アンの声には、小さな、でもはっきりとした緊張が混じっていた。彼女の顔はもちろん見えない。どんな表情をしているのか分からない。

ただ、正直な心を言葉にして欲しいのだと、その想いだけは、体温と共に伝わってきた。

「うん……。うん。ドキドキ、する。してるよ」

ほんの少し、アンの手に力が入った。

ほんの少し、密着の度合いが強まった。

「本当？　私、ＴＯＷＡだよ？　それなのに、私に、どきどきしてるの？」

僕は目を瞑って、一度、二度、大きく頷いた。

「うん。アンに、ドキドキしてる。……ごめん」

まるで頬ずりするように、アンが首を横に振った。腕を僕の腰に回し、後ろからギュッと抱きしめてきた。

「ううん。……嬉しい」

心臓が爆発しそうなくらい早鐘を打った。

いったい今、何が進行しているのか……ようやく脳が、感性から理性へと舵《かじ》を切る。

離れなければならない。

そう思って身体に力を入れた時、これまでより一層、アンが力を込めた。

「もう……一緒にはいられないの？」

融点を超えそうになっていた心が、一瞬で凍り付いた。

何故、アンが既にそれを知っているのだろう。誰かから聞いた？　いや、そんなことはあり得ない。アンは聡《さと》い。僕のどこかに、不自然なところがあったのだろうか……。

身体から、力が抜けた。

僕は自分でも意識できないくらいの角度で、小さく顎を引いた。

アンの身体が強張《こわば》った。

「あと……どれくらい？」

針金のような唾を飲み下す。

「あと……三日」

「……そう」

アンはそれだけ言うと、すっと僕から身体を離し、足音もなく彼女の部屋に入っていった。僕は暫く、その恰好《かっこう》のまま呆然としていた。

背中が、どうしようもなく冷たかった。


あと三日しかない。

そんなことは十分理解しているのに、僕とアンはこの時から、まるで言葉を忘れてしまったかのように会話することができなくなってしまった。

あっという間に一日が過ぎ、二日目の夜になっていた。明日が二人でいられる最後の日だ。このままではいけない。そう思っても、いったい何をどうすれば良いのか分からない。

夕食の間、二人はやはり、黙々と食事を続けていた。目の前のアンは俯いていて、その表情を窺うことはできなかった。味なんて感じない。

「氷雨」

驚いて顔を上げる。

アンは白熱灯のオレンジ色の光の中、優しく微笑んでいた。

「明日、一緒にお出かけしない？」

断る理由なんてどこにもない。

僕は静かに頷いた。


次の日。

僕はアンの希望通り、お台場《だいば》にやってきていた。

もう少し遊園地のような場所を想定していたのだけれど、アンは部屋の窓から見えるお台場がずっと気になっていたらしい。ゆりかもめに乗ってレインボーブリッジを通過する時などは、珍しく頬を紅潮させ、興奮気味に窓の外を眺めていた。

今日のアンは、アイボリーのコートにグレーベースのチェックのスカート。余所行《よそい》きの姿をした彼女は人形のように愛らしく、時折彼女に目を奪われた人達が、衝突事故を起こしていた。

アンは特に何をしたいという訳でもなく、物珍しそうな顔をしながら大型のショッピングモールの中を進んでいく。時折気になる服などがあると、手に取って身体に当て、こちらを見て嬉しそうに笑っていた。ただ、「買おうか？」と尋ねても、彼女はそのたびに首を横に振った。

アンと一度別れ、お手洗いに行く。

手を洗っている最中、これで良いのか……そんな思いが何度も湧き上がってくる。鏡に映った自分の頬はこけていて、目の下には、濃いクマができていた。

トイレの前、待ち合わせ場所に、アンの姿はなかった。

僕は周囲を見渡す。

左の方にある書店に、アンの姿があった。何か大きな、恐らく絵本を手にとって、僕の知らない小さな女の子の前に屈んでいた。どうやら一緒に本を読んでいるらしい。ちょっと声を掛けるのをためらっていると、やがて少女はアンに手を振って、その場から去っていった。

アンは立ち上がり、しかしなおもその本を熱心に眺めている。

「アン」

呼びかけると本から目を上げた。

青い瞳が、僕のことを真っすぐに見た。

アンはコクリと頷くと、本を棚に戻し、僕の方に歩き出して……止まった。

視線を落とし、肩をソワソワと動かす。

「アン……もしかして、欲しいの？」

顔を上げた彼女は眉を八の字に寄せ、困った表情のまま、小さくコクリと頷いた。

アンは気を遣っているようだったけれど、僕はむしろ嬉しかった。せめて何かプレゼントできたらと思っていた。

僕はアンの頭をそっと撫でてから、その濃い緑色の表紙の絵本を購入した。

アンはその後、まるで宝物ででもあるかのように、本の包みをずっと胸に抱いていた。


終わって欲しくない時間ほど、あっという間に終わる。

冬の日没は早い。

午後五時半を過ぎた時には夕焼けの炎もすっかり消えて、澄んだ夜がお台場を満たしていた。

もうそろそろ帰らなければならない。分かってはいるけれど、なかなか踏ん切りが付かなかった。

アンと僕はお台場の北側、お台場海浜公園沿いの遊歩道を歩いていた。

左には、ライトアップされたレインボーブリッジ。海に浮かぶ巨大な人工物は、まるで古代の神殿のような荘厳な姿をしていた。

「綺麗……」

アンがぼんやりと呟き、僕らの足が自然と止まった。

二人で遊歩道から展望デッキへと出る。カップルが一組だけいて、キスをしていた。僕は取りあえず視線を落とした。カップルの方もこちらの気配に気付き、慌てた様子で、入れ違いに遊歩道へと出ていった。ちょっとだけ申し訳ない気がした。

アンは暫くカップルの背中を見ていたが、再び闇に浮かぶ橋に目を移した。手すりに右手を載せ、静かに潮風に吹かれ始めた。僕は隣で、その姿に倣った。

「何で……」

心臓が凍り付いた。

アンの声には、涙が混じっていた。

僕の視線の先で、アンの頰を、透明な涙が流れていく。その顔が、突然悲しみに潰れた。

「何でこんなに、悲しいの……」

勝手に体が震え出して、熱い涙が、僕の頰を伝った。

アンが僕に振り向いた。顔を歪め、嗚咽《おえつ》を堪えながら、その口を必死に開いた。

「私達は、機械なんでしょ？　こんな感情、欲しくなかった。それともこの悲しみも、ニセモノなの？　ねえ、教えて。教えてよ……」

喉を詰まらせたアンが、左手で本を抱いたまま、右手で口元を覆った。その手を伝い、涙が止《と》めどなく零れ落ちていく。

「なぜ人は、私達のことを、作ったの？」

胸が潰れそうだった。

全部、間違いだったんだ。

そんなことに、今やっと気付いた。

「氷雨……」

泣き続けるアンが、しかし僕のことを真っすぐ見つめる。苦しそうに嗚咽を漏らしながら、小さく口を開く。子どもがぐずる時のように、その頭を左右に振った。

「お願い……私の記憶、消さないで……」

喉が詰まって、言葉が出せなかった。

TOWA達は引き渡しの前、新しいオーナーに早く馴染めるよう、調律師との記憶が消去されることになっていた。会社のルールで決まっていて、例外はもちろん認められない。

「ちゃんと……ちゃんとするから。我儘《わがまま》なこと、しないから。だから、お願い。私の記憶、とらないで……」

頷くことしかできなかった。何度も何度も頷いた。その度に、涙が落ちていった。

「うん。約束する。消さない。絶対に消さないから」

とん、とアンの軽い身体が、僕の胸に飛び込んできた。

その華奢な身体を思いっきり抱きしめる。プラチナの髪に頬ずりする。

アンは僕の胸の中で、声を上げて泣いた。

「アン、いつでも……いつでも帰ってきていいんだ」

アンが胸から顔を上げる。涙に濡れた瞳に、戸惑いが浮かんでいた。

「嫌なこととか、辛いことがあったら、いつでも帰っておいで。大丈夫。責任は全部とるから。その時はアンのこと、僕が絶対に守るから」

アンは再び僕の胸に顔を埋め、身体を震わせて泣いた。

何度も何度も、頷いていた。

アンが泣き止《な》むまで、僕達二人は、ずっと抱きしめ合っていた。

本社の三階にあるラボが、僕達の別れの場所となった。

目覚めた時と同じく、アンはユニットチェアに座っていた。僕との記憶を消去された「ことになっている」彼女に、社長が再起動をかけると、アンの青い瞳がゆっくりと開いた。

出ていく時の決まりとなっているブレザー姿になったアンは、小さな白いトートバッグを持っていた。彼女がこれから持っていくのはあれだけだ。必要最低限のもの。しかしその中に、こっそりと昨日買った本が入っている。

三人の間に、会話はなかった。社長は終始見たこともないくらい不機嫌で、舌が千切れそうな音を立てて何度も舌打ちしていた。

しばらくして、ジョン・ブラウンと共に、営業部の人間が二人入室してきた。

三人ともきっちりとしたスーツスタイルで、私服に白衣を羽織っている自分達研究部の人間からしたら、まるで異世界の住人のように見えた。

入れ替わりに、佐藤社長は部屋の入り口を目指して歩き始めた。途中、彼女の進路にいた営業部の一人を、右手で強く突き飛ばした。

「アヤメ？」

ジョン・ブラウンの言葉など聞こえていないかのように、振り返ることなく歩き去る。

ブラウンは肩を竦めて、呆《あき》れたようにため息を吐いた。

ブラウンが僕のことを見る。その目には、採用面接の時にも見た、人を嘲るような光があった。

あの時からずっと、僕は彼のことを好きになることができない。

「ブラウンさん」

呼びかけに、目線で先を促してくる。

「アンのオーナーは、ちゃんとした……信頼できる人なんですよね？」

「アンではない。八十一番だ」

流暢《りゅうちょう》な日本語で否定された。馬鹿にしたように鼻を鳴らした。

「我々営業部は、優秀なメンバー達によって厳しいオーナー審査を行っている。今回のオーナーも完璧だ。それに我々は、フォローアップとして、年に数回の実地訪問も行っている。君達研究部の人間が気にする必要なんてない」

僕とブラウンは、にらみ合うようにお互いを見ていた。

営業部員の一人が、アンの手をとって、出口に向かって歩き始めた。

「八十一番」

ブラウンが呼びかける。アンがこちらに振り向く。

「ブラックアイリスの一員として、しっかり勤めを果たせ」

アンが恭しくお辞儀をする。

「はい。ミスター・ブラウン」

アンが目線を上げる。

僕と一瞬、見つめ合った。

たくさんの思い出と、たくさんの感情が胸に溢れた。

涙を堪えるのに必死だった。

アンも、崩れそうになる表情を、必死に堪えているのだと分かった。崩れたが最後、記憶が残っていることがバレてしまう。僕達は見つめ合って、誰にも分からないくらい、微かに頷き合った。

アンの口が小さく動く。

『氷雨……いつかまた……』

そしてくるりと背中を向けると、後は振り向くことなく、真っすぐに部屋から出ていった。

それが僕と、アンとのお別れだった。

7

後から見れば。

当時のブラックアイリスは、嘘に塗れていた。

ＢＩという会社は、その創業者である佐藤菖蒲が、ＴＯＷＡの開発資金を得るための手段として作り出した組織だった。彼女の目的はあくまで資金を得ることであり、その他のことについては全くの無頓着だった。経営、営業、財務・経理その他諸々《もろもろ》、彼女は「会社」について全くの素人で、ビジネスモデルさえ頭の中に描けていなかった。

金のネギを背負ったカモ。

金儲《かねもう》けのスペシャリスト達にとって、佐藤菖蒲はそう見えたに違いない。

ブラックアイリスは、気付けばその株式の大半を、外資のロボットメーカー、『ゴールデンシード』に握られていた。そしてＣＯＯとして出向してきた『ジョン・ブラウン』率いる営業部を中心として、彼らが個人的な資産を築くための道具になり果てていた。

トップである佐藤菖蒲をはじめ、営業部以外の人間が、彼らの暴走に気付くことはなかった。巧妙に感染したウィルスのような彼らによって、ブラックアイリスは、静かに悪性腫瘍へとその姿を変えていた。

アンとの別れの日以降、僕は一度も家に帰らず、何かに憑《と》りつかれたように会社で働き続けた。

しかし、一級調律師としての仕事をしていた訳ではなかった。

もう二度と、ＴＯＷＡを作る仕事には関わりたくなかった。ＢＩで働く人間は、僕も含めて、みんな狂っているのだと思った。

それでも会社を辞められなかったのは……

治してあげたい。

最初のその気持ちが、どうしても捨てられなかったからだ。

ブラックアイリスという会社は、ＴＯＷＡの製造工場であると同時に、最先端の研究機関でもあり、そしてそこはまたＴＯＷＡ達にとって、世界最高の病院のような場所でもあった。

僕は昼夜を問わずＴＯＷＡの研究に没頭した。新しい調律法、修理法を幾つも開発した。気付けば「修理」に関してのみ言えば、社長を除いて僕に並ぶ人間は一人もいなくなっていた。

ただ……重ね続けた無理のせいで、僕は物理的に体を壊してしまった。病院はすぐに退院できたけれど、自宅での療養は暫く続いた。

本当は、早く会社に戻りたくて仕方がなかった。

当時の僕には、一つだけ、しかし強い目標があったからだ。

体調が回復したら、アイリスの中に、修理専門のセクションを作りたい。助けを必要としているＴＯＷＡを、一人でも多く救えるようになりたい。

それだけが、僕とあの会社とを繋いでいた。


そんなある日。

同期の藤崎が、久しぶりに連絡してきた。

電話なんて、初めてだった。

彼女の声が震えているのを聞くのも、初めてだった。

『八十一番が……アンが、帰ってきた』

藤崎は電話の向こうで、そう言った。


会社の中は騒然としていた。

誰もが通常の業務をこなせていないらしく、席に落ち着いて座っている人はいなかった。

何故か頭が空っぽだった。

足元はフワフワして、まるで水の中を歩いているようだった。とにかく道を塞いでいる人間が邪魔で、僕は何度も他人とぶつかった。痛みはなかった。そんなことは今、どうでも良かった。

三階のラボの扉を、突き飛ばすように開けた。

中にいた何人かの人が、全員僕のことを見た。藤崎もその一人だった。

呼吸が上手くできなくて、喉からひゅうひゅうと音がした。少しでも気を抜いたら、全身から力が抜けて、座り込んでしまうに違いなかった。

僕はガクガク震える身体を抱きしめて、作業台の形になったユニットチェアに向かった。

作業台の上にアンは横たわっていて、その姿を見た瞬間、涙が溢れた。立っていられなかった。一度崩れ落ち、蹲《うずくま》った。必死に立ち上がり、足を動かす。彼女の傍に向かった。

アンの身体には、いくつもの青あざができていた。目元は大きく腫れ上がり、口元には乾ききった赤い液体冷媒がこびり付いていた。

「アン……」

名前を呼んだ時、再び涙が溢れた。もう目を開けていられず、歯を食いしばった。

アンはピクリともしない。まるで眠っているような、穏やかな顔をしている。

「アン、起きて……」

埃《ほこり》っぽくなってしまったプラチナの髪を撫でた。氷のように冷たくなってしまった頬を撫でた。

何も反応がない。華奢な身体に腕を回し、強く抱きしめた。何の、反応もなかった。

「若宮……営業部の人間が、全部吐いた……」

藤崎が続けて口にした事実に、理性も感情も引きちぎられた。

アンは引き取られた後……売春させられていた。

そして、あまりに過酷な日々に耐えかねて、まともな反応ができなくなった後、今度は、クソどもが暴力を振るってスッキリするためのオモチャとなっていた。

僕の喉から、悲鳴のような泣き声が出た。

何度もアンを抱きしめ、何度も名前を呼んだ。

「若宮……」

藤崎の手が僕の肩にそっと置かれた。

「アンは、あなたの家の近くに、倒れてたって……」

『いつでも帰っておいで』

アンは、その言葉に、従ったんだ。オーナーの所から逃げて、僕の所に、帰ってきたんだ。

大声を上げて叫んだ。涙が溢れて止まらなかった。

嗚咽を無理やり飲み込み、震える右手で胸から徽章を外した。

――本当は、分かっていた。

既に取り付けられていた藤崎の徽章をアンの耳から外して、自分のものに付け替える。持ち主が違うだけで、中身は全く同じアダプター。

「若宮……」

モニターにアンのステータスが表示されていく。胸が押し潰されて、その分、頬を熱いものが伝った。余りに酷い状態だった。いったい、何をすればこんなことになるのか、想像もつかなった。

「アン……ごめん……ごめんね……」

泣きながら呟き続けた。

――本当は、分かっていた。意味のないことだと。

そして最後、アンの記憶領域を見て、彼女がもう、決して元には戻らないのだと理解した。

顔を覆って、天を仰ぎ、崩れ落ちた。

無力だった。

これまでしてきた研究……それだけじゃない、これまでの人生、その全てが無駄なものだったのだと分かった。

突然ドアが吹き飛ぶように開き、外から、佐藤社長が入って来た。

真っ青になった彼女は僕らの所にまで真っすぐ来て、アンを見下ろした。その小さな身体から、力がごっそり抜け落ちたのが見えた。

「ブラウン……クソ野郎……。私を、騙してたのか……？」

呆然と呟いた彼女が、ゆっくりと僕に視線を移した。

死人のように血の気の失《う》せた顔のまま……小さく笑った。

「氷雨、そんなに泣くな。大丈夫。……また、作れば良い」

身体の中で全ての感情が爆発した。僕は差し出された手を振り払って立ち上がった。

「ふざけんなよっ！」

佐藤菖蒲が、目を見開いて怯《ひる》んだ。

「作れる訳ないだろっ？　アンは……アンは、死んじゃったんだよ！」

社長は小さく「違う……違う……」と呟き、歪んだ薄ら笑いを浮かべて首を振った。

「氷雨、違う。アレは、人間じゃない。また、作れば良いんだ」

再び差し出された手を思いっきり払いのけた。

「じゃあ、何で、泣いてるんだよっ？」

佐藤菖蒲はハッとして、その頬に手をやった。彼女の手は、涙でべったりと濡れた。

社長の肩を摑んで強く揺すった。

「いい加減、認めてくださいよ。あの子達はもう、ただのモノじゃないんだ。社長の娘さん……由利香さんの、代わりじゃないんですよ！」

「違う……違う……」

社長は真っ青になって首を振る。その肩を握る手に力を込めた。

「もう……もう、止めましょうこんなこと。誰だって知ってる。死んだ人はもう、戻ってこない。TOWAをいくら作ったって、由利香さんは、戻って来ないんですよ」

社長は目を見開いたまま、小さく震え始めた。血の気の抜けて白くなった唇を噛み締めた。真っ赤な血が、口の端から流れ落ちた。

金色の瞳からは生気が抜け、無機物のようになって僕のことを見ていた。

震える唇が開いた。

「由利香は……由利香はさ、自殺したんだ……」

ショックの余り声を失った。娘さんの死因をはっきりと知ったのは初めてだった。メディアでは、事故死や病死と伝えられていて、その真相は良く分かっていなかった。

社長が、崩れそうになるその小さな身体に腕を回した。瞑ったその目から、涙が止めどなく流れ落ちていく。

「私が、本当は由利香のこと、一番守ってあげなくちゃいけなかったんだ。だって、そういうもんだろ？　母親って……」

……どれほど、苦しかっただろう。

最愛の娘に、先立たれて。生きていくより、死んでしまう方が良いと告げられて……。

社長が一度大きく、震える息を吸った。

「由利香が帰って来ないって、分かってた。でも、辛くて。自分のこと、許せなくて。もう一度……一度でいいから会いたかった。会って、『ごめんね』って謝りたかった。『守ってあげられなくて、ごめんね』って……」

僕の手から力が抜け落ちた。腕はだらりと垂れさがった。

「みんな……自分勝手で、嘘つきで、大馬鹿だ……」

それでも……。

アンのことを、再び見た。

傷だらけの、華奢な身体。

怒りと憎悪が、胸の中を焼き尽くした。

絶対に……復讐してやる。

一番許せない嘘つきの営業部、とりわけそのトップ。そして営業部だけが知っている、アンのオーナー。

頭の中が真っ赤に染まった。

一目散に走り出す。周囲の光景なんて目に入らない。

ジョン・ブラウン。

ぶっ殺してやる。


その目的は、結局のところ果たせなかった。

役員室前にいた警備員に押さえ込まれた僕は、顔の形が変わるくらい殴られて、スタンガンの電流を喰らって気を失った。

8

あの日から何日が経ったのか。

既に日付の感覚は曖昧になっていた。

夕暮れ時の家の中は薄暗くて、カチコチと時計の音だけが響いている。僕はリビングのカーペットに横になり、ただ茫然《ぼうぜん》と天井を眺めていた。

食欲はほとんどなかったけれど、それでも一日に一回くらいはお腹が減り、キッチンに行ってカップ麺を作って食べた。キッチンに立った時、アンと一緒に料理をしたことを思い出して、それだけで涙が止まらくなった。

ダイニングテーブルの上には、小さな白いトートバッグが置かれていた。

アンの衣服など、いわゆる遺品を、藤崎が持ってきてくれたのだった。

持ってきてもらった時のまま、その姿は変わっていない。手に取る気も起きなかった。そこにもう、アンはいない。

カップ麺の蓋をペリペリと捲《めく》った時、僕はふと、白い鞄《かばん》の中に何か濃い緑色の、ノートのようなものが入っているのに気付いた。

突然、意識が覚醒した。

慌ててバッグの中からそれを取り出す。思った通りだった。

アンと最後にお台場に行った日、彼女にプレゼントしたあの本だった。

思い出が溢れ、再び熱いものが頬を伝った。

僕は表紙をめくる。そう言えば、中身を見るのは初めてだった。

その本は、絵が中心で文字の少ない、子ども向けの絵本だった。

いかにもなロボットの女の子が主人公のお話。

その女の子は、ある日、自分を助けてくれた人間の王子様に恋をする。

自分は機械であるため、その恋を諦める女の子。でもある日、魔女が現れて、人間の女の子へと変身させてくれた。

そして最後、女の子と王子様、二人は結ばれて、末永く幸せに暮らした。

……そんな、優しいお話。

最後のページ、ふいに何か、手書きの文字のようなものが見えて、僕は不思議に思って顔を寄せる。駄目だった。インクが薄いのか、ほとんど判別できない。

僕は慌てて電気をつけて、テーブルの上に本を置いた。

もしかしたら、拾ったペンで書いたのかもしれない。

薄っすらと、消えそうな文字……でも、見えにくかった一番の理由は、文字が所々、涙で、滲んでいたからだった。

こう、書かれていた。

『今日もいっぱい、悲しいことがあった。早く、あなたの所に帰りたい。氷雨。私の王子さま。私もいつか、魔女に会えるかな』

……どうしようもないくらい、涙が溢れて止まらなかった。

心から、大切なピースが次々と落ちていくのが分かった。

藤崎が見つけてくれた時、部屋で倒れていた僕は、栄養失調が進んで危険な状態だったらしい。

病院に送られた僕は、そこで、ブラックアイリス倒産のニュースを聞いた。

9

もしもあの時佐藤社長と袂《たもと》を分かっていたら、もう一生、僕は彼女と会うことなんてなかったと思う。

でも、そうはならなかった。

その日、佐藤社長は入院中の僕を見舞いに来ていた。

精神科に移っていた僕の部屋は真っ白で、塵《ちり》一つない綺麗な個室だった。大きな窓が付いていて、流石に格子は付いていなかったけれど、開閉には専用の鍵が必要で、つまりは飛び降りる可能性のあった僕には開けられないようになっていた。

「元気……な訳、ないよな」

そう言う社長の姿に、呆然としていた。

以前の、自信に溢れた銀狼の様な姿はどこにもなかった。極端に痩せこけ、髪はバサバサ。目が落《お》ち窪《くぼ》んでいて、しかしそれ故なお一層金色の瞳が大きくギラギラと輝いていた。餓死寸前の狼が、「獲物を狩る」ことに全力を注いでいるのと同じで、彼女もまた、他の全てを捨てて何かのために命を削っている。異様な瞳から、その事実がありありと伝わってきた。

社長が僕を見据えた。

「氷雨。私に、力を貸してくれ」

「……え？」

何を言われているのか分からなかった。いや、正確には分かりたくなかった。

彼女が求める僕の力。そんなものは、一つしかない。

「一度だけ……、もう一度だけ、ＴＯＷＡの調律を、お願いしたいんだ……」

悲しかった。

怒りや憎しみを超えた先にあったもの。それはただ、寂しさと悲しさだけだった。

目から涙が零れていた。喉が苦しくて、無理やり唾を飲み込み、ようやく口を開いた。

「まだ……そんな馬鹿なこと、してたんですね……」

佐藤社長は一度唇を噛み、視線を落とした。

彼女のやつれた喉の中を、苦しそうに喉ぼとけが上下した。

「会社がなくなっても、既に完成、もしくは完成間近のＴＯＷＡ達は、消えない……」

「え……？」

それは……もちろん、そうだろう。

「まもなく国が動く。まだ資産価値があるモノを差し押さえ、競売にかけ、税金を回収する」

「競、売……」

意識が遠のきそうになった。

いったいどこまで、自分達の罪は重いものだったのだろう。競売にかけられたＴＯＷＡ達が、引き取り先で幸せになれるかどうか、それは誰にも分からない。

無力感が襲ってきて、肺が押し潰されるような錯覚がした。

ふいに佐藤菖蒲の手、膝を握っていたその手に、ギュっ、と力が籠った。噛んでいた唇から、真っ赤な鮮血が滴り落ちた。

「そんなこと、絶対にさせない」

金色の瞳に、業火が燃え上がった。その瞳は同時に、涙を流していた。

「私が、馬鹿だったんだ。私が、馬鹿だった。自分の苦しみから逃げるために、あの子達を作り、そして不幸にした……。でも……」

社長の目が僕を真っすぐに見た。

「もう、あの子達をこれ以上、不幸にはさせない……。氷雨、頼む。力を貸してくれ……」

「でも……でも、どうするつもりなんですか？　何か、方法があるんですか？」

佐藤菖蒲は、白衣の袖で乱暴に涙を拭った。

「政府が動く前にＴＯＷＡ達の調整を終わらせ、新たなオーナーに引き渡す」

啞然として声を失った。

「残りの五人の契約者……オーナー予定者とは、私が直接会って確認した。間違いなく、全員信頼できる。きっとあの子達を幸せにしてくれる。ただ……時間が足りない」

もはや……事態は動き始めてしまっている。

ＴＯＷＡ達に残された道は二つのみ。

政府に引き取られ、競売にかけられ、金を多く出した何者かに引き取られていくか。

佐藤社長が実際に会い、彼女が認めた五人のオーナーに、引き取られていくか。

「社長……」

いつの間にか、拳を握り締めていた。不気味なほど震えていた。

「本当に、信じて良いんですよね？」

僕を真っすぐに見つめ、佐藤社長は深く頷いた。

……今度こそ、失敗は許されない。

ＴＯＷＡ達の幸せのために、必ず、やり遂げなければならない。

僕は社長と共に、再び東京へと向かった。

そこで僕は「ヨネ」……ＴＯＷＡ八十八番に出会うことになる。

10

TOWA八十八番。「八十八」を組むと「米」の字になることから「ヨネ」と名付けた。

「あなたが、新しいマスターですか？」

初めてヨネに会った日のこと。

病室のような白い部屋の中、白いシーツを肩までかけて、やはり同じく白いベッドに横になっていたヨネは、不安そうに僕のことを見てそう言った。

最初から不思議だった。なぜ社長は、他でもない僕のことを引っ張り出したのか。

ヨネは僕に会った時、その身体をまだ上手く動かすことができずにいた。これは、僕はもちろん、社長でさえ見たことのない症状だった。

通常TOWAは、起動時点で基礎的なプログラミングは終了しており、少しの練習を積みさえすれば、問題なく動けるようになるはずなのである。

つまり彼女には何らかの初期不良が生じており、調整と同時に、修理を必要としていたのだ。

佐藤社長の依頼を受けて、実は僕の前に、あの藤崎が八十八番の調律を担当していたらしい。彼女でさえ、上手くやれなかったそうだ。そのくらい、難しい仕事だった。

もちろん、佐藤社長ならきっと上手くやれただろう。ただしそれは、八十八番に注力できたら……の話である。彼女はその時、八十九番から九十二番という四体のTOWAを同時に調律していた。超人的な仕事ぶりだった。ただ、それ故、八十八番に回せる余力はなかった。そこで、「修理」に関しては一日の長のある僕が呼ばれたのである。

佐藤社長は、品川にあったブラックアイリスの研究施設から設備と少数の人員とを移し、勝どきの巨大な貸倉庫を臨時のラボに改修していた。これも一時的な避難措置であるらしく、時期が来れば、ここにあるものも全て政府に没収されてしまうらしい。佐藤社長には政府に協力者がいるそうで、差し押さえまでの時間を何とか稼いでもらっているとのことだった。

僕はこの体育館ほどある施設の中に、一部屋を用意してもらっていた。ただ、ヨネの調律にずっと掛かりきりだったので、一日のほとんどを彼女の病室で過ごした。

白いスライドドアをそっとノックする。

「ヨネ、僕だけど。入っても大丈夫？」

『は、はいマスター。大丈夫です』

扉越しの少しくぐもった声。静かにドアを開けて部屋に入ると、ヨネはベッドの上に身体を起こそうとしていた。僕は右手を少しだけ上げて、そのまま寝ていてくれるように合図する。

ベッドの横の丸椅子に腰かけて、持ってきたジュラルミンケースをサイドボードに置いた。

ヨネは青い瞳で僕のことを見ると、小さく、しかし確かに微笑んだ。

「マスター、おはようございます」

「うん。おはようヨネ。良かった、具合の方は良さそうだね」

その微笑みが少し大きなものになり、僕に向けてはっきりと頷く。

最初の頃は僕のことを見て不安そうにしていたヨネだけれど、ここ数日で、だいぶ心を開いてくれるようになっていた。

「マスター、見て下さい」

そう言ってヨネは白いシーツの下から右手を出すと、僕に向けて拳をグーパーしてみせた。

「右手、ちゃんと動きます……私の右手……」

ヨネは笑顔で、しかしその目には、薄っすらと涙が浮かんでいた。

「マスター、本当にありがとうございました……」

「ううん。ヨネがリハビリ、本当によく頑張ったからだよ。偉かったね……」

僕の胸にも感動が込み上げて来て、ヨネの頭を労るようにそっと撫でた。

「それじゃヨネ、今日は左腕を元に戻すね」

「はい。マスター、よろしくお願いします」

ヨネの顔に緊張が戻ってきて、僕にしっかりと頷いてみせる。

ヨネをスリープ状態にしてから、彼女を覆っているシーツを静かに捲る。病衣姿のヨネの左肩から下には、何も存在していなかった。

ジュラルミンケースを開けると、そこには修理の完了したヨネの左腕が入っていた。先に修理した右腕と同様、僅かなパーツの歪み等も完璧に修復できている。貴重なパーツの中には現時点で代替品がないものもあったため、旋盤やプレス機を使って自作したものもあった。

ヨネの肩に腕をはめる。耳にレシーバークリップを挟んでPCを開き、各種の調整を行っていく。極度に集中していたせいで、数時間があっという間に過ぎた。

製造工程での初期不良という異常事態に正直不安は大きかったが、とりあえず自分の力で対処可能な範囲の症状だったことに、僕は深く安堵していた。ヨネ自身の頑張りもあって、彼女の調律は、ここまで順調に進んでいた。

……一つの問題を除いて。

ふいに、僕は強い喉の渇きを感じた。

同時に、身体中の汗腺から、大量の汗が噴き出し始めた。

喉の渇きはすぐに鋭い痛みに変わり、息を吸うだけで、気管が切り裂かれるように痛んだ。

僕は左手で喉を強く握ったまま、胸ポケットから白いプラスチックのボトルを取り出す。中を開けて、数も確かめずに錠剤を口に突っ込む。サイドボードにあった花瓶から花束を引き抜くと、そこにあった水で口の中のものを胃の中へと押し込んだ。

身体の奥から震えが来て、奥歯がガチガチと音を立てる。僕は自分に腕を回してそれを抑え込もうとする。涎がだらだらと口の端から流れ落ちていく。知らない男女が僕の左右それぞれに立って、「死ね死ね死ね……」とひたすらに耳元で繰り返した。

やがて……潮が引いていくように、ゆっくりと症状が落ち着いて来た。

問題は、ヨネにではなく、僕の方にあった。

心の病気……。

残念ながら僕はまだ、本来なら病院で療養しているはずの人間だった。かなり無理な手段を使って、今なんとかここに居させてもらっている。

泥のように重い息を吐き、目を瞑っているヨネを見た。

ヨネは……アンと同じ姿をしていた。

ヨネはアンではない。何度も自分に言い聞かせてきた。でもTOWA達は、一部のワンオフを除いて、みな同じ姿かたちをしている。ヨネと一緒にいると、ふいにアンとの思い出が蘇《よみがえ》ってくることがあった。そしてそれが僕の心の病気に対して、致命的な悪影響を及ぼしているのは間違いなかった。

ベッドの上のヨネは、安らかな顔で目を閉じている。僕のことを信頼してくれているのだろう。その口元は、僅かにだけれど緩んでいるようにも見えた。

そんな姿を見るたびに僕の胸は……刃物で抉られているかのように痛んだ。

11

「マスター……」

耳元で呼びかけられて目が覚めた。

視線の先には真っ白な……天井。蛍光灯が白く輝いている。

左に視線をずらす。そこに車いすに座ったヨネがいて、こちらを心配そうに見つめていた。

「ヨネ……ここは？」

起き上がろうとして強い頭痛を感じた。

「マスター。まだ寝ていてください。ここは運動場です。何も覚えてらっしゃいませんか？」

どうやらベンチに寝ているらしい。敷いてくれたのだろうタオルに頭を載せる。状況を思い出そうとして再び頭痛に襲われる。身体中が痺《しび》れて、舌も上手く回らない。

何だ？　何があった？

「私の歩行訓練中に、突然倒れてしまったんです」

そうだ……。

ヨネの調律は更に進み、キャスター付きの歩行補助器を使えば、彼女は何とか歩けるようにまでなっていた。今日は運動場に、二人でリハビリに来ていたのだ。一緒に歩きながら好きな食べ物について話していた時、ふいにヨネがこう言った。

『私もいつか、マスターに、美味しいごはん、作ってあげたいです……』

思い出しただけで頭が割れそうになる。間違いない。アンが昔、ほとんど同じようなことを言ったのだ。

「ごめんヨネ。心配かけちゃって。寝不足かな」

「マスター……」

ヨネは一度視線を落とし……再び僕のことを見た。

そしてハンカチを手に取ると、僕の目元にそっと当てた。涙が溢れていたことに気付いた。

呆然と、されるがままになる。

「マスター、ごめんなさい……私のせいで」

「え……？」

目を見開いた僕の前で、ヨネがはっとして息を呑《の》んだ。

瞬間、僕の胸の中に、カッ、と熱い怒りが込み上げた。

「ヨネ、まさかスタッフの誰かに、何か言われたのか？」

「ち、違いますっ！」

聞いたことのない大きなヨネの声に、しかしむしろ、彼女自身の方が驚いていた。

「ち、違うんです。そうじゃなくて、私……」

ヨネはそこまで言うと口を噤《つぐ》み、下を向いて唇を噛んだ。

「ヨネ……？」

声に応じるようにヨネは顔を上げた。その顔には、強い決意が滲んでいた。

「マスター」

珍しくはっきりとした語調だった。僕のことを、青い瞳が真っすぐに見つめている。

「私、明日からはより一層頑張ります。マスターの負担が減るよう、精一杯努めます」

はっきりと告げるヨネに対し、嫌な予感が込み上げた。


ヨネは次の日から、明らかに無理をし始めた。

まだ馴染んでいない手足。動かしにくいだけでなく、強い痛みも生じているはずだった。ヨネは補助具を使い、歯を食いしばりながらリハビリを続けた。右に傾いてしまう癖を修正し、自立歩行できるようにと必死になっていた。

もちろん、僕が止めても聞かない。無理やり禁止したら、夜中に一人だけ抜け出して、勝手に運動場で練習を始めてしまった。大けがをしかねない、危険な行為だった。僕は、ヨネの訓練を認めるしかなかった。

そして、ヨネの歩行は、次第に改善していった。

そして、僕の身体の状態は、ますます悪化していった。

12

「氷雨……良くやってくれた」

病院のベッドの上、僕は半身を起こし、自分の両手を見つめていた。

情けなかった。ヨネを、最後まで調整することができなかった。

もしあと十日……たった十日続けられたら、きっとヨネの調整は完了できたと思う。でも、もう心の方が限界だった。今回は救急車で運ばれた挙句、ついに医者からストップがかかった。

「本当に、ありがとう氷雨。ここまでやってくれて、感謝してる。後は私に任せて欲しい」

そう言って佐藤社長は丸椅子から腰を浮かして……しかしそのまま腰を下ろした。

「社長……？」

「氷雨、その……私の独り言だと思って聞き流してくれ……。その、な……。八十八番、ヨネを、私はできたら、お前に引き取ってもらいたいって、そう、思ってた。いや、思ってる」

驚きのあまり息を呑んだ。

社長は肩を丸め、首でも絞められているかのように苦しそうな表情をしていた。

「騙すようなマネして、無責任な期待して、本当にすまない。ただ私は、お前が引き取ってくれるなら、お前以上に適した人はいないって、思ってる」

社長の身体が微かに震え始めた。ゆっくりと息を吸った。

「もちろん、別に今じゃなくて良いんだ。将来、体調が戻ったら、その……ヨネを預かること、考えて貰えないかな……」

社長は、僕の膝の辺りに向けてそう言い終えた。

僕は、ここ暫くの、ヨネとの記憶を思い出していた。

僕は確かに、ヨネに良い暮らしをさせてあげることはできないかもしれない。それでも、彼女に酷いことはしないと、命を懸けても誓うことができる。最低限、彼女が幸せになれる環境は、提供できるのではないかと思う。

でも……追憶の最後。見えたのは、アンの、あの時の姿だった。

僕は、首を横に振った。

「……そうか」

そう言って首を縦に振った社長は、僕に向けて微笑んだ。吹っ切れたような、笑顔だった。

「氷雨……最後に一つだけ、お願いしてもいいか？」


ヨネは臨時ラボの中、屋内運動場にいた。補助具を使って、歩く練習をしていた。

『ヨネと、ちゃんとお別れしてあげて欲しい』

それが社長からのお願いで、ここを二人の最後の場所に指定してきたのはヨネだった。

ヨネは僕の姿を見つけると、小さく微笑み、ゆっくりと歩いてみせた。僕が頷くと、嬉しそうに頷き返した。

ヨネの傍に寄る。

「マスター」

青い瞳が僕を見上げた。

「お聞きしました。ご病気で、もう、今日までだって……。お体、大丈夫ですか？」

僕は何とか頷いた。

「うん。ありがとう。ちょっと休めば、大丈夫だって……。ごめんヨネ。まだ途中なのに、無責任なことして……」

ヨネはその言葉に……小さく微笑んだ。

「マスター、ちょっとそこにいてくださいね」

不思議に思う僕の前で、ヨネは補助具を使ってゆるゆると離れていく。

五メートルほど、距離ができた。

「ヨネ……？」

「マスター、動いては駄目ですよ」

言った途端、ヨネは、補助具を遠くに押しやった。

頭が混乱した。彼女が何をしているのか分からなかった。

「ヨネっ？」

「来ちゃ駄目です！」

近寄ろうとした僕を大声で制した。

「マスター……」

ヨネの足元が震えている。今すぐに倒れてもおかしくない。

本当は駆け寄りたくて仕方がない。でも彼女の青い瞳がそれを許さない。

「マスター……」

もう一度言ったヨネが、両手を探るように前に出し、ゆっくりとこちらに歩き始めた。

呆然とそれを見ていた。ヨネが自力で歩いているのを初めて見た。自力歩行については、まだずっと先のことだと思っていた。

歩き始めたヨネの目じりから、涙が溢れ始めた。

ヨネは右手で口元を押さえ、嗚咽を堪えながら、それでもこちらに歩いてくる。足元はふらつき、今にも倒れそうになる。それでも止めない。ヨネは泣きながらこちらに歩いて来る。

「ヨネ……」

ヨネが泣き崩れながら、僕の胸に辿り着いた。その身体を強く抱きしめようとして……できなかった。僕に、その資格はなかった。ただ、彼女の肩をそっと支えた。

ヨネが僕のことを見上げる。ボロボロと涙が零れていく。

「マスター、私、もう自分で歩けます。だから、マスターが、『ごめん』なんて、言わなくて良いんです」

どうしようもなく涙が溢れた。

「ヨネ……ごめん……」

ヨネは、涙に濡れた顔で首を振った。青い瞳が僕を真っすぐに見つめた。

「マスター、私、本当はずっと、ずっと……」

微かに震える唇が、何かを言葉にしようとする。

「……ヨネ？」

しかしヨネは何も言わず、言葉を呑むかのように、唇を一度強く噛んだ。そして首を振ると、僕に小さく微笑んだ。

「もう、お別れなんですね……」

胸が潰れそうだった。唇を噛み締めて頷いた。

「マスター、笑ってください」

そう言うヨネは笑顔になって、泣いていた。
二人は、静かに体を離した。
悔しくて、情けなくて……そして何より、惨めだった。
『必ずやり遂げる』……。つい先日誓ったばかりなのに、今回も僕は、無力だった。

ヨネは……元気にしているだろうか……。そう思った時、ズボンの中で携帯が震え、僕の意識は鎌倉の家へと戻って来た。
何となくの予感通り、佐藤社長からの返信だった。

僕たちは二日後の夕方、東京で会うことになった。

TOWA-the 92
letters of defiance to god.

第七章　言い訳

「氷雨さん？」

結さんに呼ばれて、僕はびくりと肩を跳ねさせた。

結さんが不思議そうに僕を見ながら、ご飯の盛られたお茶碗を渡してくれる。朝ごはんの良い匂いが、急に鼻に戻ってくる。

僕はぎこちない笑顔を作りながらお礼を言い、そのお碗を受け取った。

由比ヶ浜でアンの幽霊を見てから、一日が経っていた。あの時から、僕は幻覚に苦しむようになっていた。結さんを見ていると、ふいに彼女がアンに見える時があるのだ。今もまさに僕の目には、アンが僕のためにご飯をよそってくれているように見えていた。

「結さん……」

確かめるように彼女を呼ぶ。

振り向いた結さんが優しく微笑んだ。先日プレゼントした浴衣に身を包んだ彼女は、今日も花のように美しかった。

「結さん、今日なんだけど……」

口ごもる僕を不思議そうに見ていた結さんが、ふと僕の言わんとしていることを理解して首を縦に振った。

「そう言えば、今日は東京に行かれるんでしたよね？　お昼はどうされますか？」

「うん。今日は大丈夫。午前中に仕事が入っているから、それが終わったらそのまま東京に行くよ。帰りも何時になるか分からないから、気にせず先に晩ごはん食べていてくれる？」

「そうですか……。はい。分かりました。気を付けて行って来てくださいね」

ちょっとだけ残念そうな顔をした結さんが、眉を八の字にしたまま小さく笑顔を作る。

それを見て、僕の胸がじくじくと痛んだ。

僕は今日、結さんに嘘を二つ吐いていた。

一つ目は、今日東京に行く理由。

結さんには今の仕事の関係だと言ってあるが、もちろんそうではない。彼女の行く末が決まるかもしれない重要な話を、佐藤菖蒲とするために出かけるのだ。僕は、それをそのまま伝えることができないでいた。

二つ目は、つい先ほど言った午前中の仕事。

本当は今日、午前中に仕事は入っていない。

結さんと一緒にいるのが……彼女がアンに見える時があることが、怖くてしょうがなかった。だから彼女と離れたくて、僕は嘘を吐いたのだった。

嘘を吐いてしまった手前、朝食を食べ終えて暫くのちに家を出た。

どうしようか迷う。

鎌倉で時間を潰してから東京に出るか。それとも東京に出てから時間を潰すか。

家を離れて鎌倉駅まで来た僕は、後者を選択することにした。

嫌な思い出がある東京になんてあまり出たくないと思う一方で、何故か僕は、昔ブラックアイリスのあった品川に行きたいという気持ちになっていた。

鎌倉から品川までは、一時間も経たないうちに着いた。

久しぶりの品川だった。

西には品川プリンスホテルが見え、東側には有名企業の本社ビルが立ち並ぶ。鎌倉では考えられない高層ビルが、圧《の》し掛かって来るように空を覆っている。

同じ関東なのに、暑さの質が違う。鎌倉ももちろん暑かったが、東京のそれはまるで肺にへばりついて来るかのような、粘っこい暑さだった。

ＪＲの改札を抜け、東口に向かって歩く。

相変わらず出口までが長い品川駅を抜け、バス停が並ぶロータリーを越える。居酒屋の立ち並ぶ区画を歩き、いくつかの店の前で昔の記憶が蘇る。仲間と、そして佐藤社長と共に、朝まで喧嘩《けんか》するように議論したっけ。

旧海岸通りを通過し、御楯橋《みたてばし》を渡る。

右手に東京海洋大学の広大なキャンパスを見ながら、僕は橋を渡り切ったのち左折した。

僕には、アンが倒れていた正確な場所は教えられていなかった。時折足が勝手に止まり、何となく景色を見渡した。彼女の気配は、どこにも感じることができなかった。

高浜運河沿《たかはまうんが》いの、横に細長い繭のような白い建物。それがＢＩの元本社兼ラボだった。

愕然《がくぜん》とした。

かつてはまるで宇宙船のようにも見えた、ピカピカで前衛的なデザインの建物。

北側の三分の一くらいが、まるで隕石《いんせき》に衝突されたかのように崩壊していた。建物の周囲は工事現場で良くみかける黒と黄色のトラテープで囲われており、「関係者以外立ち入り禁止」の看板があちこちに掲げられている。

てっきり既に別の会社が利用していると思っていたのだが、どうやら建物を壊し、更地にしようとしたらしい。資金不足か何かで、工事が止まっているようだった。

崩落した壁の向こうに、階段が見えた。

身体が操られているかのように勝手に動く。

僕は周囲をキョロキョロ見渡してタイミングを見計らい、テープの隙間に身体を忍ばせた。

今は崩落して見る影もないが、かつては美しいモザイクだった外壁の隙間をするりと抜ける。

目の前には、かつて何度も上り下りしたリノリウムの階段。

急に緊張して背中を冷たい汗が流れる。

帰ってきた……。自然とそう思った。

南に続く廊下には、ガレキが堆《うずたか》く積まれていて、とてもではないが進めそうにない。廊下とはそういうものかもしれないが、夏なのに薄暗く、ひんやりと空気が冷たい。

僕は階段を上がっていく。スニーカーがペタペタと音を立てる。

壊そうとしてから暫く経っているのか、建物の中の塵や埃は落ち着いていて、空気がやけに澄んでいた。静かすぎる空間の中で、鼓膜にずっと空気の圧力がかかっていた。

四階建ての三階にまで上がる。廊下を覗いた瞬間、僕の耳にかつての音が、そして僕の目にかつての光景が、鮮やかに蘇ってきた。

階段を上がってすぐ左手の執務室は、同期の藤崎の部屋だった。その更に二つ先の部屋を見る。そこが、当時の僕の部屋だった。

懐かしさが、緩やかな吐き気のように込み上げてきた。

黒いドアノブに手をかける。

開く確率は半々くらいかと思ったけれど、ガチャリという音と共にドアは内側に開いた。

部屋の中は八畳間くらいの広さで、兎《と》に角《かく》メチャクチャに散らかっていた。

解体工事のせいではない。僕がいた時からこうだった。

毎日毎日、朝の五時まで仕事して、三時間くらい書類かパソコンの上で寝て、そして八時からまた仕事をした。ちっとも苦痛ではなかった。仕事と言ってしまえばそれまでだけど、僕はやりたいことをやりたいようにやっていた。毎日ＴＯＷＡのことばかり考えていた。

懐かしさと、それを上回る寂しさと、そしてそれを遥かに上回る後悔とで、砂を食っているかのように、口の中がざらざらした。

自分の部屋を出る。左を向いて、廊下の奥を見る。

まるで底の見えない穴でも見ているような気分だった。その廊下の奥の部屋に来るために、この社屋に来たことは分かっていた。

その部屋は、手術室のような見た目をしていた。

扉を開けて中に入る。気温が急に五度くらい下がったような気がした。

部屋の中央に、ベッドの形にも椅子の形にもなる作業台がぽつんと置かれている。

僕の網膜には、あの日あの時の、あの光景が映っていた。

作業台の上に横たわるアンの身体にはいくつもの青あざができていて、目元は大きく腫れあがり、その口元には乾ききった赤い液体がこびり付いていた。

あの日とは違い……僕は泣いてはいなかった。

もう涙を流しすぎて、僕の身体には涙なんて残っていないのかもしれないと思った。

右手が何か冷たいものに包まれて、しかしそう驚くこともなく、自分の右側を見る。

白いワンピースを着たアンがいた。彼女の左手が、僕の右手を握っていた。

作業台に横たわる彼女自身のことを、僕と共に、悲しそうな目で見つめていた。

アンがゆっくりと首を回し、僕のことを見る。

その顔には、腫れものも、あざも見当たらない。綺麗な姿だった。

泣き出しそうな顔になって、そして僕から視線を外した。

僕は彼女の冷たい手を握る手に、少しだけ力を込めた。

アンがはっとして再びこちらに顔を向ける。

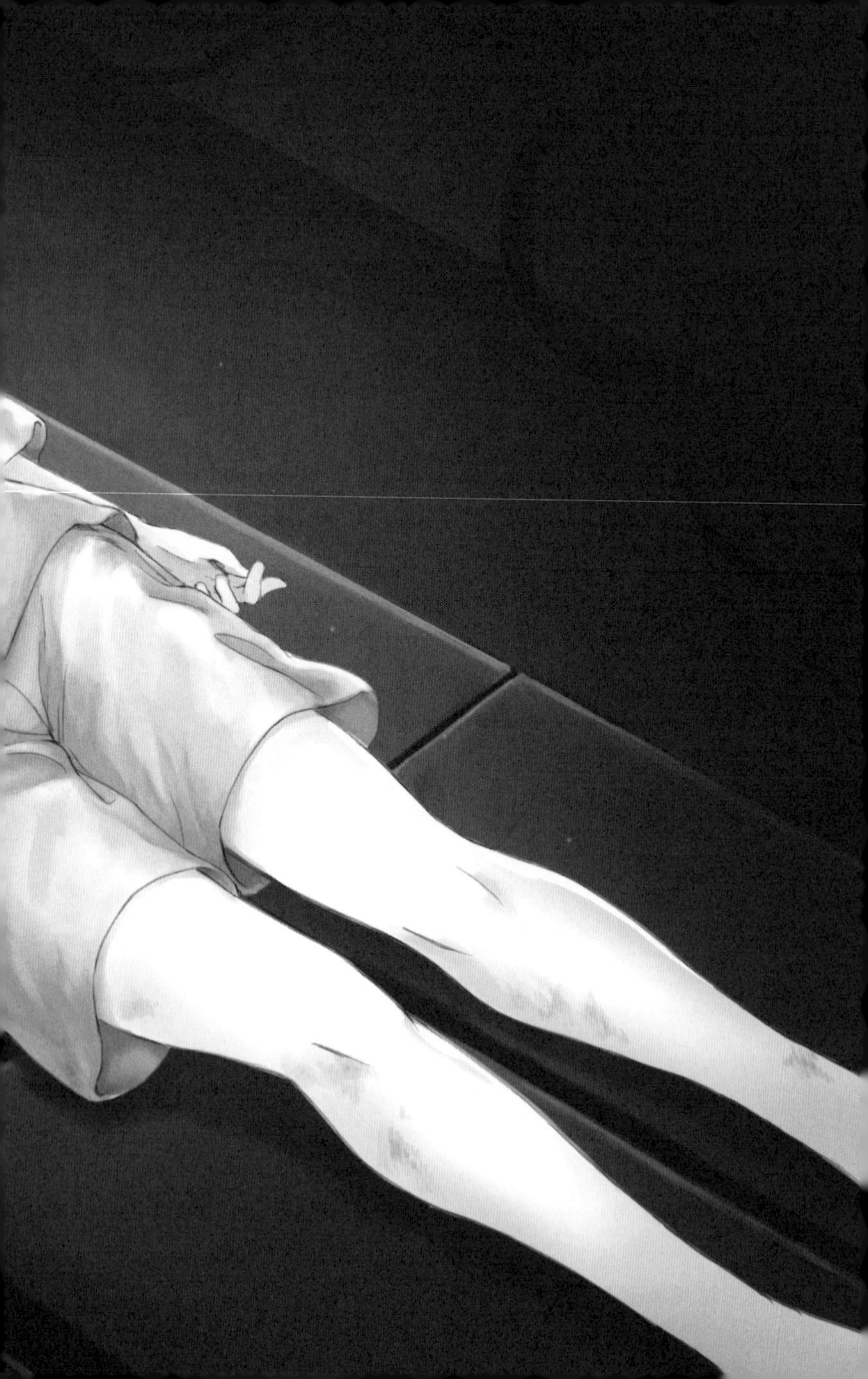

「アン、大丈夫。君が願ってくれるなら、僕はずっと一緒にいるよ」

無意識のうちにそう言っていた。

アンの目が大きく広がり、そして彼女は、小さく微笑んだ。

どこか、悲しそうな微笑みだった。


佐藤社長のことを僕はずっと「社長」と呼んでいたので、彼女が既に新しい会社を始めていて、今もなお「社長」であることは、僕にとって少しだけ有難いことだった。

僕は地下鉄の勝どき駅で電車を降りて地上に出ると、隅田川の方に向かって歩き始めた。家路を急ぐ人達が駅の方に向かう中、僕は一人だけ逆向きに進んでいる。社長との約束までまだ余裕があったので、時間を潰す必要があった。

六時を過ぎると大分日も傾き、時折涼しい風が頬を撫でていく。

勝鬨橋《かちどきばし》を渡っていると左手に夕焼け。その中に、なお赤く光る東京タワーが美しかった。

目線を左から、やや後方に移す。

川に沿うように並んでいるオフィスビルの中に、やや薄汚れた五階建てのビルと、その横に立つ体育館くらいの大きさの倉庫が見えた。

ヨネ……。

懐かしさと寂しさが胸の中に溢れた。かつて彼女と共に生活した、臨時のラボだった。あのあと一度政府に接収されはしたものの、再び起業した佐藤社長が既に買い戻していた。

「ホワイトリリー」。それが佐藤社長の新しい会社の名前であり、今日、彼女と会う約束の場所でもある。それはまたＴＯＷＡ達に搭載されているＡＩの名前でもあり、佐藤社長の一人娘だった由利香さんを象徴する言葉でもあった。

ホワイトリリーの従業員は、驚くことに社長以外、ほとんどＴＯＷＡだと聞いている。社長は新たに稼いだ資金を元手に、不幸な環境に落ちてしまったＴＯＷＡ達を回収していた。

もちろん、会社で待たせてもらうことも可能ではあると思うけれど、待ち合わせ時間ギリギリのタイミングで到着したいと思っていた。あまり長くあの場所にはいたくなかった。

目的地もなく歩き続ける。

橋を渡り切って、今度は河岸沿いの遊歩道へと階段を下りていく。夏の東京の川独特の、少しこもった臭いがした。橋の影が落ちた波の上に、水鳥がプカプカと浮かんでいる。

穏やかな夕暮れの光景にしばし見惚れた。

川の水に添うようにして、涼しい風が流れている。

ヨネと別れた後……何度も社長に彼女の現状を聞こうとして、結局一度もできなかった。日が経つにつれ、より一層口は開きにくくなっていった。時折泡のように浮かんでくる嫌な想像を、妄想だと切って捨てることができなかった。

「よう氷雨」

唐突な、しかし聞きなれた声に、僕は驚いて振り返った。女性にしては低く、よく通る声。

僕が下りてきた階段の、その一番上に、彼女は立っていた。

黙示録のような赤黒い夕焼けをバックにして、いつでも着ている白衣がバタバタとはためく。白衣の中は、黒いジャージの上着に黒いカーゴタイプの作業ズボン。

逆光の中にあって、むしろギラギラ光ってさえ見える金色の目。白銀の髪は、夕焼けの光によって、赤のグラデーションに染まっていた。

「しゃ、ちょう?」

予想外の形での再会だった。驚きのあまり身体が固まった。

直後、反射的に深々と頭を下げる。手のひらに粘度の高い汗が噴き出す。

階段を下りてくる佐藤菖蒲は、まるで家臣の首を刎《は》ねるために玉座から降りる王のように堂々としていた。背はむしろ小さいのに、その圧倒的な才能が醸し出すオーラの凄さは昔も今も変わらない。五十を過ぎているはずだが、四十代どころか三十代前半にさえ見える。

ただ……。

それでも、初めて出会った時に比べると、大分、穏やかになったという印象を受けた。

少しだけ落ちた肩。目元も僅かに緩んでいる。特徴的だった口の端を吊《つ》り上《あ》げるような笑みは消え、代わりにその口元には、小さな微笑みが浮かんでいた。

僕の目の前まで来ると、口から棒付き飴を引き抜き、そのまま挨拶するように右手を上げた。

「びっくりしたぞ。今ちょうど会社に戻ろうとしてたんだ」

「あ、はい。社長、その、お久しぶりです」

「ほんと久しぶりだな。元気にしてたか?」

「はい。何とか、元気です」

「そうか。そりゃ何より」

そう言って佐藤社長は、川べりに設置されている柵に両手を置いた。「ふぃー」とおっさんの風呂上がりのような声を出し、気持ちよさそうに風に吹かれて目を瞑る。

「新しい会社、お前にも見せたかったんだけどな。ＴＯＷＡがいっぱい働いててさ」

「はい……ニュースで見ました。セキュリティソフトを作ってるって……」

社長が小さく微笑む。

「そうそう。あと時々、依頼受けてＴＯＷＡのメンテとかしてる。良ければ帰りに寄ってけよ」

「え、と……」

口ごもる僕を見て、社長は僅かに眉尻を下げた。僕から目線を外して、さっきの言葉がなかったかのように、一度大きく伸びをした。

「メール、読んだよ。結か……また久しぶりな名前だな」

川を見つめながら、社長がその響きを懐かしむように口にする。

僕はどうしても聞きたかったことがあって口を開いた。

「社長、何であんな男にワンオフ仕様のＴＯＷＡなんて作ったんですか？　戸川光明に、その価値があるとは思えません」

「ん？　ああ、そうそう、戸川。戸川光明。これもまた久しぶりに聞いた」

社長はそう言った後、腕を組んで「うーん」と唸った。再び僕のことを見る。

「何て説明したら良いのか……とりあえず先に言っておくと、私はそもそも、戸川光明のために結を作ったわけじゃない」

「え？」

予想外の言葉に僕の目が丸くなる。

「結……人間であった時は結子《ゆいこ》って言ったそうだけど、確かに結子は、戸川光明の妻だった。病気で早くに亡くなったんだ」

心の中で「やっぱり身近な人だったんだ」と思うと同時、脳の中では混乱が渦巻いた。

「でもそれじゃあ……」

佐藤社長は右手の指で、クルクルと飴の棒を回転させた。

「単純な話だ。結は、戸川光明からのオーダーで作ったんじゃない。注文主は、人間だった時の結子の、母親だ」

ふいに理解できた。

何故佐藤社長が珍しく特注に対応したのか。注文主がＴＯＷＡを欲した理由が、佐藤菖蒲がＴＯＷＡを欲した理由と同じだったからだ。

「結子さんのお母さんは、結さんを手放したんですか？」

「違う。死んだんだ。結が完成する前に。結子と同じ病気で」

ショックのあまり反応ができない。

「正確に言うと、注文が来た時には、もうかなり厳しい状況だったんだ。正直、結が間に合うか間に合わないかギリギリだった。死ぬ前に、一回でいいから会いたかったんだよ」

佐藤社長が、柵の上に両肘をついた。

「何となく分かる。多分、凄く悔しかったんだ」

「悔しい？」

社長がうんと頷く。

「結子のお母さんは凄く強い女性だった。私なんかよりずっとね。娘さんを失って、気が狂いそうなほど苦しんで、悲しんで。でも、娘と過ごした日々を宝物にして、記憶の中に娘が生きていると信じて、それまで頑張って生きてきた。……でも、そこで同じ病気だろ？　自分の命そのものより、自分の中にいる娘を、もう一度同じ相手に奪われるみたいな、そんな気持ちだったんだと思う。悔しくて、申し訳なくて……大切な娘が生きた証を、はっきりとした形で世界に残したかったんじゃないかな」

目の前で浮いている水鳥のもとに、もう一羽《わ》がやって来て着水した。

つがいなのかもしれない。二羽で仲良く揃って波に揺られている。

「戸川が、引き取った？」

「うん。まあ、もうちょっと複雑でな。最初は、結子の父親が引き取るはずだったんだけど、できなかったんだ。怖くなってしまって……」

時たまある話だ。出来上がったＴＯＷＡを見て、あまりのその人間性に恐怖を覚えてしまうことがあるのは。まして今回は結子さんに似せた特注品。親族の驚きや戸惑いも並大抵のものではなかったのだろう。

「で、結局戸川が引き取ることになったんだ。凄く、驚いてた」

「似すぎてたから、ですか？」

「それもあったのかもしれない。けど一番の理由は、戸川が、結子の母親が結を注文していたことを知らなかったからだ」

啞然とする。

「私が戸川に初めて会ったのは、その引き渡しの時でな。……そりゃ驚いたと思うよ。ほとんど心の準備もできてないまま、三十年前に死に別れた妻と対面したんだから。ちょっと難しいかな、と思った。でも……」

社長が昔を思い出そうとするかのように、遠い目をする。

「でも、あいつは『責任をもって引き受ける』と言った。『お嫁さんにください』みたいな気合でね。まあ、歳《とし》の差が開きすぎちゃってたから、子どもを認知する親父《おやじ》みたいでもあったけど」

くっく、と社長が笑いを嚙《か》み殺した。

「いい目してた。大切なものを守ると誓う男の目だった。だからまあ、こいつなら大丈夫だろってね……」

社長が僕の目を見る。

「で、その戸川が、結を引き取れ、と」

「違います。金がいるから、彼女を売る、と」

僕の言葉に、社長が片眉を下げてため息を吐いた。

「随分とトゲがあるな」

「事実ですから」

社長が「はいはい」と言って柵から身体を持ち上げた。再び腕を組む。

「で？　訳わからん奴に引き取られるなんて我慢ならないから、私に引き取れと」

急に本題になって僕の喉がゴクリと鳴った。やっとのことで、「……はい」とだけ絞り出す。

「最大で二十億？」

改めて聞くとんでもない額に、僕の胃が潰れそうなほど縮こまる。

「社長っ」

「うわびっくりした」

目を丸める社長の前で、深々と頭を下げる。

「お願いします社長。力を貸してください。どうか、あの娘のことを引き取ってください」

瞑った瞼の裏に、ここ数日の彼女との思い出が蘇る。

世話になった戸川の役に立つため、自らオーナー探しを頼んできた結さん。

僕が責任を感じないよう、僕の前では明るく振る舞おうとする結さん。

料理を美味しいと言うと、小さく微笑んで喜ぶ結さん。

萌ちゃんのことを、自分の子どものように可愛がる結さん。

意外と負けず嫌いで、萌ちゃんに煽られて結構大胆になる結さん。

自分と一緒の時間を、幸せだと言ってくれた結さん。

「本当に、良い娘なんです。彼女が幸せにならないなんて……嘘だ」

彼女のことが、愛おしかった。

絶対に、幸せになって欲しかった。

「いいよ」

「お願いしまっ……え？」

見上げる先で、社長が僕のことを不思議そうに見下ろしている。

「だから、いいよって。二十億だろ？　分かった」

呆気に取られる僕の前で、佐藤社長が今度はこちらを心配するように眉を下げる。

「むしろ、お前がいいの？　それで」

「……え？」

何を言われているのか分からず、目の前の心配顔をマジマジと見つめる。

目の前の心配顔もマジマジと僕のことを見続けていたが、ふっと視線を再び川面《かわも》に戻した。

「お前からメール貰って、正直……嬉しかった」

急に話題が変わった。

「お前が再びＴＯＷＡに関わってくれるようになるかどうか、半々くらいだと思っていたから」

「本当はもう一生……関わるつもりは、ありませんでした……」

社長が静かに目を瞑った。

「悪かったと思ってる。全社員の中で、お前が一番苦しんで、お前が一番悲しんだな……」

何も返事をすることができなかった。それは言わば自業自得で……。

でも……それでもやっぱり……。

毎日、死にたくなるくらい辛《つら》かった。

毎日毎日、息をするのも苦しかった。悲しかった。

「でもそれって、お前がそれだけ、あの子達のことを大切に思ってたってことだろ？」

ぶわっと目に霞《かすみ》がかかって、僕の頬を熱い涙が零れ落ちた。

大切だった。アンとヨネ、彼女達一人一人のことを、家族のように大切に思っていた。妹のように可愛く思っていた。アイリスを出て行ったTOWA達は、新しい家族に迎えられて、幸せになってくれていると信じていた。

そして実際のところ、僕はそのうちの何名かを、地獄に蹴り落としていた。間接的かもしれないが、結さんも結局、その中の一人だ。

両目を右の手のひらで覆う。馬鹿みたいに嗚咽が漏れて止まらない。

「だから、何かきっかけがあれば、必ず戻ってくると思ってた。それがお前にとって、良いことなのか、悪いことなのかは分からないけれど」

涙を目に押し戻しながら僕は考える。TOWAに再び関わる……良いことのはずがない。僕にとって、人生で最悪の記憶がそこにはある。でも、悪いことであったはずもない。僕はこの数日、本当に幸せだと思える瞬間を、確かに何度も味わった。

「大切なんだろ？　結のことが」

はっとして顔を上げる。

佐藤社長の金色の瞳が、真っすぐ僕を見つめている。

「好きな女のこと、他人に任せて良いのかよ？　お前が幸せにしたいって、思わないのか？」

脳に熱湯を注がれた。奥歯がぎりっと軋んだ。

「思うよっ！　思うに決まってるだろっ？　金がないんですよ。金が要るんですよ！」

佐藤菖蒲の瞳に、怒りの炎が燃え上がった。

その身体から急速に、ビリビリと怒気が溢れ出してくる。次第に彼女の姿は、往年の、残虐にさえ見えた、ＢＩの王だった時のそれへと変わった。

僕の胸倉を摑み、どこにそんな力があるのか、小さな身体で男をつま先立ちにさせる。

彼女の唇は怒りの余り紫色に変色し、ワナワナと震えていた。瞬きしない瞳が、僕の瞳を突き刺すように睨み付けてくる。

「私は、戦って負けた奴のことを悪くは言わないが、戦わずに逃げようとする負け犬のことは必ず軽蔑する。お前、今の言葉、本気で言ったのか？」

久しぶりに本気で怒られたことへのショックと恐怖が身体を駆け巡ったが、言い返す分くらいの激情は僕の中にも残っていた。

「本気、ですよ。二十億。そんな金、僕には用意できません」

佐藤菖蒲の口角が軽蔑と侮蔑に吊り上がる。

「分かった。じゃあ、私がお前に二十億貸してやる」

「……え？」

「良かったな。これで結はお前のところにいられる。ああ、気にするな。昔世話になった仲だ。無利子・無担保、なんなら期限もなしで貸してやるよ。惚《ほ》れた女のためだ。二十億くらい、死ぬ気で稼いで返せ」

僕の身体から力が抜ける。

胸倉を解放されて、へなへなとその場に座り込んだ。血の気が失せて、夏なのに寒い。

急に目の前に結さんと一緒にいられる可能性を提示されて、僕が感じたのは、ただひたすらに恐怖だけだった。

「何だ？　嬉しさの余り腰が抜けたか？」

小馬鹿にするように佐藤社長が言う。

お金という、越えられないはずだった壁……いや、防御壁を軽々と破壊されて、僕は、初めてこの問題に生身で向き合った。

結さんのことを僕が守る。僕が幸せにする。

「む、無理です……」

「はあ？」

「僕には、できません」

佐藤社長が静かに僕を見下ろしている。

僕はその視線に耐えられず、川の方に顔を逸らした。いつの間にか、つがいの水鳥はいなくなっていた。

「……何で？」

ごくりと唾を飲む。

「最近よく、アンの幻を見ます」

ゆっくりと起き上がって佐藤社長のことを見る。社長は再び腕を組んで、僕のことを真っすぐ見つめていた。

「ラボに戻ってきた時の、あの姿です。身体中あざだらけで、真っ赤な涙を流しています。彼女は、僕のことを決して許さない。僕には、幸せになる資格がない」

「馬鹿じゃねえの？」

社長が吐き捨てるように言った。

「私にならともかく、ＴＯＷＡ達に責任転嫁するんじゃねえよ。相手が思ってるから幻に出てくるとか、平安貴族の夢の解釈か？　お前が勝手に幻見てるだけだろ？　『幸せになる資格がない』とか、どこのダークヒーローだよ」

僕は小さく笑った。小さく嘲りを込めて。

「社長はそんな幻、見ることなさそうですよね」

「見るよ」

驚いて社長のことを見た。

「よく見るよ。こないだなんて、満員電車の乗員、私以外全部ＴＯＷＡに見えた。皆、光のない真っ暗な瞳でさ、私のことじっと見てるの。もう私、脂汗だらだら。マジで妄想に呪い殺されると思ったね」

寂しそうな瞳で……もしかしたら泣き出しそうな顔で、佐藤菖蒲は小さく笑った。

「でも、もう、過去は変えられない。いっぱい、間違ったことしてきたよ。でも……それでも今生きているＴＯＷＡ達に、幸せになって欲しい。今はもう、それだけなんだ……」

僕は目の前の女性を唖然として見た。

やっぱり……社長は凄い。

社長が今もＴＯＷＡと関わっているのは、彼女が鈍感な訳でもなければ、世間で良く言われているように、稀代《きたい》のサイコパスだからでもない。彼女が見るという幻の話を聞いて思う。社長は今をもってなお、誰よりも苦しみ、誰よりも辛い気持ちを味わっている。

大切なものを守れる力が、彼女にはあるんだ。

その圧倒的な才能。能力。そして何より、意志の力。

「氷雨……」

優しく呼びかけられて、はっとして社長を見る。

子どもを見つめる母親のような目だった。

「お前から結の話を聞いた時、ガラじゃないけど、神様って本当にいるのかなって思ったよ」

呆然として社長を見る。

彼女が何を言っているのか分からなかった。

社長はその顔に、一瞬小さな痛みのような逡巡を浮かべ……口を開いた。

「結は、八十八番、ヨネだよ」

思考も心臓も停止した。

呼吸も停止した。

喘ぐように口を開いた。

「……え？　は？」

瞬きも停止した。

「結さんが……ヨネ？」

言った瞬間、僕の口に笑みが浮かんだ。頭を軽く横に振る。振り続ける。

「いや……いや、だって、全然違うじゃないですか。ヨネは一般のＴＯＷＡで、結さんは、ワンオフのＴＯＷＡですよ？」

「換装したんだ。お前がラボを去った後、さっき言った、急な依頼が入って」

社長の真っすぐな目は、彼女が真実を話していることを告げていた。

何て……

あり得ない、事実……。

ヨネ……。

かつてのラボでの思い出が蘇り、涙が勝手に溢れてきた。

あの時、ヨネは毎日本当に大変で。顔には一切出さなかったけれど、きっと日々の生活は、凄く辛いものだったに違いない。それなのに彼女は、僕を気遣って、最後、歩いてみせてくれた。

「そんな……」

ずっと心配だった。

元気でいて欲しいと、幸せに生きていて欲しいと、毎日祈っていた。

それがまさか、ここ最近、隣にいて、一緒に生活していた……。

『既視感』

ぶわっ、と目が霞んだ。

ヨネは、引き渡しの時に僕との記憶を失っても、全部は忘れていなかったんだ。あの日々のこと。一緒に過ごした、本当に僅かな……でも、大切な時間。

佐藤社長が唇を嚙んだ。

彼女の目からも、涙が溢れ出した。

「ずるいよな。結局私は、あの時の自分の望みを叶《かな》えようとしてる。でも……あの子には、お前と一緒にいさせてやりたかった。だって、あの子は……」

佐藤社長はそこまで言うと、きつく口元を右手で握った。何かを打ち消すように首を横に振った。

嗚咽を堪え、顔中の涙を拭い捨てた。一度洟《はな》を大きく啜《すす》った。

「なあ、氷雨……」

霞んだ目で社長を見た。

「ブラックアイリスの仲間達の中で、私は、お前のことが一番好きだったよ」

驚きの余り目が広がる。

「一番馬鹿で、頭も悪くて……でも、一番優しくて……。ＴＯＷＡのこと、本当に大事に思ってたなあ。毎日毎日、誰よりも努力して、一級にまで昇って……」

社長の頬を涙が伝った。

気付いたら僕も、ボロボロ泣いていた。

「そんなにお前のこと、嫌いになるなよ。私は良く知ってる。頑張ってたじゃないか。適当に済ませたことなんて一度もない。あいつらの幸せを、信じてたんだろ？　アンは確かに、私達のことを恨んだかもしれない。でも、お前の所に、帰って来ようとしたじゃないか。お前のこと、それ以上に、大切に想ってたってことだろ？」

社長がぐいと白衣の袖で顔を拭った。

「もう一回、もう少しだけ頑張ってみろよ。結のために。好きなんだろ？　あの子のことが」

もう鼻水が啜《すす》り切れなくなって、僕の顔はぐしゃぐしゃに汚れた。

ヨネを、結さんを、幸せにしたい……。

……でも……。

「……自信が、ないんです」

「あ？」

「これまでの人生、全部、中途半端でした。やっと認めてもらえた前の会社では、アンを不幸にして、ヨネからは逃げた。そんな自分に、結さんを幸せにできる自信が、ないんです」

社長は僕のことを暫く静かに見つめていたが、「分かった」と小さく言った。

「とりあえず、戸川に金は払う。ただ、契約が締結されるまで、私はお前が『貸してくれ』って言ってくるのを待ってる。一つ言っておく……」

そう言う社長は、既に泣いてはいなかった。その目は、ひたすらに冷たかった。

「今回のお前の選択は、これまでのものとは違う。本物の『逃避』だ。もしお前が今回逃げる方を選んだら、私は今後一生、お前を結に会わせはしない。そんな奴に、会う資格はない」

ぐっと喉が詰まった。

「ついでにもう一つ言っておくが、私はＴＯＷＡ達のプライベートにはなるべく干渉しない。好きな男性と一緒になって、私のところを離れていく奴だっている。想像したことあるのか？　お前の好きな結が、お前以外の男と愛を語らい、口付けして、抱かれるかもしれないんだぞ？」

胃の中に、石でも詰め込まれていくような気がした。

「決めるのはお前だ。私は、待ってる。今日は、会えて嬉しかったよ」

それだけ言って最後、小さく、悲しそうに笑うと、佐藤菖蒲は白衣を翻して歩き始めた。

僕が見つめる先。社長はあっという間に橋を渡り始めて、人の波に消えていった。

一人になった僕の横を、水辺の冷たい風が吹き抜けていく。

第八章　真実

結さんがヨネ……。

一人になってみると、想像以上に混乱している自分に気が付いた。

元々はその日のうちに帰るつもりだったのだけれど、結さんとどんな顔をして会えば良いのか分からなくて、その日はそのまま東京に一泊した。電話越しに聞こえた少しだけ寂しそうな結さんの声が、一晩中耳から離れなかった。

次の日は、八月にしては珍しく雨だった。

まさか今日も帰らない訳にはいかない。

地下鉄で新橋まで出て、そこからＪＲに乗り換える。

「家に帰る」という気分であることに少しだけ驚く。居候しているようなものだけれど、あの家はもう、僕にとって帰るべき場所になっていたらしい。

東京から電車を乗り継いで戻ってきたせいか、僕は、この夏初めて長谷駅に降り立った時のことを思い出した。あの時は今のような生活になるなんて、全く予想していなかった。

コンビニで買ったビニール傘をさして歩く。

家が見えてきて、その向かいの後藤さんの家に、黒いＳＵＶが停まっているのに気付いた。きっと萌ちゃんが家に来ているだろう。……安心している自分がいた。

家の前まで来て、一階の窓にレースカーテンがかかっているのが見えた。

時計を見てみると、午後二時半。萌ちゃんがいるとすると、お昼寝の時間だった。

起こしてしまっては悪いので、僕はブロック塀を通過すると、いつも利用するドアベルのついた正面玄関ではなく、勝手口に鍵をさし、そっと開けた。

靴を脱いでキッチンに上がる。家の中は静まり返っている。

二人の様子が気になって、そっと和室を覗き込んだ。

「凜《りん》君って、もしかして私のこと好きなのかなあ」

萌ちゃんの大きな声に、心臓が飛び出るほど驚いた。慌てて首をすっこめる。

再びそろそろと首を伸ばす。

二人は寝てはいなかった。

目の前のダイニングの和室の奥、もう一つの和室の方に二人はいた。二つの和室を仕切る襖が開いているため、ここからでも二人の様子が良く見える。

お昼寝の前なのか後なのか、水色ワンピースの結さんは布団の上に座っていて、窓の方を向いている。そしてその結さんの太ももの上の特等席に、いつも通り萌ちゃんが座っていた。

結さんであり、かつてはヨネであった彼女が、眉根を少し寄せた。

「うーん。凜君、萌ちゃんにいっつも嫌なこと言うんだよね？」

凄く久しぶりに聞いた気がする結さんの声に、それだけで胸がじんとする。

「うん。ブスとか白ブタって言うの」

頬を膨らませる萌ちゃんの姿に、ちょっとだけ肩の力が抜ける。

それにしても凜君、だいぶ嫌な奴らしい。

「でも萌ちゃんが怒って無視してたら、泣いちゃったんだ？」

「うん。ばかあ、って」

弱！　凜君、泣いちゃうのか……。

「それにね。私が悟君《さとる》とお話してると、いっつも邪魔してくるの。お前らアベックだろ、って」

古！　今アベックなんて言うの？　凜君、結構独特な子だな。突っ込みどころ満載だ……。

「それは……」

結さんが、萌ちゃんの顔を覗き込むように首を傾げる。美しい横顔が、悪戯っぽく笑った。

「萌ちゃんのこと、好きそうだね」

「でしょーっ！」

「でも萌ちゃんは、悟君の方が好きなんだよね？」

「うん！　悟君もね、毎日朝と帰りにね、私に『好きだよ』って言うの」

結さんの目が丸く広がり、その頬が朱く染まる。

「わ……。さ、悟君、情熱的なんだね。びっくり……」

結さんが手をパタパタと扇《あお》ぎ、真っ赤になった顔に風を送り始めた。萌ちゃんはそんな結さんを見て嬉しそうにしていて……ふとその顔から笑みが消えた。

「ねえお姉ちゃん」

「ん？　どうしたの？」

萌ちゃんがじっと結さんのことを見つめている。

「お姉ちゃんは、やっぱりお兄ちゃんのこと、好きなの？」

僕は凝結した。ここから立ち去らないとと思うのに、身体どころか目線さえ動かせない。

結さんは一瞬、矢で射られたかのように固まって、しかし何も答えず、静かに窓の外を見た。

僕の心臓が破裂しそうに脈打って、まるで鼓膜の隣にあるのではないかと思う。

脂汗が絶えず背中を伝い、その結さんの静寂は、永遠に続くのではないかと思えた。

結さんが再び萌ちゃんのことを見る。

困ったような顔で、その整った柳眉を下げていた。

「お姉ちゃんね……。お兄ちゃんや萌ちゃんと、ちょっと違ってるの」

石のような唾が僕の喉を通過した。

「違う？　何が？」

「うん……。お姉ちゃん、二人みたいな人間さんより、掃除機さんや、冷蔵庫さんに近いの」

言ってから、コクリ、と結さんが唾を飲み込んだ。その音が、ここまで聞こえた。

「萌ちゃんも、掃除機さんや冷蔵庫さんから好きって言われたら、嫌でしょ？」

萌ちゃんを支える結さんの手が小さく震えている。

萌ちゃんが「うーん」と唸った。

「掃除機さんや冷蔵庫さんでも、本気で言ってくれてるなら、嫌じゃないし、ちゃんと考えてからお返事する」

結さんの表情が固まった。

ぶわっと青い瞳が涙で濡れた瞬間、結さんは萌ちゃんを抱きしめた。

「わっ？　お、お姉ちゃん？」

結さんが萌ちゃんの髪に鼻を埋めて頬ずりした。瞑った目じりから涙が零れた。

「ありがとう萌ちゃん。大好き……」

混乱していた萌ちゃんが、大好きと言われて「へへへ」と笑う。

結さんがゆっくりと顔を上げて、人差し指で涙を拭った。再び窓の外を見る。

プラチナの髪が優しく揺れた。

「お姉ちゃんね。きっと、お兄ちゃんに、恋してるの」

切り裂かれた僕の心臓から、悲鳴と共に鮮血が噴き出した。

「でも、お姉ちゃん、何だか苦しそうな顔してる」

「うん。お姉ちゃん、こんな気持ち、どうしたらいいのか、良く分からなくて、苦しくて……。でも、それでも……それが何だか嫌じゃないの」

「苦しいのに？」

「うん……。お兄ちゃんがね、私に笑いかけてくれると、凄く胸が苦しくなるの。でもね。それとは比べられないくらい、凄く幸せな気持ちになるの。くすぐったくて、お姉ちゃんも、自然と笑顔になれるの」

「変なのー」

結さんがくすくす笑う。

「本当に変だね。でも私、今、凄く幸せなの。こんなに幸せな気持ちになれるなんて、考えたことなかったから……」

そこまで聞いた僕は靴を履いて、勝手口から外に出た。雨がポツポツと頭に落ちてきた。

ブロック塀から道路に出る。

目的地なんてないのに歩き出す。へたり込みそうになる足を引きずるようにして歩く。

心臓が痛い。肺が痛い。息苦しい。

僕は走り出した。

更に心肺に負荷がかかり、喘ぐように息をする。

足りない。足りない。

もっと、もっと、もっと、もっと。自分を苦しめなければならない。

めちゃくちゃに走り、目の前にあった由比ヶ浜の堤防に飛び乗った。

「うわああああああああああああああああああああああっ！」

涙が目から溢れて止まらない。

堤防の上でわんわん泣き続ける僕を、雨なのに浜に来ていた数人が何事かと見つめる。

ついに立っていられなくなり、堤防の上にへたり込む。上手く手をつくことができず、一メートルくらいの高さの堤防を転げ落ちる。浜の砂で、僕は泥人形のように汚れた。

土下座するような姿勢で泣き続ける。

……自分には、無理だ。

結さんのことが、どうしようもないくらい好きだ。

彼女には、絶対に幸せになって欲しい。

でも僕は、過去に大きな過ちを犯した。結さんと同じ、優しい心を持ったTOWA達を、幸せになるべきTOWA達を、何体も地獄に落としてしまった。

自分に、自信がない。いつまた、とんでもない間違いを犯すか分からない。

でも……社長なら、きっと良くしてくれる。

社長は強い。間違いを犯したって、それを乗り越えて、より良い道を探す力がある。

僕とは、違う……。

泥だらけになって泣きながら、しかし僕は、心のどこかで安心していた。

僕の役目は、これで終わりだ。

ふと気付くと、アンが僕の横に立っていた。僕を見つめるその目は、雨のせいか泣いているように見えた。

これでいいんだ。

何回も、僕は自分の心に言い聞かせるように呟き続けた。

萌ちゃんがいることもあり、その日の夕食は五時半過ぎには始まった。

「お姉ちゃん、今日豪華！」

と萌ちゃんの言う通り、今日の食卓はいつにも増して華やかだった。

キュウリの酢の物に冷ややっこ。味噌汁には採れたてのナスが使われている。メインディッシュの鳥蒸し唐揚げは、もともとかなり手間のかかる料理だが、今日のそれには、更にトマトとパセリと小葱《こねぎ》をふんだんに使ったタレがかかっている。彩り美しく、手の込んだ丁寧な料理だった。

僕の左隣で萌ちゃんが急にニヤニヤする。

「お姉ちゃん、お兄ちゃんが帰ってきたから、気合入っちゃったんでしょ？」

エプロンを外して水色のワンピースになった結さんが、僕の右隣に座りながら、その頬を真っ赤に染めた。

「ちょ、ちょっと萌ちゃん！　やだ……ね、ねえ氷雨さん」

僕のことをちらりと見てから、恥じらうように視線を伏せた。

僕の顔には、張り付けたような笑顔があった、のだと思う。

「？　氷雨さん？」

結さんが不思議そうな顔をして僕の顔を見る。

もう、結さんの顔を見るだけで苦痛だった。

いったい、何をだらだら先延ばしにしているのだ？

もう決めたはずだ。結さんのことは、佐藤社長に任せると。

自分はもう、彼女の傍にいる資格はない。社長の言った通りだ。その烙印《らくいん》を押したのは、他の誰でもない、僕自身なのだから。

「氷雨さん、大丈夫ですか？　何だか顔色が……」

結さんが心配そうに僕を見つめていた。

「結さん」

僕の口から、氷のように冷たい声が出た。

萌ちゃんまで、驚いて僕の方を見た。

呼びかけられた結さんが、いつもと違う場の雰囲気に、不安そうな瞳になる。

僕は結さんを見た。

目の前の最愛の人は、僕の視線に何か不吉なものを覚えたのか、小さく肩を跳ね上げた。

「君の引き取り手が見つかった」

結さんは、目をまん丸にして、凍り付いた。

その唇がやがて小さく震え出し、結さんはそれを隠すかのように、ギュッと唇を噛んだ。

僕に、小さく頭を下げた。言葉は、なかった。

僕は、震える息を吸って、吐き出す。

ちゃんと、言わなければならない。二人の関係と、夢のようだった夏を終わらせる言葉を。

もう一緒にいられないことが決まっているのだから、これ以上の、仮初めの関係なんて辛すぎる。

「結さん。もう、戸川のところに帰りなよ」

再び僕を見る結さんの顔色は、真っ青を越えて真っ白だった。

呆然と、信じられないものを見るような顔。

彼女がこの家に最初に来た時、していた顔。いや、それよりなお……。

僕は目を伏せて口を開いた。

「戸川は君のことを担保って言って置いていったけど。正直もう、前金でもらった分で十分すぎるんだ。これからは、戸川と新しい引き取り手との交渉になるし、仲介役の僕のところに、君を置いておく意味は、あまりない」

少しだけ上げた目線の先。

結さんの顔が、一瞬だけ泣き顔に潰れた。

そしてまた一瞬だけ、彼女は両手でその顔を覆った。

すぐにその顔から両手を離す。目を瞑ったまま、何かを強引にごくりと飲み込んだ。

僕を見て……小さく微笑んだ。

いつもと違うのは、まつ毛が涙で濡れていることだけ。

「氷雨さん」

泣き声から、絞り出したかのような声。

「これまで、本当に、ありがとうございました」

頭を深く下げて……そして突然立ち上がり、小走りで部屋から出て行こうとする。その後ろ姿に手を伸ばして僕も立ち上がる。

「ま、待って結さん！　そんな、今すぐじゃなくても」

結さんは二階に続く階段の前で立ち止まった。

肩を大きく震わせて、しゃくり上げた。

そして彼女は、二階に駆け上がっていった。

「お兄ちゃん！」

萌ちゃんから、悲鳴のような声が上がった。

僕の目の前で、彼女は心の底から怒っていた。自分以外の人のために激高していた。

「何言ってるのっ？　お姉ちゃん、出て行っちゃうよっ？」

僕は萌ちゃんにさえ何も言い返すことができず、ただ下を向いて俯いた。

萌ちゃんの瞳の中に、狂気にも似た光が宿る。

しかし再び階段を移動する足音に、僕も萌ちゃんもそちらを見た。

階段の上から、黒いボストンバッグを一つだけ持った結さんが現れた。思えばそれが、彼女の唯一の荷物だった。自分達の関係は、こんなにも壊れやすいものだったのかと、改めて思い知った。

結さんがその胸を、右手で鷲摑《わしづか》みにした。

震える息を吐き出す。

彼女はもう、泣いてはいなかった。

「氷雨さん」

結さんが、優しく微笑んだ。

「ごはん、ちゃんと食べてくださいね。お仕事、無理なさらないでくださいね。それと……」

鞄の上に置かれていた一冊の本をこちらに差し出す。

「お野菜、もしよろしければ面倒見てやってください。皆、良く育ってますから」

「お姉ちゃん、行っちゃやだあっ！　やだようっ……うわあああああああっ」

萌ちゃんが地団太を踏んで泣き叫んだ。

結さんの頬を、涙が伝っていく。

「ごめんね、萌ちゃん。お姉ちゃん、お家に帰らないと……。必ず、また遊びに来るから」

「やだやだやだやだやだやだああああああああっ」

駆け寄って、結さんのスカートにしがみ付く。

結さんは腰を屈めて、萌ちゃんの背中を優しくあやす。

「氷雨さん」

結さんが顔を上げてこちらを見る。

「頂いた浴衣は、お返しします。二階のベッドの上に、置いておきましたので……」

「そんな……。あれはもう、結さんのだから……」

結さんの身体が大きく震え、その瞳から、押し出されるように涙が溢れ出た。もう泣き顔を隠すことができず、その口が悲しみに大きく歪む。

「だって、あれを見たら、私、きっと泣きます。あれを見るたび、私、きっと泣いてしまうから……」

そっと萌ちゃんの身体を引き離し、結さんは涙を流しながら、僕に微笑んだ。

その口を小さく動かそうとして、できなかった。――結さんの、おまじない。

途端、彼女はその身を翻し、カフェスペースに走り込んだ。

すぐにドアベルが大きく鳴り、後には萌ちゃんのしゃくり上げる音だけが残った。

「……最低」

萌ちゃんの言葉が胸に突き刺さる。

「最低最低最低っ！」

「……うるさい」

ぼすっと右の太ももを殴られる。

萌ちゃんがボロボロ涙を流しながら、僕のことを親の仇のように睨んでいた。

「なんでっ？　何であんなひどいことが言えるのっ？　お姉ちゃん、お兄ちゃんのこと、大好きなんだよっ？」

胸を抉られるようだった。

「でもお姉ちゃん、自分は人間じゃないからって。自分はロボットだからって。お兄ちゃんに、きょぜつされるの怖くって、大好きって言えなかったんだよ？」

震えそうになる唇を噛み締めた。

「お兄ちゃんが、自分のことを作ったからって。お兄ちゃんにだけは、全部バレてるからって」

「……え？」

困惑して向けた目線の先で、萌ちゃんは相変わらず僕のことを睨み続けている。

「あ、ああ。そういうことか。僕のいた会社で、結さんが作られたって」

「違うっ！」

噛みつきそうなくらい喰ってかかって来る。

「『お兄ちゃんが』作ったんだって言ってたもん」

何だ？　何の話だ？

まさか……ヨネとしての記憶が、戻った？

「お姉ちゃん、覚えてるんだって。初めて目が覚めた時、お兄ちゃんが目の前にいたって。とっても、とっても優しくしてくれたって。いつも傍にいて、大切にしてくれたって」

……。

……え？

『初めて』目が覚めた時……？

その言葉に、全身が粟立《あわだ》った。

それは……変だ。初めて目が覚めた時、ヨネの前にいたのは間違いなく藤崎か、社長。少なくとも、僕ではない。僕はヨネの調律を、『引き継いだ』のだから。

身体が勝手に震え始める。

何か致命的な……致命的な意味が、そこにはある。

なぜなら、九十二体いるＴＯＷＡの中で、初めて目が覚めた時、僕が目の前にいたという条件に合致するのは、たった、一人しかいない……。

……そもそも……

そもそもヨネ……ＴＯＷＡ八十八番には、不可解なことが多かった。

八十八番なのに、なぜ最後までオーナーが決まっていなかったのか。

佐藤社長はなぜ、不自然なくらい、僕とヨネをつなげたがっていたのか。

そしてあの、ヨネの、ぼろぼろの身体。

あれは、つまり、初期不良などではなかったんだ。

一度、どうしようもないくらい壊れてしまったものを、佐藤社長が、必死になってあそこまで……僕が引き継げる所まで、治したんだ。

雷のようなショックが全身を流れ、脳の中で記憶が繋がっていく。

『おまじないなんです。お別れの言葉を声に出さないようにすると、無事にまた会えるっていう』

……違う。おまじないなんかじゃない。

あれは、彼女の願いが呪いになったものであり、そしてまた、祈りになったものだったんだ。

『氷雨……いつかまた……』

だってあの別れの時、僕も彼女も、心の底からそう思っていて、でも実際は、一言も、声に出すことができなかったから……。

つまりヨネは、結さんは、もともと……

萌ちゃんが両手で僕の太ももを揺する。

「お姉ちゃん、最初の時から、お兄ちゃんのこと好きだったたって！」

でも、そんな……。

そんなこと、あり得ない。

「その時のお兄ちゃんと、今のお兄ちゃんが一緒の人だっていうのは、最近やっと確信が持てたけど、凄く幸せだって。お兄ちゃんのところに戻って来られて、凄く、幸せだって！」

目から涙が溢れていく。

あの日あの時……全ては、終わってしまったのだと思っていた……。

「でも、それでも、あり得ないよ……。だって、最初の記憶は、一度完全に消えちゃったんだ。壊れちゃったんだ。僕も確かめたんだ。不可能だよ。思い出すことなんて、できない……」

萌ちゃんの目から、ボロボロと涙が溢れ出した。

「それでも、思い出したんじゃないっ！」

胸が、押し潰された。

「本当に大切だったから、頑張って思い出したんじゃない！　私、お姉ちゃんからいっぱい聞いたもん。お兄ちゃんとの思い出、いっぱい聞いたもん。お姉ちゃん、お兄ちゃんからもらった二つの名前があるんだって。ヨネとアンっていう、大切な名前！」

収納を開け、ひったくるようにリュックを掴んだ。

カフェスペースに飛び込んで、ドアを蹴破るように外に飛び出した。

何も考えずに走り出し、道路に飛び出して、排水路に足をとられる。車道にボールのように転がって、しかしリュックだけは必死に胸の中に抱きしめる。

再び立ち上がろうとして、しかしつま先に、電撃のように鋭い痛みが走った。骨折したのかもしれない。靴を履くことすら忘れていた。

「ちょ、ちょっと、若宮くん、何してるの？」

後藤さんの家からちょうど出てきた橘さんが駆け寄ってきた。

血だらけの足を握っている僕のことを見て青ざめる。

「は、早く。後藤さんのお家に入って。手当しないと」

「うわあああああああああああああああああああっ」

突然子どもの様に泣き出した僕を見て、橘さんが仰天する。

「結さんが……結さんが、行っちゃううう、う……」

一瞬唖然とした橘さんの眉が、急に吊り上がった。

「泣くんじゃないっ！　男だろっ！」

呆然とする僕の前で、橘さんが、履いていたゴツいサンダルを脱ぎだした。

「何ぼさっとしてんのっ？　これ履いて、追っかけるのよ！」

慌ててサンダルを受け取って履いた。

「ほらほらほらほら！　ゴーゴーゴーゴー！」

まるでＦ１のピットクルーのような橘さんに尻を叩かれながら押し出され、僕は走り出す。

橘さんは、ゆっくりと立ち上がった。

「……いいわね。愛って」

最後、小さく微笑んだ橘さんは、雨の道路に、裸足で仁王立ちして僕を見送った。

第九章　いつかまた

星《ほし》の井《い》通り交差点を無我夢中で左折する。

すぐに江ノ電の線路まで出て、今度は右に曲がり、線路沿いを走り出す。

ちょうど結さんの乗る鎌倉行きの車両が、僕のことを追い抜いていった。

頭の中が発狂しそうになる。

間に合わない。結さんがあれに乗って行ってしまう。

僕の目の先で、車両が駅に停車した。もう鎌倉方面側のホームに行く余裕はない。

僕はそのまま、手前の藤沢方面側のホームに駆けあがる。列車を待っていた数人が、何事かと僕のことを見る。

僕は鎌倉行きの車両に目を走らせて、ホームを小走りに移動する。

車両の中に結さんの姿が見つからない。普段あんなに目立つのに。

最後の一両を祈るように見て、そこに乗っていないことが分かり絶望しそうになる。

まさか藤沢行き？　と思って今いるホームを見ても、もちろん結さんの姿はない。

祈るような気持ちで、目の前の車両をもう一度逆向きに見ていく。

「結さんっ！　結さんっ！　結さんっ！　結さんっ！」

気付けばその名を連呼していた。

こちらのホームの人だけではなく、車両の中の人まで、頭のいかれた男の姿を気持ち悪そうに見ている。

最後の車両を見終えた時、ドアの閉まる無情な音に続き、列車が長谷駅を離れ始めた。

間に合わなかった。

もう、前の電車で、結さんはこの駅を発《た》っていたのだ。

膝から崩れ落ちて、ホームに手をついた。

熱い涙が、頰を伝っていく。

その声に、呆然と鎌倉行きのホームを見る。

「氷雨さん？」

結さんが、線路を挟んでほぼ正面に、バッグを持って立っていた。僕と同じで、幽霊でも見ているかのように固まっていた。

「結さん……何で……？」

僕の問いかけに、結さんの瞳から涙が零れた。

ぎゅっと目を瞑る。

「だって……、離れたく、なかったから……」

再び目頭が熱くなって、喉がぐっと詰まった。たくさんの思い出が、胸の中に溢れた。

喘ぐように口を開く。

「本当に……アン、なのか？」

結さんの顔が泣き顔に潰れ、その顔を両手で覆った。バッグが彼女の足元に落ちた。

その姿を見た瞬間、どうすることもできないくらい、涙が目から溢れ出した。これまでの全ての感情が、ただ涙に変わって溢れてきた。

「アン……ごめん……ごめんね……」

結さんが両手で胸を握り締め、唇を噛み締めながら、何度も頭を横に振った。

あんなボロボロになって……それでも彼女は、戻ってきてくれていた。

「結さん……帰って来て……」

結さんの身体にぎゅっと力がこもる。泣き顔のまま、小さく微笑み、首を横に振った。

「私、ちゃんと分かっているつもりで、本当は、何も分かっていなかったんです」

その頰を、透明な涙が流れ落ちていく。

「私とあなたは、違う。そんな、当たり前のこと」

言った瞬間、彼女の顔が大きく歪んだ。

「ずっと……ずっと願ってきました。そしたらいつか、ニセモノの私も、本物になれるんじゃないかって……。いつか魔法みたいに、大好きな人と一緒に、幸せに暮らせるんじゃないかって……。馬鹿みたい。そんな訳……そんな訳ないのに……」

悲鳴の混じった声で、結さんは泣き出した。

僕は立ち上がった。震える手で、リュックを開いた。緑色の絵本が見えて、胸が押し潰されそうになって、歯を食いしばった。その分、涙が溢れた。本を取り出し、胸にそっと抱いた。

「結さん……」

僕の姿を捉えると同時、彼女の時間は静かに止まった。

「アンとヨネのこと、一日だって、忘れたことなかった……」

結さんが唇を噛み、震える身体を両腕で抱いた。頬から涙が止めどなく流れ落ちた。

「でも、だから、怖かったんだ……」

「……怖い？」

結さんが顔を上げ、泣き顔のまま眉根を寄せた。

小さく頷き返した。

「かつて無思慮にTOWAを作り出し、君達に苦痛を与えた僕が、君のことを本当に幸せにできるのかって。アンは、ヨネは、君は……君のことを作った僕のことを、今でも恨んでるんじゃないかって。そんな僕が、結さんと一緒にいていいのかって。結さんには、絶対、世界で一番、幸せになって欲しいから」

結さんの喉が上下に動く。

戸惑う様な眼差しで、僕のことを見る。

「もう迷わない。結さんのこと、絶対に幸せにする。傍にいさせて欲しい。君のことが、世界で一番、好きなんだ」

結さんが両手で顔を覆い、ゆっくりと、ホームにくずおれた。

華奢な肩が震え、銀色の髪が微かに揺れた。

「……氷雨さん」

泣き顔のまま、その顔を上げる。

青い瞳が、僕のことを真っすぐ見て、そして優しく微笑んだ。

「私のことを作ってくれたこと、アンとヨネは心から、感謝しています。生まれて来られて良かった。あなたに好きって言ってもらえて、私はいま、世界で一番、幸せです」

涙が溢れて、世界の全てに霞がかかった。

胸の中を、ただひたすらに、幸福が焼き尽くした。

「ま、待ってて……。今、そっちに行くから」

何とかそれだけ喉から捻《ひね》り出《だ》し、僕は、反対側のホームに行くために動き出す。

結さんはそんな僕を見て、小さく笑って頷いた。

そして。

唐突にその青い瞳が驚愕に見開かれた。

僕を追っていたその目線が、つい、と僕の先を行く。

「だめえええっ！」

結さんから、悲鳴のような声が上がった。

そこからは、まるでスローモーションのように、全てがはっきり見えた。

結さんは躊躇せず線路に飛び降りて、普段の彼女からは想像もできないスピードで、あっと言う間に長谷駅を飛び出した。

彼女が向かう先には、僕達を追って来たのだろう萌ちゃんがいて、恐らく結さんの姿を見て、嬉しさのあまり既に駆け出していた。道路に向かって、何の注意もせず。

萌ちゃんに迫る白いバンのクラクション。

目を瞑った結さんが、萌ちゃんのことを抱きかかえた。

どすん、という思ったより小さく低い音。

結さんの身体は、バンのフロントにまるで展翅《てんし》された蝶《ちょう》のように張り付いて進み、車のブレーキが効くと同時に地面に落ちて、線路の上をボールのように転がった。

断末魔の悲鳴のような音が聞こえた。

その音を出していた僕が、無我夢中で駆け出した。

バンからタコ坊主のような男性が青ざめて降りてきて、彼の目の前に倒れていた萌ちゃんのことを抱きかかえた。

わーん。と萌ちゃんの泣き声が上がる。

萌ちゃん……大丈夫。

結さんは？　結さんは？

頭が真っ白になって何も考えられない僕が、やっと結さんのもとに着いた。

結さんは、踏切《ふみきり》を越えた道路に、仰向けになって倒れていた。全身が砂や土で汚れ、まるでその白銀の髪で作ったベッドに、横たわっているかのように見えた。

周囲を悲鳴と怒号が包んでいて、何人かが揃って一一九番に電話していた。

結さんの右の足は足首のところからもげていて、人口骨格と関節が剝《む》き出《だ》しになっていた。

両耳と右目、そして右の鼻の穴から、中央処理装置であるブラックアイリスを冷却するための真っ赤な液体冷媒が、まるで鮮血のように流れ出ていた。

「嘘だ……嘘だ……嘘だ」

呟き続ける僕は結さんの傍に屈むと、剣でも飲んでいるかのような苦しさの中で、やっとのことで声を出す。

「結さん……結さん……」

結さんの左目が薄っすらと開いた。

僕の身体の中に、急激に力が溢れた。結さんのことをそっと抱き起こす。

「結さん、大丈夫？　どこが痛い？」

結さんの目が、僕の目とは少しずれた所を見て、僕の心臓が凍り付いた。

「もえ、ちゃ、は？」

「どうした？　どうしたの？」

僕が耳を結さんの口元に寄せる。

「萌、ちゃん、は？」

目頭が熱くなって、胸が潰れたように痛かった。

結さんを一度ぎゅっと抱きしめ、少しだけその身体を萌ちゃんの方に向ける。

「ほら、大丈夫だよ。萌ちゃん、結さんが守ったんだ。泣いているけど元気だよ。分かる？」

結さんは少しだけ僕の方を見て、ほんの少しだけ口元を緩め、こく、と小さく頷いた。

「大丈夫。結さんのことも絶対治すから。ごめんね。痛いよね。大丈夫。大丈夫だよ」

結さんがそっと僕の胸に身体を寄せた。

その口から、ごぼり、と大量の液体冷媒が溢れ出た。水色のワンピースが真っ赤に染まった。

「何で？　何で？　何で？」

脳がパニックを起こす。

必死に深呼吸を繰り返して。それを無理やり押し込める。

冷静にならなければ駄目だ。結さんの状態は……酷い。

大量の液体冷媒が流出すれば、当然ブラックアイリスを十分冷却できなくなる。その結果待つのは、中央処理装置の破壊と、これまで彼女が積み上げてきたデータのロスト。人間で言う「脳」と「心」が壊れることに他ならない。

結さんの吐血を見ていた若い女性が悲鳴を上げ、隣の男性に縋《すが》り付《つ》いた。

「死んじゃう！　あの娘死んじゃうよっ。早く救急車呼んでよお」

「馬鹿。あれＴＯＷＡだよ！　医者なんて呼んでも助けられねえよっ」

この流出量。首の中にある太いカテーテルが、衝突のショックで破裂したんだ。

このままじゃ、一瞬で冷却機能が消失される。

とにかく早く冷やさないと。三十分が限界だ。

早く治療しなければ……それができなければ、結さんは、死ぬ。

若い女に縋り付かれたまま、若い男が叫んだ。

「誰か！　ＴＯＷＡのことを直せる人いないのかよっ？　死んじゃうぞこの娘！」

誰か……誰か結さんを治せる人。

佐藤社長。社長は今、今どこにいる？

まさか、今から呼んでくるつもりか？　助けに来てくれるのを、待ってるつもりか？

胸の中の結さんを見る。

赤い冷媒が失われていき、その顔は真っ青になっていた。

怖い……。ＴＯＷＡに触れるのが、修理するのが怖い。かつてのように途中で耐えられなくなって、気絶でもしたらどうする？　その時は、結さんは本当に死んでしまう。

結さんの右手が、ほんの微かに動き、僕の胸元を握った。

……身体中に、止めておけないほどの感情が漲《みなぎ》った。

結さんの身体を抱きしめたまま、僕は立ち上がる。

息を強く吸い込んだ。破裂しそうなほど肺が膨らんだ。

「僕が、この人を、治す！」

周囲の人が唖然として僕のことを見る。

「車をっ！　車をお願いしますっ！」

僕の叫び声に、金髪ショートの若い女性が手を挙げた。

後藤さんだった。

「氷雨君、こっち、こっちだよ！」

後藤さんが耳に当てていた携帯電話をしまい、彼女の後方を指さした。橘さんの車が、こちらに向かって走って来るのが見えた。

僕は首を、強く縦に振る。

一か所だけ、修理に向いている場所が頭に思い浮かんでいた。

キルト教室の、三苫先生の家だ。


先生が不在だったら不法侵入も辞さない気でいたが、先生は電話に出て、準備を整えると言ってくれた。

先生の家の目の前に、衝突するかの勢いで車が止まる。急いで結さんを降ろして家の中に運び込む。

ここまでで約十二分。時間が全然足りない。

橘さんと後藤さんはお願いしてあった通り、結さんを降ろすと同時、今度は周囲の家に氷を分けてもらいに走った。

一方、先生は真っ青な顔だったが冷静で、例の冷凍庫専用室までの障害物を、残さず部屋の隅に押し込んでくれていた。一言も口にせず、ただ僕の指示に正確に対応してくれた。

冷凍庫室の中は、まるで極地のように寒かった。

二台ある巨大な冷凍庫は完全に開け放たれており、もの凄い勢いで冷気を部屋に放っている。汗で湿っていた僕のTシャツは一瞬で凍ってしまったらしく、急に固くなって動きにくくなった。

結さんを部屋の中の作業台の上に寝かせる。

先生から包丁を受け取った僕は、寒さ以上に恐怖でガクガク震えた。

のんびりと分解している暇なんてない。結さんは今、まさに死に瀕《ひん》していた。

一度結さんの顔を見る。

まるで死んでしまったかのようにピクリともしない。

強烈な感情に操られて、僕は結さんのおでこにそっとキスをした。

必ず。絶対。何があっても助ける。

結さんをうつ伏せにした僕は、包丁を右手に握った。

プラチナブロンドをかき分けて、うなじを露出させる。

僕は、結さんの首の右側に、刃を突き付けた。

肉を切る時独特の、繊維がブチブチ切れていく感触がして、手が恐怖に止まりそうになる。

正確に設計図を思い出す。最後に見たのは一年以上前だ。

でも身体が覚えている。毎日一秒も惜しまず、TOWAのことばかり考えていた。

包丁を置き、結さんの肉の隙間に指を差し込む。

目当ての感触が、すぐに親指と人差し指に伝わった。

ゆっくりと外に引き出す。

真っ赤に濡れた透明なチューブが首筋からずるりと這《は》い出《で》てきて、突如ブルンと、切れた先端が飛び出してきた。

やはり予想通り、首のチューブが破断していた。

同じように左側のチューブを引きずり出し、こちらは適度な長さのところで切った。

急に寒さが限界を超え、手がかじかんで動かなくなる。

一度冷凍室から出ると同時、ブルブル震える手で、先生から事前に伝えてあったバケツを受け取る。中身は氷水。そこに食塩をドバドバ入れて溶かす。食塩を溶かした水は普通の水より凍りにくく、飽和状態ならマイナス二十一度付近まで凍らない。

続けて先生から園芸用のホースを受け取る。

もっと綺麗なものを用意してあげたかったけれど、心の中で結さんに謝ってからホースを適度な長さに切った。

別々のホースをそれぞれ結さんのカテーテルに、強引にビニールテープで連結する。

バケツを少し高いところに置いて、即席のサイフォン管を作成する。

仕組みとしてはとても単純だ。

結さんの片方のカテーテルから冷却した食塩水を流し込み、それを冷媒としてブラックアイリスを冷却する。そして今度は反対側のカテーテルから、食塩水を回収する、というもの。

問題が一つあった。もしかしたら致命的になる問題。

車に衝突された結さんの、頭部内でもカテーテル破裂が起こっていた場合。当然、冷却は正常に行うことができない。もっと抜本的な処置が必要になるが、とてもではないが、ここでは行えない。

僕は祈る気持ちで食塩水の注入を開始した。

ゆっくりと右のカテーテルから食塩水が入っていく。

心臓が止まりそうなほど痛い。

流入する液体を見ながら、ただひたすらに祈り続ける。

神様……助けてください。結さんを、助けてください。

左のカテーテルから、真っ赤な液体が流れてきて……透明な食塩水に変わった。

僕は、冷凍庫室の中にへたり込んだ。


橘さんと後藤さんは、かき氷屋でも始めるつもりなのかというほど、大量の氷を集めてきてくれた。

近所の人達の中には、修理相談所のサービスを受けたことのある人もいて、その人達が率先して提供してくれつつ、知り合いにも協力を要請してくれたらしい。

間もなく、連絡していた佐藤社長の新会社、「ホワイトリリー」の緊急車両が到着して、結さんをストレッチャーに固定し、車両の中に運び込んだ。

驚いたことに、助手席には佐藤社長本人が乗ってきていた。

険しい表情で車を降りてきた彼女は、しかし僕の処置を見て、目を丸くしてため息を吐いた。

「良くやった」

「社長に、厳しく育てられましたので……」

それを聞いて、社長が小さく鼻で笑う。車を親指で指した。

「乗ってくだろ？」

その言葉に、強く頷いて返した。


東京の勝どき。ホワイトリリー本社横の、かつては臨時ラボだったところ。

今ではＴＯＷＡのメンテナンス施設となっているこの場所に、僕は久方ぶりに戻って来た。

処置室に向かう社長の後ろに付き従って歩く。

作業台に横たわる結さんを挟んで、僕と社長は向き合った。本当の人間の手術のような光景だった。多分、僕と社長にとって、ＴＯＷＡの修理とは、それと同じレベルでしか表現できない行為だった。

「氷雨、お前さ」

社長が新しいカテーテルを揃えながら口を開く。

「また私のところに帰って来ないか？　お前がいれば……助けられるＴＯＷＡが増える」

佐藤社長は道具を揃え続けていて、僕のことは見てもいなかった。

「……考えさせて、ください」

どうしても「はい」と言えない。

「そうか」

佐藤社長は淡々と話を終わらせた。彼女なりの優しさだった。

「社長」

「ん？」

僕は一度手を止めて、真っすぐ社長のことを見た。頭を深く下げる。

「二十億、貸してください」

ぴたりと、社長の手が止まった。

ラボに入って初めて、社長は僕の目を見返した。

その口角が吊り上がる。

「その言葉、待ってたよ」

そして僕と社長は、結さんの修理を開始した。


処置の日から二日が経った。

僕と結さんは鎌倉の家に戻って来ていて、まだ目の覚めない結さんは、一階の布団で眠っていた。後藤さんが手伝ってくれて、結さんは浴衣へと着替えていた。

目が覚めないのは、処置に問題があったからではない。

ブラックアイリスは通常と異なる方法でシャットダウンされた場合、再起動時に自動で内部チェックがかかる仕組みになっていて、復旧まで必然的に四十八時間前後を要するのである。

とはいえ、心配じゃない訳がない。

それに今は、もう午後六時。既に目覚めていてもいい時間だった。

僕は布団の隣で、座ったり、横になったり、体勢を変えながら、結さんの目覚めを待った。

ふと目が覚めて、僕の方が寝落ちしていたことに気付く。

頬に優しい感触。

驚いて目線を移すと、月明かりの中、布団に横になったままの結さんの青い瞳が僕のことを見つめていた。

結さんの左手が、そっと僕の頬を撫でる。

熱いものが胸に込み上げてきて、声を出すことができない。

結さんは頬を撫でていた手で、今度は僕の髪の毛を撫で始めた。

宝石のような瞳から、ポロポロと涙が零れ落ちた。

「結さん？」

驚いて身体を起こす。結さんの顔を、斜め上から覗き込む。

結さんは何も言わず、僕を見つめて、ただ涙を流し続けている。

「どうしたの？　どこか痛い？」

結さんは、ゆっくりと首を横に振った。

いつもと違う彼女の様子に、不安が胸に込み上げる。

「なら……」

「今更なのに……」

結さんが小さく口を開く。

何のことか分からず、その目を見つめる。

「今更なのに、貴方に、機械の身体を見せることが、こんなにも辛い……」

掛け布団の上から、結さんの両肩を摑んだ。

力を失っている青い瞳が僕のことを見る。その目を見て、はっきり言う。

「僕は、結さんのことが、好きだ」

結さんが小さく首を振る。振り続ける。

「嘘……嘘……」

「嘘じゃない！」

叫び声になっていた。

結さんが驚いて息をのむ。

目と鼻の先で、見つめ合う。

「機械とか、人とか、もうどうでもいいんだ。嘘じゃない。結さんのことが好きなんだ。君のこと、愛してる」

結さんの瞳が僅かに震えた。

そのふっくらした唇が、小さく開く。

「私……氷雨さんに、謝らないといけないことが、あるんです……」

「え……？」

結さんの喉が微かに上下した。

「私、八十八番……ヨネだった時、一度記憶、戻っていたんです」

呼吸が止まりそうになった。

全く、気付かなかった。

素直で優しかったヨネ……本当は、アンがそれを、演じていた？

「何で……教えてくれなかったの？」

結さんの瞳に、ジワジワと水の膜が張っていく。月の光を湛《たた》えた水の玉が真珠のように輝いて、目じりから静かに零れ落ちていった。

「ごめんなさい……。私、氷雨さんが苦しんでいるの知っていて。ちゃんと言えば、どれだけ貴方の助けになるか、分かっていたのに……」

結さんが大きくしゃくり上げ、その目から大粒の涙が溢れていく。

「私、貴方に、嫌われたくなかった……」

「何で、そんな……」

頭が混乱していた。結さんのことを……アンのことを嫌う理由なんてどこにもなかった。

ただ結さんに泣き止んで欲しくて、その小さな頭を何度も撫でた。

結さんが目を開ける。

歪な笑顔が浮かんだ。

「私、いっぱい、いっぱい、汚れたから……」

頭の中が、真っ白になった。

結さんの作った笑顔は、一瞬でグシャリと潰れた。大きくしゃくり上げ、それでも懸命に口を開いた。

「自分の全部が、大嫌いでした。だから私、自分からお願いしたんです。『結』として生まれ変わりたいって……。苦しかったこと、全部忘れたかった。でも、それよりずっと……もっとずっと……」

震える唇を一度強く噛む。

「自分のこと、許せなかった。苦しかった日も、悲しかった日も、貴方の所に帰ることだけ、ずっと夢見て来ました。でも最後、貴方のことより、自分のことを優先した。本当のこと、言い出さなかった。そんな自分を、許せなかった。本当に……本当に、世界から私のこと、消してしまいたかった」

言い終えた途端、結さんはまるで押し潰されるように、声を上げて泣き始めた。

泣き続ける彼女をきつく、きつく抱きしめた。

僕の喉からも嗚咽が漏れた。目からは涙が溢れた。我慢しようとして、できなかった。

歯を食いしばって嗚咽を切る。腕の中で泣き続ける結さんのことを見る。

鼻水と一緒に大きく息を吸い、彼女に、これまでの人生で一番、精一杯微笑んでみせた。

「結さん……。結さんの、全部が好きだ。何度でも言う。結さんのこと、大好きだよ。君のこと、世界で一番、愛してる」

しゃくり上げながら、結さんが僕の胸の中で首を横に振る。その頭を強く胸に抱き、首を振るのを許さない。やがて抵抗を止めた結さんが、静かに胸元から顔を上げた。

闇の中でも美しい青が、僕のことを真っすぐに見つめる。

震える唇が開いた。

「ずっと……、ずっと好きって言いたかった。ずっと、愛してるって、言って欲しかった」

結さんが、全てを委ねるように、その瞳をぎゅっと閉じた。

これまで溜《た》め込《こ》んできた全ての愛情が、胸の中に溢れ出すのを感じた。

僕は目を閉じて、ゆっくりと、彼女に口付けした。

脳が、脊髄が、身体が、世界に溶け出していくのが分かった。

重ねた唇から、結さんの体温が伝わってくる。全身が燃えるように熱い。

自分の想いを伝えたかった。心から愛してると。

唇を静かに離し、そして再び唇を重ねる。二人の呼吸が混じり合っていく。肺の中が、結さんの甘い香りで満たされていく。甘えるような彼女の吐息が鼓膜を濡らす。やがて二人のキスは、お互いの唇を啄《ついば》むようなものへと変わった。

唇だけでなく、二人は鼻先を擦り合わせる。僕は結さんの頭を手でそっと支え、何度も優しく撫で続ける。掛け布団はいつの間にかどこかに行き、二人の汗ばんだ身体が密着していた。

そっと瞳を開けて、今度もゆっくりと唇の連結を解いた。熱い息が、二人の口から漏れた。

結さんの青い瞳に、僕の姿だけが映っている。

「氷雨さん……好きです」

再びポロポロと泣き出した結さんのことを強く抱きしめた。その頬に頬ずりした。彼女のことが愛おしかった。彼女の全てが欲しかった。

静かに体を起こし、結さんの青い瞳を真っすぐに見た。

「結さん、これからはずっと……ずっと、一緒にいたい」

結さんは目を開いたまま、ピタリと停止した。

僕は灼熱《しゃくねつ》のような息を一度吐き出し、大きく息を吸った。

言葉として紡いだ。

「夫婦に、なって欲しいんだ」

結さんのまつ毛が、唇が震え出し、目じりから涙がポロポロと零れ出した。何か言おうとして言葉にできなくて、口をパクパクさせた後、コク、コク、と頷いた。そして泣きながら、笑ってくれた。

結さんのことが愛《いと》しくて堪らなくて、何度もキスをした。彼女の手を探して摑み、指を絡めて何度も握った。

ふと。

まるで明かりを灯《とも》した時のように、ふっと、脳を理性が掠《かす》めた。

結さんは今、言わば病み上がりだ。

もちろん、ブラックアイリスが再起動した時点で、彼女の身体に問題がないことは分かっている。それでも、万に一つがない訳じゃない。結さんのことを思うなら、今日はもう、ゆっくり休ませた方が良い。

必死に気持ちを抑えつけて、身体を少し離す。

彼女への愛情を手のひらに込め、ただ優しく彼女のことを撫でる。

結さんは頬を真っ赤にして、恥じらう様に僕から視線を外していた。

「結さん。今日は病み上がりだから、ゆっくりお休み。僕は隣で見てるから、安心して眠ってね」

そう言って自分の布団を敷くために、結さんから身体を離そうとする。

結さんが夢から醒《さ》めたようにはっとして、僕の胸元を軽く握った。

「ど、どうしたの？」

「あっ……」

僕以上に驚いた結さんが、僕の胸元から手を離し、今度は彼女の胸元を強く握った。拳にした手を口の前に置いて、僕のことを一度見て、真っ赤になって視線を外した。

「さ、最後まで、ちゃんと、して欲しい、です」

心臓を鷲掴みにされた。

震える青い瞳に見つめられて、恥ずかしいくらいゴクリと喉が鳴った。

「でも……だって、結さん、病み上がりで……」

「やっぱり……嫌、ですか？」

不安の浮いた結さんの顔に、理性のアンカーが、全て引きちぎられた。

「そんな訳……絶対、ない」

ゆっくりと結さんを仰向けにして、両膝で彼女を跨《また》ぐ。彼女の両肩の横に、両手をつく。

はだけた浴衣。華奢な肩。上気した頬。しっとりと汗ばんだ真っ白な肌。濡れる青い瞳。羽衣のように広がったプラチナブロンド。

月の光に照らされた結さんは、まるで天女のように綺麗だった。

「結さん、僕、始めてしまったら、きっと途中で……止められない」

結さんが小さく微笑んだ。

そして頷いた。

「氷雨さん……いっぱい、いっぱい、愛してください」

僕は結さんの頭を一度そっと撫でてから、再びゆっくりと唇を重ねた。

第十章　嘘つき

ちゅんちゅん、という小鳥の囀《さえず》りに目が覚めて、本物の朝チュンに呆然とする。

ふと左を見てみると、寝ころんだままの結さんは既に目を開いていて、僕と目が合うと同時、恥ずかしそうに目線を逸らした。

左に寝返りを打ち、結さんの方に左腕を伸ばす。

結さんはもぞもぞと動き、僕の左腕にこてんと頭を乗せてから、僕の胸にすり寄って来た。因みにだけれど、二人とも浴衣はちゃんと着ていた。洋画とかのワイルドな感じではない。

「目、覚めてたの？」

そう言いながら、僕は結さんの背中をそっと撫でる。

結さんは僕の胸の中で、小さく頷いた。

寝顔を見られていたことが照れくさくて、僕は小さく苦笑した。

「起こしてくれれば良かったのに」

結さんは僕の胸からもぞもぞ、と頭を持ち上げ、僕の目を見て、そしてやはり恥ずかしそうに視線を外した。真っ白な頬が、かあっと朱く染まる。

「寝顔、可愛かったから、もっと、見ていたくて……」

右腕を結さんの腰に回し、ぎゅっと抱き寄せる。「あ……」と結さんの口から小さく声が漏れ、恥ずかしそうに口をモゴモゴさせながらはにかんだ。

「結さん。昨日は、その……ありがとう。お腹、大丈夫？」

結さんが一呼吸おいて微笑んだ。

「ありがとうございます。大丈夫です」

その一呼吸が気になった。

「結さん、遠慮しないで、言ってね？」

なるべく優しく話しかける。

結さんはちょっとだけ眉を下げてから、困ったような笑顔になった。

「本当は、ちょっとだけお腹、じーんってします」

やはりショックだった。昨日の夜は、ほとんど辛そうな様子を見せなかった結さん。彼女の優しさに甘えていたことに、今更ながら気付いた。

「でも……」

そう続けて、結さんは優しく微笑んだ。

「大好きな人と結ばれた証だから、じんじんするのも、ちょっとだけ嬉しいんです」

かーっと胸の中に熱いものが込み上げてくる。腕に力を入れて強く抱きしめると、結さんは左手で僕の胸元を軽く握り、真っ赤になってはにかんだ。

「結さん。あの……改めて今日から、よろしくね」

優しい瞳が、僕のことを見る。

「はい。あ、あなた……」

我慢が限界を超えて結さんに顔を寄せる。彼女はその先を察して目を瞑り、顎を僅かに上げた。

その唇に口付けする。

何度しても、全然新鮮さが失われない。

興奮と感動が頭を満たし、結さんを抱きしめる腕に力が籠る。

ふと目を開いてみると、目と鼻の先の結さんは目をギュッと閉じて、甘えるように鼻を鳴らしながら、一生懸命キスをしていた。

何かを感じたのか、その瞳がふっと開く。驚きのあまり真ん丸に広がる。

その頬をかあぁっと真っ赤に染めて、少しだけ困った顔をしてから、手のひらで僕の目をそっと覆った。

結さんのことが愛おしくて、夢中になってキスをした。

コンコンコンコンコン！

僕も結さんも跳び上がって驚いた。正面玄関を誰かが激しくノックしている。インターホンを押せない来訪者。もちろん一人しかいない。

「も、萌ちゃんだ！」

悲鳴のような声を上げる僕に、結さんがブンブン頭を振って頷く。

「よ、よし！　取り敢えず僕が出る。結さんは、お布団に横になってて」

「は、はい！　分かりました」

掛け布団を結さんに渡そうとして……布団の上にちょこんと女の子座りする彼女に、僕の目が釘付けになる。

結さんの浴衣は大きく着崩れていて、真っ白な胸元が覗いていた。

「み、見ちゃ駄目です！」

僕の視線に気付いた結さんが真っ赤になって、慌てて襟をかき寄せた。

急いで視線を逸らし、逃げるように玄関へと向かう。

鍵を開けた瞬間、僕を突き飛ばして家の中に突入してきた萌ちゃんは、布団に横になる結さんを見て、どばーっと涙を流し始めた。

経過観察の必要はあるものの、一応元気な結さんはそれを見て慌てに慌てた。

「も、萌ちゃん。お姉ちゃん大丈夫だから。ほら、お布団の上に起きても平気だよ？」

そう言って布団の上に座る結さんに、萌ちゃんが勢いよく抱きつく。

あーん。あーん。と子どもらしく泣いた。

「お姉ちゃんごべんなざいいい。私が……私が……とびばしだがらあああああ」

その萌ちゃんを優しく抱っこして、結さんがその背中をあやす。結さんの目からもポロポロと涙が零れた。

「いいんだよ萌ちゃん。お姉ちゃんのことは気にしなくて。お姉ちゃん、萌ちゃんが無事で本当に嬉しいの。でも約束してね？　今度から道路は、車に気を付けて渡ろうね？」

萌ちゃんが結さんの胸の中で何度も首を縦に振る。

暫くぐずっていたが、結さんが本当に怒っていないことを理解してきたらしく、次第に泣き顔の中に、小さな笑顔も生まれ始めた。

萌ちゃんはその日「お手伝いをする」と言って、僕がする家事を色々と手伝ってくれた。そんな萌ちゃんの様子を見て、結さんも一日中、幸せそうに笑っていた。


次の日。すっかり元気になった結さんと萌ちゃんがお買い物に行く隙を見計らい、僕はパソコンを引っ張り出して、ちゃぶ台の上に載せた。二人ともお買い物の前に公園で遊んでもくるらしいから、そこそこ時間に余裕がある。このチャンスを逃す手はない。

結さんと一緒に暮らすための最終関門。

それは戸川に、結さんを最大でも二十億で譲ってもらうこと。

……できれば十九、いや、十八……。

一つ違うだけで、一億だ。単位が違いすぎる。

本当に返せるのだろうかと改めて呆然とする。僕の今の月給は十万ちょっとなのに。

でも、つまりは金でカタが付く問題なんだ。後は気合の問題だ。……最悪夜逃げしよう。

そう心に決めて、メールを打ち始める。

拝啓くそ戸川

マズイ、本心が出てしまった。

カランカラン、というドアベルの音が聞こえて僕は慌ててパソコンの蓋を閉める。

ただ、「ただいま」とも「すみません」とも声が聞こえない。

まさか泥棒がドアベルを鳴らして入ってくるなんてこともないだろうし。

そう思った僕は、和室からカフェスペースに出た。

心臓が止まるくらい驚いた。カフェの椅子に、戸川が座っていたのだ。

なんというタイミング。

戸川は僕を見て、その右手を小さく上げた。

その緩慢な動作に違和感を覚えた僕は、その違和感以上の違和感を戸川の姿形に覚えた。

右手が、もの凄く痩せていたのだ。

痩せている、というより、痩せこけている、と言った方が合っているかもしれない。

あの鋭い目つきは今日、見ることができない。サングラスをかけていた。

風邪でも引いているのかマスクまでしていて、悪いけれど不審者のように見えなくもない。

戸川だと判断できたのは、いつも通りきっちりしたスーツに、このクソ暑い中、ネクタイまでしていたからなのだろうと今更ながら思う。特徴の一つのオールバックも、今日は何だか威勢に欠けている。

「最近、すっかり音沙汰なしじゃないか」

綿でも食べながら話しているかのような、聞き取りにくく、小さな声だった。

もしかしたら入ってきた時も、本人は挨拶をしたのかもしれない。

「どうした？　前金分くらいの働きは、してもらわなければ困る」

その言葉にはっとする。

そうだ。戸川に、はっきり言わなければならない。

汗ばむ手を握り締める。カラカラに渇く喉に唾を押し流す。

「戸川さん」

下を向いていた戸川が、僕の方に顔を向けた。

「結さんを、僕に譲ってください。僕が、引き取りたいんです」

言った言った言った。と頭の中がパニックを起こす。

戸川は何を考えているのか、僕のことをじっと見ている、と思う。サングラス越しなので、はっきりとは分からない。

「一つ、いいか」

戸川が口を開く。

金か？　金はあるぞ！　来い！

戸川がテーブルから立ち上がった。彼が今日、杖《つえ》を使っていたことを初めて知った。

戸川がゆっくり僕の方に歩いてくる。

何だろうと思う。調子が悪そうだし、手伝ってあげた方が良いだろうか？

強烈な。

強烈な一撃が、僕の右頬に直撃した。

一瞬で意識が吹き飛び、和室へ続く引き戸に衝突して、今度は引き戸が外れ飛ぶ。

頭が真っ白になる。何が起こったのか分からない。

必死に和室に逃げ込もうとする僕の胸倉を、戸川の左手が掴んだ。

右ストレート。

鼻の左横が凹《へこ》みそうなほどの衝撃。

この前のチャラ男のパンチとは比べ物にならない。

ちょっと弱そうな奴をイジメてみようというパンチではない。殺しても殺し足りない奴に対して、しかし殺すことしかできないのだからせめて渾身《こんしん》の力で殺そう。そんな強烈な思いが拳から伝わってきた。

最後にもう一度左ストレート。

僕の顔を潰れたトマトのようにして、しかし何故か自身の方がダメージを受けているかのように、戸川はよろよろ、とよろめき、やっとのことでカフェの椅子に座った。マラソンでも走り切ったかのようなゼエゼエという荒い息。

「す、すまない」

つい今し方僕をフルボッコにした奴から謝られて、僕の頭はひたすら混乱した。

とにかく頭を怒りが満たしていた。

ただでさえムカつく奴に殴られたのだ。初老とか関係ない。絶対やり返す。

「新聞で読んだ。君が悪くないのは知っている。でも、君に預けた結があんなことになったんだ。この気持ち、少しでいいから察して欲しい」

ぎゅっと心臓が縮まり、頭の中の怒りは凝結した。

あれは、結局僕が悪かったのだ。

結さんにあんな酷いことをした僕に、責任のほぼ全てがある。

「君は今、大変重い決断をしようとしている。失礼を承知で一つ言わせてくれ。今の君に、娘を預けることができる親は世間に一人もいない」

僕は顔だけでなく心も抉られた。

「決意を示してくれ。君は、本当に結のことを守れるのか？」

何を言われているのか分からず混乱する。この男から「決意」なんて言葉を初めて聞いた。聞いてきたのはいつも金の話ばかり。

「決意というのは、金のことですか？　金なら……」

戸川がドン！　と机を殴りつけた。

「ふざけるな！　結に対する、お前の気持ちを示せと言っている」

そっちがあんなにカネゴンみたいに金金言っていたんだろ、とまたしても怒りが込み上げる。

切り裂かれた頰の裏から気持ち悪く溢れる血を、舌でベロリと拭う。鉄の味に気持ちが昂《たかぶ》る。

「僕は結さんのためなら……死ねる。全力で彼女を守り抜いて、いい人生だったたって笑って死ぬ。お前みたいに、途中で投げ出さない」

戸川が突き出た喉ぼとけをギコギコ動かして、ゴクリと唾を飲んだ。

そのサングラスが僕を見続ける。

ふう、と小さくため息を吐いた。

「投げ出すか……まさにその通りだな」

自嘲するかのように喉を鳴らして笑った。

サングラスを外す。

骸骨のように落ちくぼんだ目が僕のことを見た。

「すい臓ガンだ。もう一か月も生きられない」

急にセミの鳴き声が戻ってくる。

そう。今この時は、命の燃える夏の盛り……。そのことを、思い出した。

止まっていた呼吸を、僕は静かに再開する。

「もしかしたら、そういう理由があるのかもしれないって、少し思ってました」

弱々しかった戸川の目に、小さな好奇心が芽生えた。

「佐藤社長から聞いたんです。あなたの事。社長はヨネを、八十八番を、本当に大切に思っていて……その彼女が『預けても大丈夫』とあなたのことを判断した。だから、あなたは本来、僕が思っているようなクソ野郎とは、違うのかもしれないって」

戸川が小さく笑う。

「どんなクソ野郎だと思ってたんだ?」

「結さんを、金ヅルとしか思っていないクソ野郎……」

戸川が寂しそうに、小さく頷いた。

「全部、信頼できる引き取り手を探すためだったんですか？」

戸川はそれに答えずマスクを外した。

げっそりとした頬に、ショックのあまり息を呑んだ。現代の医療をもってしても、ガンというものは、その治療の影響も含めて、これほどまで短期間に人から生命を奪い取るのか。

「実は、君のことを知っていた。いや、正確には、過去のことまで調べて探し出した。佐藤菖蒲と直接コンタクトの取れる、数少ない確実な人物」

想像していなかった言葉に目を丸める。それを見て、戸川が小さく笑った。

「考えてみてくれ。失礼だが、こんな正体不明の何でも屋もどきに、ＴＯＷＡを持ち込まないだろう？　持ち逃げされてしまうよ、普通」

余りにもその通りすぎて何も反論できない。

「君ならきっと、佐藤菖蒲に助力を請うと思った。……どうしても、彼女につないでほしかった。彼女なら、きっと結を守ってくれるから」

何かの違和感と共に、ふつふつと、小さな感情が芽生え始める。

「なら、なぜ直接社長のところにお願いに行かなかったんですか？　なんで……なんで、結さんに何も言わず、あんな酷いことしたんですか？　結さん、病気のこと知らないですよね？」

戸川が苦しそうに一度息を吸う。

苦悶《くもん》の息を、無理やり言葉に変えた。

「それは……結を、悲しませたくなかったから」

芽生えていた感情が、怒りの炎となって燃え上がった。

「ふざけんなよ……」

戸川が凝結した。

これは、同族嫌悪だ。

今の戸川は、先日社長に激怒された僕自身だった。戦わずに逃げようとする負け犬。

「勝手に結さんの幻見てるだけじゃないですか。悲しませたくないとか、どこの正義のヒーローだよ。自分が傷つきたくなかっただけじゃないですか。大切な結さんを泣かせて、傷つけることに耐えられなかったんですよね？　結さんに、お別れを言うのが、怖かったんですよね？」

気付いたら泣いていた。

言いながら、戸川に申し訳なく思っていた。

彼が感じる恐怖は、僕が感じていた恐怖とは、比べ物にならないものかも知れない。

でも……。それでもやっぱり、彼も、逃げてはいけなかったんだ……。

戸川は、泣いた。

右手で顔を覆って泣いた。

「怖かったんだ。いや、今も怖いんだ。大切な人と別れなければならないことが……。医者として、死はずっと近いところにあると思っていた。他の人より、それに対する理解があるとも思ってきた。

思い違いもいいところだった。自分の死は、こんなにも、怖い……」

カランカラン、と場違いな明るい音。

僕も戸川も、驚いてドアの方を見る。

そこに、結さんが立っていた。その瞳から、光が失われていた。

どこからかは分からないが、話を聞いていたのは明らかだった。

「何で？」

血の気の失せた結さんが、呆然と呟く。

誰も何も口にできない。

結さんの後ろから現れた萌ちゃんが、「お姉ちゃんボールあったあ？」と明るい声で言う。結さんは全く反応しない。真っすぐ戸川を見続けている。

僕は萌ちゃんを手招きした。

「萌ちゃんごめん。ちょっと、後藤おばちゃんのところ行っていてくれる？　本当にごめん」

萌ちゃんは何かを敏感に悟ったのか、こくりと頷き外に出ていった。

ドアが閉まると、部屋の中は痛いくらいの静寂に包まれた。

「何で、教えてくれなかったんですか？　何で、私のこと売り払おうとしたんですか？」

ぶるぶると震え出した結さんの目から、涙が溢れ出した。

「教えてもらえたら、時間を、もっと大切にできたのに。私のこと、追い出して……」

「ち、違う……」

戸川が小さく呻《うめ》く。

結さんがゴクリと唾を飲み込んだ。その手が病的に震え、奥歯がガチガチと音を立てる。

「どんな理由があったにせよ、本当の家族のこと、売ろうなんて、考えません。それが証拠です。光明様は、私のこと、結局モノとしてしか見ていない」

結さんが壊れた引き戸を踏みつけて、あっという間に和室に飛び込んだ。

階段を上る音がだんだんと小さくなっていき、やがて消えた。

戸川が息を深く吐いた。

「私が君の覚悟を問うなんて、とんだ茶番だったな。騒がせて悪かった。どうか、結のことを頼む。どうか……よろしくお願いします」

深く深く、テーブルに着きそうなくらい頭を下げた。

戸川は、外に待たせていたタクシーで帰っていった。

扉から出ていく時、何の言葉もかけることができなかった。小さくなった彼の背中は、まるで泣いているように見えた。

少しだけ気持ちを落ち着けて、僕は和室に上がり、そして二階に上がる。

結さんは床に座って、ベッドに縋り付くように泣いていた。

大きく震える両肩を、そっと両手で包む。

結さんはくるりとこちらを向き、僕にしがみ付いて声を上げて泣いた。

その細い体を抱き、背中と頭を優しく撫で続ける。

「私、私、最低です……」

鳴咽の中で、結さんが呟く。

そんなことないと強く抱きしめる。

「氷雨さん、私、捨てられてから、毎日ずっと光明様のこと、恨んで憎んできたんです。光明様が、どんな辛い思いをしているのか知りもしないで」

「戸川が言わなかったんだ。結さんのせいじゃない」

結さんが少し身体を離して僕のことを見る。

美しい顔が、涙で汚れきっていた。

「でも私、さっきそれを知った時も、あんな酷いこと言って……。こんな、こんなに嫌な自分だったなんて、知らなかった」

「そんなこと言っちゃ駄目だ。誰も結さんのこと悪くなんて思ってない。僕も、戸川も」

しゃくり上げる結さんの青い瞳が、助けを乞うように僕を見つめる。

「氷雨さん、教えてください。私、どうしたら……どうすれば、良いんですか？　光明様のこと、どうしても許すことができない。なのに、その恨みをぶつけても、晴れるどころか、胸がこんなにも痛い……」

僕は一度目を瞑った。

必死に考えてから、再び目を開いた。

「戸川には、もう後一か月しか残されていない」

結さんの目が凍り付き、苦しそうに唾を飲み込んだ。

「戸川は確かに、許されないことをしてしまった。結さんの怒りも憎しみも、何も間違ったことじゃない。……でも……」

結さんの目をしっかり見る。

「大切なんだよね？　戸川のこと」

結さんが目をギュッと瞑って、涙がボロボロと零れ落ちた。頭をブンブンと縦に振る。

「光明様は、引き取り手がいなくなった私を引き取ってくれました。私に名前を、そして住むところを与えてくれました。ずっと、ずっと優しくて。ずっと、お父さんのように思ってきました」

「なら、残りの一か月、ちゃんとお見舞いにいくんだ。大切な時間を過ごすんだ。きっと……きっと、凄く、凄く辛い。でもやるんだ。やらなければ絶対に将来後悔する。戸川との思い出を君に残せ。そして戸川に、思い出を残してやるんだ」

再び溢れ出した涙を結さんが必死に拭う。

拭いながら、首を縦に振り続ける。

結さんのことを、再び強く抱きしめた。

「氷雨さん、毎日、毎日帰って来てもいいですか？　辛い時、氷雨さんに辛いって言って泣いても良いですか？」

抱きしめたまま、強く頬ずりする。結さんの匂いで、肺の中をいっぱいにする。

「もちろんだよ。夫婦なんだから」

結さんは声を上げて泣いた。

彼女の悲しみが少しでも癒されるように、僕はその晩、結さんの背中を撫で続けた。


それから結さんは、毎日病院に通った。

戸川の病状は、悪化の一途を辿《たど》った。

それは病の結果として避けられないものだと分かってはいたけれど、だからと言って当然の結果として受け入れることなんてできる訳がない。

悪い情報を耳にするたび、結さんは酷く憔悴《しょうすい》した。

僕にできたのは、泣く彼女を朝まで抱きしめたり、その手をとって、辞書に書いてあるようなつまらない言葉で彼女を慰めたりすることだけだった。

「僕と、二人で会いたい？」

結さんから聞く戸川の伝言に、僕は驚いて目を丸める。

「はい。そうなんです。氷雨さん、明日、お時間頂くことできませんか？」

時間は空いているし、そもそもそう言われて断ることなんてできない。

僕も結さんにくっついて、一週間に二回くらいのペースでお見舞いには行っていた。ただ、結さん抜きで戸川のお見舞いに行くのは、これが初めてのことになる。

「分かった。明日ちゃんと行くから安心して」

そう言うと、結さんはほっと小さな笑顔を浮かべ、僕に頭を下げた。

次の日。

個室になっている病室の扉から中を覗くと、戸川はベッドから、窓の外を眺めていた。ベッドは背もたれのように傾いていて、起き上がる戸川を支えていた。

ふとこちらに顔を向け、小さく笑った。

「すまないな。忙しいところ」

僕は黙って首を横に振った。

死を前にした人に「忙しい」と言われて、何て返事をしたら良いのか分からなかった。

病室に入って、ベッドの隣の丸椅子に腰かける。

戸川は先日家に来た時と比べても、更に痩せていた。

ただ、何故かその目には明るい光があり、肌艶なんて、むしろ最初に会った頃より良いようにさえ思えた。病人らしい見た目と言えば、腕にチューブで繋がっている点滴くらい。とても死に向かっているようには見えなかった。むしろ、二日くらい後には退院しそうな気さえした。

「君と会って、一か月くらいか」

僕は再び黙ったまま、しかし今度は頷いた。

戸川もそれを見て頷く。

「君に、お礼を言いたくて。それで、今日一人で来てもらった」

「お礼？」

「そうだ。聞いたよ。結がここに来てくれるようになった理由」

そういうことかと思った。戸川の調子が、少しだけ良さそうに見える理由。

「最初から、素直にしておけば良かったんですよ」

僕の言葉に戸川が苦笑する。

「そうだな……。でもこんな考え方もあるんじゃないか？　私の弱気が、君と結を出会わせた」

僕は片眉を下げた。

「負けず嫌いだなあ」

二人は揃って少しだけ笑った。

戸川が一度苦しそうに息をして、僕の心臓の温度が下がった。戸川が「大丈夫だ」と言って唾を飲み込んだ。再び僕のことを見る。

「少しだけ、私の話をしても良いだろうか？」

「はい。もちろん」

戸川が再び窓の方を見る。

今日も最高気温は三十度をゆうに超えている。鎌倉の丘陵が青々と太陽の光を反射していた。

「最初結を見た時、私は本当に驚いた。まさか私の知らないところでこんなことになっていたなんて、露も知らなかったんだ」

「少しだけ社長から聞きました。結子さんの、お母さんからの依頼だったと」

戸川が首肯する。

「結子とは、学生結婚だった。私が一目惚《ひとめぼ》れしてね……。君なら分かるだろう？　あの美しさだ」

悪戯っぽく笑う戸川に苦笑いする。

本来は、結構冗談とかが好きな人なのかもしれない。

「三十年前、本当に結婚してすぐに結子と別れることになって、私は人生の全てを憎んだ。生きていることが何よりも苦痛だった。私が生きて来られた理由は、ただの復讐心。結子を奪った病気に対しての復讐心だ。医者の道を、それからはただひたすらに歩き続けた」

窓の外を、真っ白な、そして途方もなく大きな白い雲が流れていく。

「結子は私にとって、他の誰にも、何にも代替のできない存在だ。だから初めて話を聞いて、直接会うまでは、私は断ろうと思っていた。それなのに……」

戸川の喉がごくりと鳴る。

「結と初めて会って驚いた。全然、結子に似ていなかったんだ。聞いていた話と違って」

「似ていない？」

「そうだ。外見の方じゃない。中身だ。結子は、凄く活動的で明るい女性だった。でも、最初会った頃の結は、とても大人しくて引っ込み思案で……言ってしまえば、私に似ていたんだ」

「戸川さん、引っ込み思案でしたっけ？」

戸川が小さく笑う。

「そうだよ。君の前では、結構頑張っていたんだ。……うん。それで、見た目は結子で、中身は私という結を見て、こう思った。二人に子どもがいたら、こんな娘だったのかもしれない、と。そしたらもう、引き取らない訳にはいかなかったんだ」

戸川にとって大切な記憶なのだろう。その目元が優しくなる。

「それからは毎日が、全く変わった。本当に、周囲の景色が輝いて見えるんだ。結が笑ってくれるだけで幸せで、ただ居てくれるだけで、身体に力が漲ってくるようだった。……驚いたよ。でもこうも思った。結子と一緒だった日々も、きっと同じだったと……」

戸川の目から、涙が溢れた。

そしてその目が僕のことを見た。

「私は最後、大きな過ちを犯してしまった。でも、それでもやはり、結のことを大切に思っている。世界に一人しかいない、私の子どもだと思っている。約束してくれ。結のことを生涯大切にすると。あの子のことを、必ず幸せにすると」

僕は戸川を見て泣いていた。そして、胸が詰まって言葉の出せない僕は、自然と戸川に向かって手を差し出した。

戸川はそれを見て一瞬驚いて、しかし僕の手を取り、強く握った。

強い力だった。

恐らく義父との、最初で最後の握手になるのだと思った。

戸川は、笑った。

最初に会った時、最後に見せたあの笑顔だ。

何故かどこかで見たことがある。今日もやはりそう思った。

戸川が再び窓を見て、鼻を啜った。

「結の花嫁姿、見てみたかったなあ」

　窓の外を流れる雲は、ウェディングドレスと同じ、汚れ一つない純白だった。


「フォトウェディング……って何でしょう？」

　家に戻ってきた僕からの提案に、結さんが目を丸くして首を傾げた。

「うん。本当は、ちゃんと結婚式したいんだけど、それじゃ準備に時間がかかるから。結さんはドレスを着て、僕も着飾って、それでプロの人に写真を撮ってもらうんだ」

　結さんの頰が徐々に赤くなっていく。破顔しそうになるのを隠すように、口がモゴモゴ動く。

「で、でも、何で急に、そんなこと……」

　戸川のことを思い出す。いや、戸川と呼ぶのはもう失礼か。

「今日ね、お義父《とう》さんが言ってたんだ。結さんの花嫁姿が見たかったたって」

　結さんが目を見開いたまま固まった。

「見せてあげようよ。結さんのドレス姿。フォトウェディングなら、まだきっと間に合う。お義父さん、絶対喜ぶよ」

　結さんが、そっとこちらに寄って来て、ゆっくりと僕の胸に収まった。

「氷雨さん、大好き。……大好きです」

　結さんのことを優しく抱きしめる。

「楽しみだね。撮影も。お義父さんに見せるのも」

胸元から結さんが顔を上げる。

「はい。とっても、とっても楽しみです」

涙が目からポロポロ零れ落ちて、しかし結さんは嬉しそうに笑った。

実は結さんに許可をとる前に、病院から帰る道すがら、既にフォトウェディングの予約は済ませていた。とにかく時間がない。それでも最短で予約できたのは四日後だった。

そしてその四日後。

フォトウェディングの会場は、由比ガ浜海水浴場のほぼ東の端、海岸に面した綺麗な結婚式場だった。突貫で準備したので下見もできず、どんな所か不安はあったのだが、式場の象徴でもある海の見えるチャペルはとても素敵で、こんなところを使わせてもらえるのかと改めて驚く。因みに値段はびっくりするくらい安い。どうなっているのだろう。ビジネスの世界はさっぱり分からない。

僕と結さんは最初の時点でバラバラになった。

タキシードも様々な色があるらしく、おすすめされた白色は気絶しそうなほど似合わなかったので、濃い灰色のものにしてもらった。初めてのメイクには緊張した。

やはり男の方が早く終わるらしく、僕は早々に準備を完了し、チャペルの入り口の前で結さんを待った。明るい色をしたオークの扉が目の前にある。

普通の式では、恐らく新郎がチャペルの中で待っていて、父親に連れられた花嫁が入場するのだろう。今回だけではなく、今後二度とそのシーンを見ることができないのかと思うと、やっぱり寂しさが胸に込み上げた。

そんなことを考えていたら、突如、静かに近くの扉が開いた。

そしてその部屋からすっと、真っ白なドレスが現れた。

ドレスのスタイルはプリンセス。美しい鎖骨と肩が強調されるオフショルダーのネックライン、そしてボリュームのあるスカートが、着る者の美しさと可愛らしさを極限まで引き立てる。全体的にはシンプルな作りだが、バッスルラインのスカートには大きなフリルがあしらわれていて、とてもエレガントな雰囲気だった。

あまりの美しさに、心臓が止まった。

結さんが、ゆっくりとこちらを見た。

普段化粧っ気のない結さんの唇に、紅が点《とも》されていた。真っ白な肌と真っ白なドレスにあって、殊更に映えている。まるで雪原に咲く真っ赤なバラ。ヘアスタイルも編み込みのポニーで、普段よりも更に優美な印象だった。頭の上には小さなティアラが載っていて、小さい頃に想像した、物語に出てくるお姫様そのものの姿。いつもはその美しさにむしろ無頓着な結さんが、今日はなんの手加減もなしに、その本来の力を暴力的なまでに解放していた。

手に持っている白い花のブーケをちょっとだけ持ち上げて、僕を見て小さくはにかむ。

心臓どころか、身体中が凍り付いた。

「氷雨さん？」

目の前まで来た結さんが、僕を見て小首をかしげる。

青い瞳はドレスの中にあって、本物の宝石のように輝いている。

この世のものとは思えないほど綺麗だった。

その美しさを褒《ほ》め称《たた》えたいのに、あまりのショックに言葉が全く出てこない。

結さんが僕を見て微笑む。

「氷雨さん、タキシードとっても似合います。とても素敵です」

頬が火傷しそうなくらい熱くなった。

「結さんこそ、凄く綺麗だ。本当に、世界で一番、綺麗だよ」

「あ……」

結さんの頬がかああっ、と真っ赤に染まり、その目に薄っすらと涙が滲んだ。

「嬉しい、です……」

胸の中に、強烈な感情が湧き上がる。

結さんに身体を寄せる。腰に腕を回してそっと抱きしめた。

結さんもまた、僕の腰を柔らかく抱きしめる。

これ以上何もいらなかった。信じられないくらい幸せだった。

ふと思い出す。幸せに浸りすぎて、大切なことを忘れるところだった。

僕は上着のポケットに手を突っ込んでゴソゴソ探り、小さな箱を取り出す。

箱の中身を理解して、結さんが口に両手を当てて息をのんだ。

「結さん、これ、用意してたんだ。今の僕の精一杯。どうか、受け取ってください」

箱の蓋を開ける。

中に入っていたのは、プラチナのリング。

頂点に、良く言ってもほんの小さな、悪く言えば砂粒のようなダイヤが付いていた。

結さんの見開いていた目から涙が溢れる。

僕はそっと箱からリングを取り出し、そっと結さんの左手をとると、その薬指にはめた。

ぴったりだった。

結さんが驚いて薬指を見る。

僕が照れ笑いする。

「実は、結さんが寝てる時、一回測らせてもらったんだ。こっそり」

涙を流し続ける結さんは、言葉は出さず、精一杯の笑顔を作ってくれた。胸の前で、小鳥の雛《ひな》を抱くように、右手で左手を包んだ。

「氷雨さん」

結さんが小さく口を開く。僕は微笑んで先を促す。

「もう一度プロポーズ、して頂けませんか？」

ここに来て、恥ずかしがる必要なんてどこにもない。

僕は結さんの左手の指先をとり、優しく握った。

「結さん。改めて君に誓う。君に僕の全てを捧げる。一生君を愛し、一生君を大切にし、一生君を守る。だから僕と、結婚して欲しい」

結さんは「はい」と頷き、潤んだ瞳で僕を見る。

「私も、貴方に私の全てを捧げます。時に貴方の目となり、時に貴方の手となり、時に貴方の杖になります。私を、貴方の伴侶にしてください」

二人はチャペルに入る前、扉の前で誓いのキスをした。

見届ける者は誰もいなかったけれど、それでもいい気がした。僕と結さんの、二人が誓いを立てれば、それで十分なのだから。

プロのカメラマンは、流れるように二人の写真を撮っていった。

最初の頃は二人とも緊張していて、ポーズや動きにぎこちなさがあったけれど、カメラマンさんがとにかく褒めてくれるおかげで、次第にリラックスして、笑顔が自然と増えていった。

人前でキスするのは恥ずかしかったけれど、何とかいい感じにできたと思う。

僕は最後、カメラマンさんにお願いして、結さん一人の写真を携帯で撮ってもらった。

カメラマンの指示で、ドレス姿の結さんがチャペルの十字架の前に座る。座ることでドレスの裾は大きく広がり、まるで大輪の花のような姿になった。

その花の中心で、結さんは少し俯き加減に白いブーケにキスをした。

ダメ元でカメラマンさんにお願いした自分を褒めてあげたいと思う。

携帯の壁紙はもちろんこれで決定だ。

ただ、携帯で撮ってもらった一番の理由は僕の欲求を満たすということではない。

アルバムが完成するまで、義父が元気でいられるかは分からないからだ。

取り敢えずこれで、携帯の写真は義父に見せることができる。
これで義父に一つ大切な思い出を渡せると思うと、僕の心は少しだけほっとした。
その日家に帰るまで、結さんもずっと笑顔だった。
そして二人の帰宅直後、待っていたかのように電話が鳴った。
義父の危篤を報《しら》せる電話だった。

第十一章　家族の形

電話をとった結さんは、真っ青になって受話器を手から落とした。畳に衝突したそれが、ゴッ、という低く重い音を立てた。

僕は結さんから話を聞く前に、電話の内容を理解した。

思ったより冷静に受け止めている自分に驚く。

準備ができていたということか、はたまた、まだ現実として認識できていないのか。

僕は呆然としている結さんを引っ張り、急いで支度を整えて病院へと向かった。

病室の前には、既に七人の人がいた。義父の親族らしい。

僕は誰とも面識がなかったが、結さんに合わせて彼・彼女らに会釈をする。

挨拶する結さんに、親族達は驚くほど冷たい反応だった。

無視されるならまだマシで、中には汚いものでも見るように結さんのことを見る人もいた。

病室の入り口から中を覗く。全体が見えた訳ではないが、中にも人が四人くらいいた。

唯一結さんに会釈を返した眼鏡の若い男性が、僕と結さんの前に歩み寄る。白いオックスフォードシャツにジーンズというこざっぱりとした身なりで、大学生くらいに見えた。

「今は再び落ち着きました」

その言葉に僕と結さんは大きなため息を吐いた。結さんの目に涙が滲む。

若い男性が僕と結さんを少しだけ観察するように見た。

「ちょっと食堂に行きませんか？　今は伯父さん、いずれにしろ喋れませんので」

どうも甥《おい》っ子らしい。

結さんはその言葉を半ば上の空で聞き、病室の中をしきりに見ている。そしてその結さんを、親族の何人かが排水口に溜まった髪の毛のように見る。

甥っ子が再び口を開いた。

「少しお話したいことがあるんです」

僕は一度結さんを見てから、首を縦に振った。

甥っ子の名前は、江口《えぐち》俊也《しゅんや》さんと言った。やはり都内の大学に通う二年生らしい。

食堂は今の時間、開いてはいるけれど食事の提供はしていないらしく、ガランとした空間には僕ら三人の姿しかなかった。

江口さんが給水器から水を汲んで、僕らの分も運んできてくれる。

ビニールのクロスのかかったテーブル。僕と結さんが並んで座り、僕の前に江口さんが座った。

僕はお礼を言って、水に口をつけた。

「率直に言ってもいいですか？」

そう言って江口さんが困ったような顔をする。

僕は何を言われているのか分からずポカンとし、一方の結さんは話を聞いているのかいないのか反応が鈍い。僕が頷き、それを見て江口さんも頷く。

「親族は全員、貴方達のことを良く思っていない」

「え？」

「他の親族にとって貴方達お二人は、遺産分配のライバルなのです」

結さんが真っ青になって固まった。

一方の僕はその言葉に納得していた。

もう高齢の医者である義父のところに現れた若い女の見た目のＴＯＷＡ。いくら義父本人の希望で引き取ってきたと言っても、周囲の人間から見れば、良い年齢の男性が騙されているようにしか見えない。そこに僕のような若い男まで現れたら、僕が裏で結さんを操っていたようにさえ見えるかもしれない。

「実は僕もあまり良くは思っていませんでした。僕は伯父の遺産なんてどうでも良いのですが、それでも伯父が結婚詐欺まがいの目にあうのは嫌だなと思っていたんです。けれど先ほど病室前でのお二人の様子を見て、そして今の貴方の反応を見て、自分の考えが間違いだったと分かりました。大変失礼しました」

江口さんが頭を下げた。

「いえそんな……。お互い、まだ良く知らないんだし」

僕が恐縮すると、江口さんは小さく苦笑した。

「そうですよね。まだ良く知らないうちに決めつけるなんて、おかしな話だ」

三人は一度口を噤んだ。

大きな食堂内に、冷蔵庫の振動音なのだろうか、ブーンという音が響いている。

「僕も知らなかったのですが……」

江口さんが再び口を開いた。

「危篤というのは、もう意識がなくなって、そのまま亡くなってしまう、という場合だけではないのですね。もちろんそのようなケースもあるのでしょうが。伯父は今、意識を失ったり、取り戻したり、そのような状況だそうです」

「光明様は……」

初めて口を開いた結さんは、神に縋り付くような目をしていた。

江口さんは結さんのことを見て悲しそうな顔になった。その顔に、どう答えるべきかという逡巡を一瞬浮かべて……江口さんは結局首を振った。

「残念ですが、今日を越えられるかどうかというところだそうです」

結さんの目が凝結した。

その肩が、病的なまでに震え出す。

「私、私……」

呟きながら、両手で鼻と口を覆った。

「結さん。行こう。すみません江口さん、意識がほんの少しでも戻る可能性があるなら、戸川さんのところに居たいんです」

江口さんが大きく頷く。

「分かりました。僕もなるべく、お二人が不快な思いをされないよう努めます」

そう言って江口さんが頭を下げた時だった。

食堂の入り口から、血相を変えて一人の中年女性が現れた。

「何してるの俊也！　兄さん、意識が戻ったわよ！」

聞き終わるや否や、僕らは食堂の出口に向かった。

病室には既に人が詰め掛けていて、中の人達の協力がなければ、とてもではないが義父に近づけそうにもなかった。

そして当然のように、その協力はなかった。

江口さんの母親であり義父の妹でもある人は、僕らも病室に入ろうとしたのを見て、露骨に舌打ちした。そして、僕らが入れないように、中の人と壁を作った。

怒りよりも、そんなことまでするのかというショックが大きかった。結さんは顔色を失《な》くしたまま、力なく項垂《うなだ》れている。まるでそうしていれば、義父との別れを見なくて済むのではないかと考えているかのように。

「母さんいい加減にしてよっ。二人は伯父さんにお別れが言いたいだけだ。病院でそんな真似やめろよ！」

江口さんの言葉に、彼の母だけでなく、中の人達が動揺した。

人間、恥には弱い。

結さんを引っ張って入ろうとして、しかし動かない。

驚いて結さんに振り返った時、中から男性の太い声がした。

「光明！　良く頑張ったな。もういいんだ。もう休んでいいんだ。これまでありがとうな」

中を覗き込んだ僕の目に、今日初めてはっきりと義父の姿が見えた。

隣に据え付けられた大きな機械から、いくつものケーブルとパイプが伸びていた。テレビで見たことのあるものと寸分違わぬ心電図モニターが、電子的な音を奏で続けている。

義父は目を開けているものの、ぼんやりと中空を見つめていて何の反応もしていなかった。口には大きな酸素マスクが付けられていて、シュー、というガスの抜けるような音がしていた。

義父は今まさに、生と死の境を彷徨っていた。

何故か僕は、義父と初めて会った時のことを思い出していた。

あの時の彼は、確かに痩せてはいたものの、目つきは鋭く、狼の群れのリーダーのように迫力に満ちていた。

僕は、今まさに亡くなろうとしている義父を見て、生きているということがどれほどの奇跡であるのか、少しだけ理解したような気がした。

「兄さん！」

江口さんの母親が叫ぶ。

義父の目はぼんやりしたままだ。

中にいる人達が、義父のことを愛していて、大切に想っていることは疑いようがない。

でも、彼らでは駄目なのだ。

義父は言っていた。

結さんが来て、三十年ぶりに、結子さんがいなくなってから初めて、再び人生が輝いたと。

彼が最後に誰に声をかけて欲しいか、そんなのは明らかなことだった。

「結さん！」

僕はどうしようもないくらい泣いていた。

「ちゃんとお別れを言うんだ！　もうこれで最後なんだぞ！」

結さんの肩がビクリと跳ねる。

僕は結さんの手を引っ張って、強引にベッドの横に連れていった。

義父の姿が見えた瞬間、結さんは顔をぐしゃぐしゃにして大声で泣いた。

「光明様、光明様っ。嫌ですっ。死なないでください。もっと、もっと頑張ってください！」

結さんはベッドに縋り付いて泣いた。近くの男性が驚いて結さんの肩を摑んで引きはがそうとする。

その手が止まった。

義父の目が、すっと動いて、結さんのことを見た。

「光明様、私、ずっと謝りたかったんです。貴方に酷いことを言ってしまったこと」

義父の目が、はっきりと潤んだ。

「ずっと感謝してました。貴方に育ててもらったこと。大切にしてもらったこと。ずっと、お父さんだって思ってきました。まだ、死なないでください。私まだ、何の恩も返していない」

結さんの言葉を聞いて、義父は泣いていた。

透明な涙が、その頬を伝っていく。

僕は結さんと義父の手を握らせた。

そして、携帯の画面を義父に向ける。

「義父さん見えるか？　結さん、綺麗だろ？」

写真を見て、一度、二度と頷いた。

結さんと義父の手の上に、僕は手を重ねる。

「安心して義父さん。次は僕が、貴方のしてきたことを継ぐ。結さんは、僕が必ず守るから」

義父は、頷かなかった。ただ、二人の手を、ほんの僅か、最後に握り返した。

義父は、微笑んでいるように見えた。

義父は、息を引き取った。


それからの数日は、あっという間に過ぎた。

義父の葬儀の喪主は、彼の兄が務めた。

僕は戸川光明のことを義父だと思っているが、それが法的に認められている訳ではもちろんない。

そもそも結さんと義父の間に養子縁組が認められている訳でもないし、結さんと自分との婚姻関係が認められている訳でもない。ヒューマノイド法が施行されて、ＴＯＷＡ達に人権に相当する概念が一部認められたとはいえ、法律の世界ではまだまだ彼女達は「モノ」だった。

揉《も》めたのは、やはりというか財産分与の話が具体的になった時だ。

義父は妻だった結子さんを喪《うしな》い、そして子どももいない。両親も他界している。

そのため、何もなければ相続順位第三位である兄と、そして江口さんの母親でもある義父の妹とが全ての財産を引き継ぐことになっていた。

遺言状があった。弁護士が持ってきたのだ。

遺言状には、何と僕の名前があった。彼の全財産八億円のうち、六億円の引き取り手として。

結さんを大切にする限り分与が認められるという、負担付遺贈だった。

義父はもちろん結さんを直接の受け取り手に指定したかったのだろうが、それはやはり法律上無理だ。負担付遺贈先を得るということは、義父が新たな引き取り手を欲していた重要な理由の一つなのだろう。

僕と結さんは、義父の兄妹に呼び出されて罵倒されまくるという貴重な経験をした。

しかし僕と結さんから、権利を全額放棄する旨を聞いて、急に態度が変わった。

少なくとも一割持ってけ、と言い出したりして、急に自分達の態度が恥ずかしくなったのか、或《あ》るいはこちらの態度が変わらないように最大限配慮したのか。僕らが帰るまで、ずっと愛想笑いを浮かべていた。

金が惜しい訳ではないが、僕は本当は、結さんに義父の財産を受け取って欲しかった。義父が、それを望んでいたのだから。

でも結さんは、困ったように笑ってその提案を断った。結さんは親族達とのやりとりに、心の底から疲れているようだった。


結さんの提案で、夕焼けの由比ヶ浜を二人で歩く。

萌ちゃんを含めて三人で海に来た時、帰りがけに同じような光景を見た。あの時のことを思い出すと、随分昔のことのような気がする。僕の周囲の人達との関係は、あの日と比べて大きく変化していた。

ここ数日の結さんは随分無理をしていたのだろう。

ずっと暗い顔をしていたが、気を遣う相手がいなくなったせいか、だいぶリラックスした表情になっていた。

橙色の光に照らされて、白いワンピースの結さんが僕より三歩ほど前を歩く。サンダルは砂だらけになっているけれど、その足取りは軽い。

海から吹いて来る風にプラチナブロンドがなびき、天使の羽衣のように舞う。結さんが慌てて髪をかき上げて、僕の方を見て照れくさそうに笑った。

「氷雨さんっ」

そう言って、左手で髪を押さえながら、僕の方に右手を差し出す。僕はその手をそっと握る。思えば外で手をつなぐのはこれが初めてだった。そう思うと、急に身体の中が熱くなる。

結さんはもしかしたら確信犯だったのかもしれない。

夕日の中でも分かるくらい、耳まで真っ赤にして口をモゴモゴさせている。

僕が隣に並んで一緒に歩き出すと、先ほどまでの元気はどこに行ったのか、急に大人しくなって僕の左腕に右腕を絡めた。身体がぐっと僕の左腕に寄る。結さんの胸の柔らかい感触が二の腕に当たり、僕は恥ずかしくなって下を見た。

「氷雨さん」

呼ばれて左を見る。

目が合った途端、結さんは真っ赤になって下を向いた。

「ご、ごめんなさい。気付いたら氷雨さんのこと呼んでいて……。すみません。特に何かあった訳じゃないんです……」

そう言うと、申し訳なさそうに眉尻を下げた。

「結さん」

呼ばれてはっと顔を上げる。

「結さんに名前を呼んでもらえると、何だか嬉しい。凄く胸が温かくなるんだ」

結さんは目をまん丸にして……そっと僕の胸に身体を寄せた。

その細い体を優しく抱きしめる。

「氷雨さん」

下を向いたまま結さんが言う。

僕は少しだけ腕の力を入れて、その言葉に応えた。

「私、昔から、好きな人と手をつないでお散歩するのが夢だったんです。今日、私の夢が、また一つ叶いました……」

腕の中の結さんが、小さく震え始めた。

「結さん？」

呼びかけられて、こちらに向けた顔は泣き顔だった。

小さく震える結さんの、その頬を涙が伝っていく。

「この世界には、こんなに素敵なことと、こんなに悲しいことが、同時に存在できてしまうんですね」

溢れ出した涙は止まらない。大粒の水滴となって彼女の顎から落ちていき、風に舞って、乾いた砂に黒い斑点を描いた。

結さんの背中に回した腕に、ぎゅっと力を込めた。

「結さん、これから一緒に強くなっていこう。僕くらい弱い人間もいないけど、結さんと一緒に、強くなりたいんだ。悲しいことに、負けたくない。悲しいことと戦えるくらい、強くなりたい。二人なら、そうなれるって思うんだ」

結さんが顔を上げて僕を見る。

ぎゅっと一度唇を噛み、僕の目を真っすぐ見つめた。

「私も、氷雨さんと一緒に、強くなりたいです」

言ってから、泣き顔のまま小さな笑顔になった。

急速に愛おしさが込み上げて来て、僕は結さんのおでこにキスをする。それでは足りなくて、結さんの目じりにキスをする。涙のしょっぱい味がした。

それでも足りなくて……でも、ここが浜であることを思い出す。

猛烈に顔が熱い。結さんの顔をまともに見られない。

「結さん、その、そろそろ帰らない？　僕、結さんと、もっと『仲良し』したい」

結さんが胸の中で茹蛸《ゆでだこ》のように赤くなる。

抱きしめられたままモジモジして、こくんと頷いた。

「はい。氷雨さん。……で、でも、お耳は、手加減してくださいね？」

それは……無理。

それから。

叔母さんの好意で、僕は今も鎌倉の家に住んでいる。

相変わらず、修理相談所の方はポツポツ仕事が入ったり入らなかったり。でもそれでもいいと思う。お金をいっぱい稼げる訳ではないけれど、自分の好きなことを、自分の満足いくようにできる。儲《もう》けのことなんて考えなくていい代わりに、お客さんの笑顔のためだけにひたすら頑張れる仕事が気に入っていた。

一度実家に帰って両親にそのことを告げると、最初は凄く驚いて……でも結局認めてくれた。

父が認めてくれるなんて意外だった。

てっきりまた何も言われずに物別れとなると思ったのに、父は、はっきりとそう言った僕に、何と笑顔を向けた。

「やりたいように、やってみなさい」

そう言った時の父の顔は、僕が何度か懐かしさを感じた義父の笑顔と同じだった。

子どもの将来に光が見えたことを喜ぶ、父親の笑顔だった。

そして僕は、佐藤社長からの誘いを受けて、東京のホワイトリリーにも仕事をしにいくようになった。とはいえ、常勤の職員ではなく、社長からの依頼を受けたら鎌倉から東京に出向く嘱託職員としてだ。

TOWAの近くに自分から出向くのには、まだ恐怖があるけれど。

それでも、TOWAが修理され、また元気な姿になった時の喜びは、やはり何ものにも代えられないものがあった。その喜びは、僕がブラックアイリスで働き始めた頃に感じていたものと、確かに同じもののように思えた。

結さんの方は、例のカフェスペースでカフェを始めた。

後藤さんや橘さんをはじめとして、こちらで付き合いのできた人達を中心に、結構絶えずお客さんが入っている。結さんの作るケーキと、三苫先生から教えてもらったブレンドティーはとても評判が良く、正直テーブル二つではとても足りない。

そういえば、修理相談所のことだけれど……。義父も知っていた通り、長谷駅前でTOWAが事故に遭い、「由比ガ浜機械修理相談所」が救ったというやや過剰な噂のせいで、最近時々新しいタイプの客が来るようになっていた。


午後四時を過ぎて、結さんはカフェの営業を終了した。

結さんが僕のために用意してくれているお茶を待ちながら、僕は例の野菜の本を読んでいた。

正直、結さんに収入で追い越されるのも時間の問題だ。兼業主夫としてできることを増やしていかなければ、家庭に居場所がなくなりかねない。

カランカランとドアベルが鳴って、「準備中」の札がかかっている扉が開く。

カフェの客ではない。

小学校中学年くらいの女の子だった。

黒いスカートに白いブラウス。その上にはベージュのカーディガンを羽織っていて、今からピアノの演奏会にでも行きそうな装いだった。見るからに育ちの良さそうな子で、肩まである黒い髪に、やはりカラスの濡《ぬ》れ羽色《ばいろ》のように真っ黒な瞳。

ＴＯＷＡの手を引いていた。何となく、結さんと初めて会った日を思い出した。

「ここ、由比ガ浜機械修理相談所よね？　ＴＯＷＡに詳しいって言う」

僕のことをぎろりと見る。

「こいつのこと、修理して欲しいんだけど」

「こいつ」呼ばわりされたＴＯＷＡが、困ったような笑顔になる。

とてもどこか調子が悪いようには見えない。調子が悪そうなところはむしろ……。

「こいつが家に来たせいで、パパはこいつにすっかり夢中。いい？　きっちり不細工に修理して」

それは……修理と言うのだろうか。

……結さんの件を通しても良く分かった。

ＴＯＷＡは、その種別としては機械だが、多くの人にとって、やはりただの機械ではいられない。

彼女達の存在は、時に既存の人間関係に、制御不能なほど大きな波紋を作り出す。

僕はため息を吐く。

どうしたもんかと考える。

「分かりました。きっちり修理しますね。お二人のご関係」

そんな僕の隣で、結さんがニッコリ笑ってそんなことを言う。

女の子が呆然と結さんのことを見る。ＴＯＷＡがいたことに驚いているのか、口にした内容に驚いたのか。

結さんはそうして今度、僕に向かって優しく微笑んだ。

僕は小さく苦笑する。

そう……。僕は結さんと誓った。一緒に強くなると。

この二人に関わることで、もしかしたら見たくもないいろいろを見たり、耳を塞ぎたくなるいろいろを聞くかもしれない。

でも、逃げない。

目の前の二人が幸せになれるよう、僕と結さんは一生懸命頑張るだけだ。

「ようこそ。由比ガ浜機械修理相談所へ。それでは、お話の方、聞かせて頂けますか？」

そう言った僕の隣に、笑顔の結さんが腰掛ける。

二人で小さく微笑み合う。僕の方は小さな苦笑い。

鎌倉の夏は、今日も相変わらず暑い。


（おわり）

由《ゆ》比《い》ガ《が》浜《はま》機《き》械《かい》修《しゅう》理《り》相《そう》談《だん》所《じょ》

著者／斉《さい》藤《とう》すず
イラスト／ryuga.《リュウガ》

2019年8月17日　初版発行

発行者／郡司 聡
発行／株式会社ＫＡＤＯＫＡＷＡ
〒102-8177　東京都千代田区富士見2-13-3
0570-06-4008（ナビダイヤル）
印刷／図書印刷株式会社
製本／図書印刷株式会社

【初出】……………………………………………………………………………………
本書は小説投稿サイト「カクヨム」(https://kakuyomu.jp/)にて掲載し、
第25回電撃小説大賞《読者賞》を受賞した『由比ガ浜機械修理相談所』に加筆、訂正しています。

ISBN978-4-04-912662-4　C0093　Printed in Japan

ファンレターあて先
〒102-8584
東京都千代田区富士見1-8-19
電撃文庫編集部

「斉藤すず先生」係
「ryuga.先生」係

この物語はフィクションです。実在の人物・団体等とは一切関係ありません。